Andrea Gerecke
Der Tote im Mittellandkanal

Im Verlag CW Niemeyer sind bereits
folgende Bücher der Autorin erschienen:

Mörderischer Feldzug
Die Mühlen des Todes

Bibliografische Information der Deutschen Nationalbibliothek
Die Deutsche Nationalbibliothek verzeichnet diese Publikation in der Deutschen Nationalbibliografie; detaillierte bibliografische Daten sind im Internet abrufbar über http://dnb.ddb.de

2. Auflage, 2014

Der Umschlag verwendet ein Motiv von shutterstock.com
Printed in Germany
ISBN 978-3-8271-9416-9

Andrea Gerecke

Der Tote im Mittellandkanal

CW Niemeyer

Der Roman spielt direkt am Treffpunkt von Weser- und Wiehengebirge im Nordrhein-Westfälischen. Malerisch liegt das mittelgroße Städtchen an der Weser, die beide Erhebungen teilt oder vereint. Je nachdem, aus welcher Perspektive man das betrachtet. Alle Handlungen und Charaktere sind natürlich frei erfunden. Eventuelle Ähnlichkeiten ergeben sich also rein zufällig. Regionale Wiedererkennungseffekte sind indes erwünscht …

Über die Autorin:
Gebürtige Berlinerin mit stetem Koffer in der Stadt. Studierte Diplom-Journalistin und Fachreferentin für Presse- und Öffentlichkeitsarbeit. Kurz vor dem Jahrtausendwechsel Entdeckung der Liebe zum Landleben mit den dortigen kreativen Möglichkeiten. Umzug ins vorletzte Haus an einer Dorfstraße in NRW. Arbeit als freie Autorin und überregionale Journalistin. Literarische Spezialität sind mörderische Geschichten, in denen ganz alltägliche Situationen kippen. Nach den Gutenachtgeschichten für Erwachsene „Gelegentlich tödlich" folgten „Warum nicht Mord?!" und „Ruhe unsanft". 2011 erschien der erste Fall von Kommissar Alexander Rosenbaum „Mörderischer Feldzug" innerhalb der Weserbergland-Krimi-Reihe, der in Minden spielt. Dazu kommen humoristische und satirische Texte, Prosa und Lyrik. Veröffentlichungen in zahlreichen Anthologien, Zeitungen und Zeitschriften. Mitglied bei den „Mörderischen Schwestern" und im „Syndikat" sowie im Leitungsteam der Mindener Lesebühne.
Siehe auch www.autorin-andrea-gerecke.de

„Aller Menschen harrt der Tod,
und keinen gibt's auf Erden,
der untrüglich weiß, ob ihn der nächste Morgen
noch am Leben trifft."
Euripides

Der Mond stahl sich kurz durch eine Wolkenlücke und beleuchtete das Treiben. Kahle Bäume warfen filigrane Schatten. Ein paar Enten schnatterten aufgeregt. Kaum hörbar setzte der Wagen zurück, machte einen halben Kreis und entfernte sich dann vom Ufer, ohne dass die Scheinwerfer seinen Weg beleuchtet hätten. Zwei Personen saßen im Auto.

Unterdessen versank der Porsche, in dessen Lack sich die Nacht spiegelte, langsam im Mittellandkanal. Wasser stieg im Fahrzeug auf. Der Motor stotterte. Auf der Rückbank befand sich ein Mann, fest gewickelt in Kaninchendraht. An seinem Hinterkopf klaffte eine große Wunde und Blut verklebte die Haare. Er lag zusammengekrümmt, scheinbar tot. Als das eiskalte Wasser die Polsterung und damit auch ihn erreicht hatte, zuckte er plötzlich zusammen.

Sven Kruse schlug die Augen auf. Er glaubte sich in einem Albtraum, versuchte sich zu bewegen, zappelte, strampelte und schaffte es, sich aufrecht hinzusetzen. Sein Blick fiel auf das goldene Feuerzeug neben seinen Füßen. Es gehörte nicht ihm.

„Hilfe", brüllte er. „Hilfe! Hört mich denn keiner?"

Keine Menschenseele konnte ihn hier, in einem Umfeld von lauter Industriebauten, um diese Tageszeit vernehmen. Rundum die Fluten, die das Fahrzeug umschlossen, waren schon über dem Wagen zusammengeschlagen und ließen kaum mehr Raum für einen Atemzug.

Sven Kruse legte den Kopf schräg unter das Dach, am ganzen Körper zitternd. Es gelang ihm, einen Finger aus dem Draht herauszuwinden und damit den Fensterheber zu betätigen. Eine Fingerspanne breit nur öffnete sich die Scheibe, dann versagte die Technik.

In Sekundenbruchteilen fuhr ihm sein ganzes Leben durch den Sinn. All die Schönen, die er geliebt hatte. Und jetzt das. Nie und nimmer hätte er damit gerechnet. Ausgerechnet damit. Er erinnerte sich an das Gerangel und dass er nach einem linken Haken seines Kontrahenten hintenüber gestürzt war. Dann das Blackout.

Sein Kopf geriet unter Wasser. Er hielt die Luft an. Eigentlich war er ein guter Schwimmer und konnte mühelos lange Tauchstrecken überwinden. Aber hier nahm die Panik Besitz von ihm. Ein letztes Mal bekam er etwas Oberhand. Während er dann doch automatisch Luft holte, gelangte Wasser in seine Lungen. Er hustete, verschluckte sich und spürte, wie es ihm den Magen anhob.

Mit den Füßen stampfte er auf den Boden, als ob das etwas hätte bringen können. Plötzlich erstarrten seine schreckgeweiteten Augen im Moment. Der Wagen setzte am Grund auf. Vom Motor war schon ein kleines Weilchen nichts mehr zu hören.

Die Enten hatten sich beruhigt. Das Wasser im Kanal schlug sanft an die Mauern.

Weihnachten war die Hölle. Es fing ja schon damit an, dass noch mehr Leute die glorreiche Idee hatten, an jenem Freitagnachmittag die A 2 gen Berlin zu bevölkern. Bis zur Autobahnauffahrt klappte alles einigermaßen, wenn man mal von dem maulenden Albert absah, der auf dem Beifahrersitz in seiner Transportkiste Radau machte. Doch das war Alexander Rosenbaum von seinem Vierbeiner gewöhnt. Der mochte die Fahrerei eben nicht. Und wenn Alexander ehrlich zu sich war, dann hatte auch er schon die Nase voll von den stundenlangen Touren. Jetzt jedenfalls standen sie kurz hinter Hannover, als die übliche Stop-and-go-Arie begann.

Heiligabend fiel in diesem Jahr auf einen Sonnabend und der Kommissar hatte sich die Woche zwischen den Feiertagen freigenommen. Wobei damit nur ein verschwindend kleiner Bruchteil seiner aufgelaufenen Überstunden abgegolten war. Es war in Minden nicht anders als in Berlin, Überstunden fielen eben auch hier bei Kommissaren an, und zwar reichlich. Grundsätzlich sollten die natürlich innerhalb der folgenden zwei bis drei Monate abgebummelt werden. Aber die Praxis bewies immer wieder die Funktionsunfähigkeit dieser Vorgabe. Entweder war die Personaldecke zu dünn oder die jeweilige Lage erlaubte einen Abbau der Stunden nicht.

Gern hätte sich Alexander Rosenbaum etwas davon bezahlen lassen wollen, aber das wurde nur sehr ungern genehmigt. Schließlich kostete das Geld! Er sah die Personalchefin Martina Mahler mit ihrer Lieblingsaussage und der Ablehnung vor sich. Also schob er gerade mal wieder einen Berg von Stunden vor sich her. In Erwartung, dass er eines Tages die Order bekam, mal eben ein Weilchen zu Hause zu bleiben. Oder die zusätzlichen Zeiten wurden gedeckelt, weshalb man ab einem bestimmten Zeitraum für null arbeitete.

Und nun vertrödle ich hier auf der Straße schon wieder einmal kostbare Lebenszeit, grübelte Alexander bei sich und suchte nach einem passenden Sender. Radio Westfalica hatte ihn bereits zuvor auf der Bundesstraße verlassen. Er entschied sich, wie fast immer, für den Deutschlandfunk. Ausgiebige Nachrichten und die nötigen Verkehrsinformationen, dazu reichlich interessante Berichte. Allerdings immer untermalt von seinem Kater, der protestierende Laute von sich gab.

„Sei ruhig, mein Lieber, wir packen das schon", tröstete er sich und seinen Begleiter und streckte zwei Finger der Rechten kraulend zwischen den Gitterstäben hindurch, was das Tier allerdings nicht sonderlich beeindruckte. Es schien noch mehr zu maunzen. Die Töne wurden schriller. Außerdem stieg ein etwas scharfer Geruch auf. Ein Glück nur, dass Alexander ein dickes, weiches Handtuch in die Kiste gelegt hatte. Die konnte das Malheur nun aufsaugen.

„Albert!" Alexander Rosenbaum klang jetzt energischer, um gleich wieder einzulenken. Was konnte schließlich der Kleine dafür, dass in ihm schlechte Laune aufstieg. „Ganz friedlich und keine Panik, mein Alter, das ist nur eine Übergangsphase. Nachher bist du wieder bei Lena und Tina. Die freuen sich schon riesig auf dich und werden dich im Puppenbettchen verstauen ..."

Bei dem Gedanken musste er jetzt grinsen. Der Anblick damals war auch zu witzig gewesen. Kater Albert mit seinen beiden Töchtern, die das Tier tatsächlich im Puppenwagen verpackt bekamen. Der Vierbeiner ließ alles gnädig mit sich geschehen und fast schien es, als wolle er huldvoll lächeln über diese kindischen Aktionen. Irgendwann wurde es dem Tier zu viel und es sprang mit Nachtmütze über den Ohren heraus und flitzte durch die Wohnung. Was hatten Olga und er sich amüsiert bei diesem Auftritt. Da war die Welt noch heil.

Alexander Rosenbaum trat auf die Bremse. Fast wäre er in dem Wagen vor ihm gelandet. Ein Lkw hatte mal wieder zum Überholvorgang die Spur gewechselt, ohne Rücksicht auf die folgenden Fahrzeuge. Ein einmaliges Blinken nur als Bestätigung: So, jetzt bin ich in der Mittelspur. Alle anderen Fahrzeuge hatten sich dem gefälligst anzupassen.

Die Dämmerung ließ inzwischen die Konturen verschwimmen und die Sicht wurde schlechter. Nur ein wenig wackelte die Katzenkiste, die er fürsorglich angeschnallt hatte, damit auch nichts passieren konnte. Eben lief die Wettervorhersage. Das klang gar nicht gut. Bei den Temperaturen war wohl selbst in der nächsten Zeit kein Schnee in Sicht. Dabei hatte er seinen Töchtern versprochen, dass er mit ihnen rodeln, einen Schneemann bauen und eine Schneeballschlacht veranstalten wollte. Man sollte eben den Mund nicht zu voll nehmen, seufzte er vor sich hin.

In der Höhe von Magdeburg gab es auch noch eine Totalsperrung der Autobahn und die Umleitung führte über die Landstraßen. Unter normalen Umständen vielleicht ganz idyllisch, dachte Alexander bei sich, aber doch nicht an diesem Tag und in Begleitung seines mürrischen Katers! Er zuckelte in der Autoschlange durch beschauliche Dörfer. Überall strahlte die Weihnachtsbeleuchtung an und in den Häusern. Manche Einwohner schienen sich im Wettstreit um den aufwendigsten Dekorationseinsatz übertreffen zu wollen.

Da hatte sich Kommissar Alexander Rosenbaum nun zu Jahresbeginn 2011 aus persönlichen Gründen von Berlin nach Minden versetzen lassen. Er wollte sich eine Auszeit nehmen, die aber verlief bekanntermaßen gänzlich anders als geplant. Wieder schwammen die Gedankenfäden von seinem ersten Fall von sexuellem Missbrauch und Mord an einem kleinen Mädchen durch sein Gehirn. Er konnte sich von diesen Erinnerungen und Anblicken einfach nicht lösen. Immer wieder überlappte die getötete Karla mit seiner Großen. In seinen Träumen verfolgte ihn das brutale Geschehen. Und die anschließende Kette von tragischen Verstrickungen. Es war zum Aus-der-Haut-Fahren. Hätte er nicht doch durch intensivere Ermittlungen den zweiten Anschlag auf die kleine Frieda verhindern können? Das Mädchen würde sicher seines Lebens nicht wirklich froh werden. Hätte, wäre, könnte … Alexander grübelte wieder und wieder.

Das Weihnachtsfest in Berlin zelebrierte er auch nur wegen der Familie seiner Frau. Er hatte sich in seiner Kindheit immer gewundert, warum sich daheim an mehreren Abenden hintereinander - länger als eine Woche - Angehörige und Freunde versammelten und ausgelassen feierten. Bei seinen Spielgefährten lief das anders ab. „Chanukka", hatte er irgendwann seine

Mutter flüstern hören. Das klang geheimnisvoll. Aber der kleine Alex hatte keinen sonderlichen Unterschied ausmachen können, was das Weihnachtsfest anging. Geschenke und Süßigkeiten waren ihm als Kind wichtig und von denen gab es reichlich. Und er erinnerte sich an die in Öl gebackenen Speisen wie Pfannkuchen oder Kartoffelpuffer mit Apfelmus und Sahne, da lief ihm stets das Wasser im Mund zusammen. Gelegentlich bekam er Bauchgrimmen, weil er zu viel von alldem naschte. Aber das konnte man gut überstehen.

Die vielen Lichter hatten es ihm mit ihrem Gefunkel angetan, weshalb er auch als Erwachsener schon der Erinnerung halber immer großen Wert auf Kerzen legte. Ein Weihnachtskranz stand außerdem damals in der Stube. Dass der den neugierigen Nachbarn geschuldet war, nahm er als Kind nicht wahr. Ansonsten lebten die Eltern ihren Glauben nur ganz zurückhaltend. Sie machten ihm auch keine Vorschriften, als er eines Tages mit Olga ankam und sie zu Hause vorstellte. Sie würde seine Frau werden, hatte er Mutter und Vater angestrahlt. Was wollten sie ihrem Einzigen diesen Herzenswunsch versagen … Auch wenn sie unter vier Augen so ihre Vorbehalte hatten – bei einer Ungläubigen.

Chanukka und Weihnachten fanden in diesem Jahr zum Teil zeitgleich statt. Kurz vor dem Heiligen Abend begann schon das jüdische Lichterfest und währte noch ein paar Tage länger. Eine glückliche Fügung, hatte Alexander Rosenbaum bei sich gedacht, als er seine Eltern einlud, die er erneut im Hotel „Mondial" in der Nähe vom Kudamm einquartierte. Von da aus konnten sie unabhängig Touren mit den öffentlichen Verkehrsmitteln unternehmen. Und vor allem seine Mutter Hella Lieselotte schwor auf den Wellness-Bereich mit kleinem Schwimmbad und Sauna und einer Einkaufsrunde durchs renommierte KaDeWe in unmittelbarer Nachbarschaft.

Seine Schwiegereltern waren schon bei ihm zu Hause angereist und bewohnten das Gästezimmer. Mehrere Aktionen waren gemeinsam geplant und er hatte sich extra ein Weihnachtsmann-Kostüm zugelegt, um in diesem Jahr die Mädchen zu überraschen. Er war sich allerdings nicht ganz sicher, wie das bei seiner Mutter und dem Vater ankommen würde, und deshalb hatte er einfach vorher nichts verraten. Das sollte ein Jux für alle werden.

Nun befand sich zwischen all den Geschenken im Kofferraum eben auch das rot-filzige Kostüm mit Mütze und weißem Bart, das er günstig bei Philipps an der Königstraße erstanden hatte. Bei dem Gedanken an die Präsente legte sich unweigerlich ein Lächeln auf das Gesicht von Alexander Rosenbaum. Die Assistentin Janine Hacker hatte ihm umsichtig bei der Besorgung im Kaufhaus Hagemeyer zur Seite gestanden. Sie hatten nach erfolgreichem Kauf noch einen Milchkaffee in der ersten Etage beim Italiener getrunken und ein Weilchen über Gott und die Welt geplaudert. Eigentlich brauchte er nur zu nicken und zu bezahlen, als sie für jedes Familienmitglied etwas aussuchte. Frauen haben da eben ein besseres Händchen, beschloss er innerlich.

Inzwischen war Alexander auf der Stadtautobahn von Berlin gelandet, der Verkehr lief endlich relativ zügig. Der Funkturm leuchtete schon in der Ferne. Albert hatte sich beruhigt und döste vor sich hin. Ach was, sagte sich Alexander Rosenbaum, wir machen uns alle zusammen in Familie ein wunderschönes Fest, komme, was da wolle.

Als er vor seinem Wohnhaus gleich einen Parkplatz fand, atmete er tief durch, lächelte vor sich hin und stieg entspannt aus dem Peugeot 505 seines Vaters, wobei er die Arme weit von sich streckte und heftig gähnte. Endlich mal gut schlafen, wäre auch eine Idee, überlegte er und dachte an die vielen Überstunden im Büro und die quälenden Gedanken, die ihn allenthalben verfolgten.

Als Alexander Rosenbaum die Haustür aufschloss, stand gerade Gregor neben den Briefkästen, holte in aller Ruhe die Post des Tages heraus und schaute ihn grinsend an.

„Hallo, na, gute Fahrt auf der Autobahn gehabt?", fragte der Rivale.

„Wieso sollte dich das interessieren. Mein Leben geht dich einen Scheißdreck an", stieß Alexander zwischen den Zähnen hervor und fühlte, wie sein Körper verkrampfte. Gleich waren da wieder die Bilder von seinem Nachbarn und Kollegen mit seiner Frau Olga im Schlafzimmer ein paar Stockwerke höher, ineinander verkeilt im Bett. Und dieser Geruch!

„He, nun reiß dich mal zusammen. Frohe Weihnachten auch!" Gregor schüttelte den Kopf, drehte ihm den Rücken zu und lief zwei Stufen auf einmal nehmend die Treppe hoch.

Währenddessen lehnte Alexander an der Haustür, die hinter ihm ins Schloss gefallen war. Er spürte, wie sich ein schweißnasser Film auf seiner Stirn bildete und vermeinte seinen eigenen, heftig stechenden Geruch wahrzunehmen, der aber doch vielleicht eher dem Kater zuzuordnen war. Dann griff er sich die beiden Reisetaschen, die auf den Fußboden geglitten waren, sowie die Katzenkiste und stapfte entschlossen nach oben.

Olga musste den Wagen von Alexander schon auf der Straße gesehen haben. Die Wohnungstür stand jedenfalls offen. Und er betrat mit seinem reichlichen Gepäck den Flur.

„Hallo, meine Mäuse, wo seid ihr denn, hier ist der Papa!"

Es dauerte Bruchteile von Sekunden, bis ihm zwei kleine Mädchen voller Begeisterung an den Armen hingen.

„Oh, der Papa ist da! Endlich." Lena baumelte wie ein Klammeraffe an ihm und Tina tat es ihr auf der anderen Seite gleich und jubelte ebenfalls: „Mein Papa! Und der Albert auch! Wie schön. Aber pfui, der Albert riecht ja ganz doll."

Nun schnatterten beide Kinder aufgeregt durcheinander und wollten den Vater weiter in die Wohnung ziehen. Der aber schloss zunächst die Tür hinter sich, stellte den Katzentransporter auf den Boden und öffnete die Luke. Albert schaute nur kurz nach rechts und links und sauste schon an allen vorbei ins Schlafzimmer, um sich dort unter dem Bett zu verstecken. Das Gewusel hier war ihm eindeutig zu aufregend.

„Du hast uns doch bestimmt was mitgebracht", drängelte Tina, die wie ihre Schwester den strengen Geruch des Katers gleich wieder vergessen hatte.

„Tja, da muss ich doch mal sehr überlegen … Andererseits kommt immerhin in Kürze der Weihnachtsmann. Ich glaube, der hat jetzt alle Geschenke im Sack. Da wird bei mir gar nichts übrig geblieben sein." Alexander grinste in sich hinein und hatte den Auftritt mit Gregor im Flur fast verdrängt.

Aus der Küche kam jetzt seine Frau angelaufen. In einer edlen, figurbetonenden Jeans und einer auffallend schönen Bluse, die er noch nicht an ihr kannte, nicht wie sonst in ausgebeulten Leggins und einem schlabberigen Pullover.

Ganz kurz durchzuckte ihn der Gedanke, dass sie sich vielleicht für ihn so adrett zurechtgemacht hatte. Schließlich hatte er sich angekündigt. Aber er schob das rasch beiseite, denn schon tauchte hinter Olga deren Mutter auf. Mit Lockenwicklern in den Haaren. Seinen Schwiegervater Josef bemerkte er nun mit einem Blick im Wohnzimmer vor dem Fernseher, natürlich auf seinem Sessel. Er atmete tief durch und begrüßte beide Frauen, während er eine nach der anderen oberflächlich umarmte.

„Und jetzt noch einen Kuss", mahnte Lena an, indem sie Vater und Mutter an den Händen griff und beide miteinander zu vereinen suchte. Olga lächelte bemüht und Alexander tat, wie ihm geheißen. Ob vielleicht doch alles wieder gut werden würde? Er wollte sich jedenfalls die größte Mühe geben.

Heiligabend machte sich Alexander kurzzeitig aus dem Staub, um sich im Keller die Weihnachtsmannmaskerade anzulegen.

„Ich bin dann mal auf einen Sprung weg, lasst euch überraschen", hatte er nur in den Raum geworfen. Da knisterte schon die Stimmung in der Wohnung. „Wieder typisch. Wir wollen hier ganz gemütlich in Familie zusammensitzen und der feine Herr verzieht sich einfach. Ist doch gleich Zeit für die Bescherung", konterte Olga aus dem Hintergrund. Die übrigen Verwandten sahen sich dabei nur schweigend an oder blickten aneinander vorbei.

Am Vormittag hatte er noch seine Eltern aus dem Hotel abgeholt und nun saßen sie gemeinsam mit Olgas Angehörigen auf engstem Raum zusammen. Das konnte nicht lange gut gehen, das war es eigentlich noch nie, wenn er sich recht besann. Aber er hatte so hohe Ansprüche gerade an diese Zeit. Sie sollte friedlich, freundlich, harmonisch vonstatten gehen.

Als Alexander Rosenbaum jetzt im Kellerverschlag stand, fiel ihm die Bemerkung von seinem Freund Andreas ein: „Zu Weihnachten und im Urlaub, da zeigt sich, ob eine Beziehung auch standfest ist. Entweder alles läuft blendend oder es endet katastrophal im absoluten Fiasko. So manche Scheidung nahm da schon ihren Anlauf …" Recht hat er, grübelte Alexander bei sich und streifte sich die Mütze mit dem angehängten großen weißen Bart über.

An der Holzlattentür hatte er sich einen Rasierspiegel befestigt, um sich halbwegs betrachten zu können. Doch, das könnte gut klappen, überlegte er bei sich. Nur die Augen würden ihn vielleicht verraten. Und die Stimme? „Ho, ho, ho", dröhnte er jetzt übungshalber in tiefem Bass in die menschenleeren Räume. „Von drauß' vom Walde komm ich her …" Er kicherte vor sich hin. Da bekam er ja Angst vor sich selbst. Er wollte mal nicht zu dick auftragen. Und freute sich im nächsten Augenblick schon auf das kleine Schauspiel.

Alexander hatte sich einen großen braunen Jutesack über die Schulter geworfen. Darin all die Präsente der gesamten Familie, die zuvor noch im Schlafzimmer deponiert waren. Zum Glück erwiesen sich die Geschenke für die Erwachsenen als nicht so raumfüllend. Aber ein ordentliches Gewicht legte alles zusammen schon an den Tag.

Er lief die Stufen im Haus zügig nach oben, erst auf der letzten halben Treppe stapfte er laut hörbar auf, blieb vor der Wohnungstür stehen und wummerte kräftig dagegen. Es dauerte auch nur wenige Augenblicke, bis Olga sie öffnete und ihn erstaunt anschaute, hinter sich die beiden Mädchen, die allerdings flugs Reißaus nahmen, als sie den Mann in seinem roten Aufzug erblickten.

„Wohnen denn hier die beiden Mädchen Lena und Tina und die Familie Rosenbaum?", brummte Alexander in gediegenem Bass. „Ich habe da ein paar Geschenke in meinem Sack, die ich hier verteilen möchte. Auch für etliche Erwachsene, wenn die denn allesamt artig waren." Irgendwie gefiel er sich in seiner Rolle und schritt gemessen an Olga vorbei in die Wohnung hinein.

„Mach den Mädels nur keine Angst. Du klingst ja grausig", zischte sie ihn dabei an und fasste sich nervös an die Nasenspitze. Während sie ihren Mann von oben bis unten begutachtete, musste sie sich aber doch ein Lachen verkneifen. „Perfekt", flüsterte sie doch wieder einlenkend.

Im Wohnzimmer hatten sich die beiden Kinder hinter den See-Großeltern versteckt, die breit lächelten, und hielten sich an den Händen. Oma und Opa aus Bayern, zur Unterscheidung mit dem Vorsatz „Berg" versehen, ließen sich von der guten Stimmung anstecken. Die Situation verzauberte alle, als Lena zuerst ihr Gedicht völlig fehlerfrei aufsagte, und auch Tina hatte im Kindergarten einen schönen Spruch für den Weihnachtsmann gelernt. Mit leuchtenden Augen nahmen sie ihre Geschenke in Empfang, die Erwachsenen taten ein Gleiches.

„Danke, lieber Weihnachtsmann, und komm bald wieder", lächelte ihn Tina an.

„Schade, dass du den Papa verpasst hast. Aber ich gebe ihm ganz bestimmt sein Geschenk", versicherte Lena mit ernstem Blick.

Alexander unterdrückte ein glucksendes Lachen. Ein Glück nur, dass die Maskerade auch so viel vom Gesicht verbarg.

„Ich muss mich dann mal wieder auf den Weg machen", ließ er eine sonore Stimme erklingen. „Es gibt ja noch so viele Kinder, die auf ihre Geschenke warten. Ein wundersamer Umstand nur, dass kein Schnee liegt, da geht alles schneller vonstatten."

Lena unterdrückte die Frage, wie denn das funktionieren könnte, mit dem Schlitten, den Rentieren und all dem Gepäck ganz ohne die weiße Pracht auf den Wegen. Da wollte sie lieber nachher den Papa fragen, denn der Weihnachtsmann schien doch sehr in Eile. Außerdem nahmen sie ihre eigenen schönen neuen Sachen völlig in Anspruch.

Die Tage flogen dahin und hinterher hätte keiner mehr zu sagen vermocht, wo die Streitereien ihren Ausgangspunkt nahmen. Wahrscheinlich schon Heiligabend, wo die Großeltern sich gegenseitig übertrumpft hatten in der Auswahl der hochpreisigen Geschenke, die Mädchen nach kurzer Zeit doch alle links liegen ließen und sich lieber einen Märchenfilm anschauten. Da knirschte es in der Familienharmonie und ein paar bissige Äußerungen wurden als Pfeile ausgesandt. Der Berg-Opa Josef hatte bei den Fitness-Accessoires von Alex gegrummelt: „Na ja, so ernst war das mit dem Sport nun auch wieder nicht gemeint." Die Berg-Oma Edwina ließ sich kurz zu euphorischem Jubel bei den Parfümerie-Wellness-Artikeln hinreißen, um das Lächeln gleich wieder gefrieren zu lassen. Und Olga kommentierte leise: „Eine Perlenkette, na klasse, was für alte Weiber."

Alexanders Eltern verließen auch ziemlich früh am 24. Dezember die Wohnung, um sich wieder in ihr Hotel zurückzuziehen.

„Ich glaube, es ist an der Zeit für uns zu gehen", hatte seine Mutter noch während des Abendessens kurz diplomatisch von sich gegeben. Auf das Dessert verzichteten seine Eltern.

„Lass mal, Junge, ist schon gut. Wir brauchen auch unsere Ruhe, vor allem dein Vater", tröstete seine Mutter im Auto und ergänzte: „Das mit dem Büchergutschein für uns ist übrigens eine gute Idee gewesen. Woher wohl der Weihnachtsmann wusste, dass wir gern lesen? Den Gutschein können wir gleich in Karlshagen bei unserer netten Buchhändlerin umsetzen." Und der Vater warf einen freundlich-kritischen Blick durch das Fahrzeug, während er liebevoll die Polsterung tätschelte: „Ist schon ein genialer Wagen, mein altes gutes Stück. Halte den mal in Ehren! Und der Oldtimer-Kalender ist prima, mein Sohn. Da werden so viele Erinnerungen wach." Alexander nickte nur geistesabwesend, fuhr die Eltern noch zum Hotel und verabredete sich mit ihnen für den zweiten Feiertag zu einem gemeinsamen Ausflug mit den Mädchen.

Es lief alles schief, was schieflaufen konnte. Obwohl sich vor allem die Schwiegermutter schon Mühe gab, das musste man ihr lassen. Olga brauchte sich um fast gar nichts in der Küche zu kümmern. Dort schaltete und waltete Edwina, zauberte allerlei Köstlichkeiten, während sich Josef durch die Kanäle zappte, das eine oder andere Bier in der Zwischenzeit stemmte, rülpste und gediegen fluchend die Politik kommentierte, vor allem die peinlichen Aktionen um den Bundespräsidenten. Ein ausgemachtes Streitthema für die Herren. Man solle doch nicht so kleinkariert denken, hatte Alexander einen Politiker im Ohr, der sich in der Tagesschau äußerte. Er bekam einen dicken Hals, wenn er daran dachte. Das sollte ihm mal passieren, dass er sich etwas im Job zuschulden kommen ließ. Flugs wäre er weg vom Fenster. Dienstaufsichtsbeschwerde und sofort vom Dienst suspendiert. Wahrscheinlich würde aber in diesem Fall der Ehrensold bis ans Lebensende gezahlt, dazu noch Büro und Fahrer. Irgendwas mache ich falsch, dachte Alexander. Ihm sauste gerade die jährliche Summe von 200.000 Euro durch den Kopf. Aber das hatte er bestimmt falsch zugeordnet. Das konnte ja gar nicht sein. In meinem nächsten Leben werde ich Politiker, schwor sich Alexander in Gedanken und ließ die Äußerungen seines Schwiegervaters zwischendurch einfach in ein Ohr rein und aus dem anderen wieder ungehört heraus. Dann musste er nichts kommentieren.

Alexander blieb bei Mineralwasser und saß auf einer Sofaecke im zähen, mitunter aufbrausenden Männergespräch oder er beschäftigte sich lieber mit Lena und Tina, spielte mit ihnen mehrere Runden *Mensch ärgere Dich nicht,* wobei die Kleine schnell die Geduld verlor. Das hat sie nicht von mir, quälte sich Alexander in Gedanken und glaubte schon eine gewisse Ähnlichkeit mit Gregor festzustellen. Auf Dauer sicherlich unerträglich! Die Frauen tuschelten häufig in der Küche, was in Alexander ein unangenehmes Gefühl verursachte.

Nun wurde es ja leider nichts mit einem Ausflug in den Schnee, obwohl die Mädchen jeden Morgen verlangend aus dem Fenster schauten. Deshalb baute der Vater in seine Gutenachtgeschichten eben immer mal eine abenteuerliche Aktion der Stadt- und Feldmäuse im weißen Flockenwirbel ein. Dann sollten die Kleinen eben wenigstens davon träumen können.

Direkt nach dem Fest hatte Alexander Rosenbaum in der Dienststelle angerufen und auch gleich Wolfhard am Apparat.

„Wie mein Fest war, willst du wissen", erkundigte sich Wolfhard. „Sehr kalorienreich und harmonisch. Ich glaube, ich habe noch mehr zugenommen. Meine Frau kocht aber auch zu perfekt. Ich werde mir jetzt mal für Silvester ein paar gute Vorsätze zurechtlegen. Und wie war's bei dir?"

„Och, es ging so. Familie ist eben auch sehr stressig", wich Alexander aus. „Aber die Mädchen haben sich gefreut. Ich war doch in diesem Jahr der Weihnachtsmann. Eine super Sache. Könnte mich mit der Rolle glatt anfreunden."

Wolfhard lachte am anderen Ende.

„Tja, wenn du mal neben unserer Arbeit Zeit und Laune hast, kannst du ja hier bei der VHS-Theaterwerkstatt vorbeischauen. Die inszenieren wirklich sehenswerte Stücke und führen die dann unter anderem im Kleinen Theater am Weingarten auf. Übrigens, sehr kuscheliges Ambiente. Vielleicht bist du ein noch unentdecktes Talent und solltest auf die Bretter, die die Welt bedeuten ..."

„Wohl eher nicht. Ist bestimmt auch eine Frage der Freizeit. Aber spannend klingt das schon. Und wie sieht es bei euch in der Dienststelle aus?"

„Ach, na ja, da passierte ein ziemlich spektakulärer Brand im Hotel Bad Minden an der Portastraße."

„Oh, ist das ein Thema für uns, gab es Tote, handelt es sich um Brandstiftung?"

In Alexander rotierten sofort die berufsmäßigen Gehirnverbindungen.

„Du nun wieder. Mach mal Urlaub und schalte richtig ab. Vermutlich war es ein technischer Defekt, durch den ein Wäschetrockner in der Wäschekammer des Hotels in Brand geriet. Das Feuer griff dann logischerweise auf den Raum über und auf Teile der Küche, die angrenzt. 19 Hotelgäste und Angestellte konnten sich glücklicherweise rechtzeitig ins Freie retten. Aber sechs von ihnen mussten wegen Verdachts auf Rauchgasintoxikation ins Klinikum Minden."

„Und unsere Leute ...?"

„Also, logischerweise ein Großaufgebot der Feuerwehr, die den Brand bekämpfte und auch relativ zügig gelöscht hat. Die Vollsperrung der Lübbecker Straße während der Löscharbeiten hat natürlich ziemlich den Verkehr behindert. Und wir haben umgehend unsere Ermittlungen aufgenommen. Heike hat bei der Spurensicherung in all dem Dreck ganz schön geflucht. Aber es gab keine Leichen im Keller, falls du so was vermutest. Kannst also beruhigt weiter in deinem Berlin bleiben. Übrigens hat das Hotel einen phänomenalen Biergarten unter schönen alten Bäumen, da sollten wir mal im Sommer einen gemeinsamen Abstecher hin unternehmen. Ansonsten haben wir nur gerade so einen offensichtlich verwirrten älteren Herren, der seinen Buddelkastenfreund vermisst und an Mord glaubt. Der Sache gehen wir natürlich nach, aber das ist pure Routine. Hoffentlich werde ich nicht auch mal so, wenn ich in die Jahre komme ..."

„Na, dann mach's mal gut", ging Alexander nicht weiter auf diese Bemerkung ein. „Und einen optimalen Rutsch ins nächste Jahr. Freue mich schon auf unsere weitere Zusammenarbeit."

„Danke, dir auch. Und weitere Zusammenarbeit? Ich dachte, du bist nur befristet bei uns?"

„Mal schauen", wiegelte Alexander ab und verabschiedete sich von seinem Kollegen.

Noch vor dem Jahreswechsel waren auch die Eltern von Olga abgereist. Edwina hatte sich nur sehr unterkühlt von Alexander verabschiedet. Josef indes schlug ihm derb die Hand auf die Schulter: „Saugute Zeit bei euch. Wir kommen bald wieder."

Alexander war nicht bei der Sache. „Tschüss dann und gute Reise", verabschiedete er sich. Die Mädchen standen artig an der Tür und umarmten ihren Berg-Opa und die Berg-Oma.

An diesen und den folgenden Tagen herrschte Funkstille im Bett bei Alexander und Olga. Beide hatten jeweils kurze Ansätze gestartet, aber erfolglos. Die Versuche stießen nicht auf Gegenliebe. Sie trug jetzt ein Parfüm, das er an ihr nicht kannte und das Übelkeit bei ihm erzeugte.

Silvester stieg eine große Party mit Kollegen und Freunden. Gregor war darunter. „Hab dich nicht so. Es war ein Ausrutscher und ich habe mich doch entschuldigt", erklärte Olga dazu. „Und jetzt habe ich keinerlei Lust mehr, darüber zu diskutieren."

Während in der Silvesterknallerei alle ihre Sektgläser erhoben hatten und anstießen, entschied sich Alexander Rosenbaum, seine Zeit in Minden zu verlängern.

Die Sache mit dem Vaterschaftstest hatte er doch nicht vorgebracht. Es fehlte ihm einfach die Traute. Manchmal war es im Leben vielleicht doch besser, wenn man nicht zu viel nachforschte, hatte er sich schon innerlich verflucht. Seitdem Alexander wusste, dass er nicht der Vater von Tina war, konnte er die Kleine nicht mehr so liebevoll betrachten wie zuvor. War Gregor tatsächlich der Erzeuger seiner Jüngsten oder doch noch ein anderer?

Roswitha schloss die Tür hinter Wilhelm und fasste sich an die Brust. Das Herz. Sie kannte die beklemmenden Symptome. Ihr Hausarzt hatte schon von Operation und dem Einsatz von zumindest einem Stent gesprochen. Nein, eine OP kam überhaupt nicht infrage. Das würde schon wieder werden, grübelte Roswitha bei sich und überlegte, ob und wie sie die Geschichte von eben Herbert beibringen sollte. Sie hatte gehofft, alles würde in sich ruhen, und die ganze Arie tief in einer Gedankenschublade versteckt, an der sie nie im Leben wieder rühren wollte. Von einer früheren Freundin, die an Depressionen litt, wusste sie, dass man sich eventuell von Ängsten und Dämonen befreien konnte, indem man sie gedanklich in einen Tresor sperrte, zu dem man nur selbst den Schlüssel hatte. Aber in diesem besonderen Fall war die Schublade oder auch die Tresortür in ebenjenem Augenblick aufgesprungen, als sie den Freund ihres Vaters in der Tür erkannte.

Wie ein Gespenst war Wilhelm an diesem Heiligen Abend bei ihr aufgetaucht und hatte Sturm geklingelt. Sie hatte in der Küche gestanden und den Kartoffelsalat für den Abend vorbereitet. Ihr Mann Herbert war noch einmal in die Stadt gefahren, um in der Bäckerstraße die dringend nötigen Einkäufe zu erledigen, wie er sagte. Wie immer, wie jedes Jahr zum Fest. Er besorgte Geschenke stets im allerletzten Augenblick. Es würde sowieso sicher wieder was von der Drogeriekette sein. Hoffentlich ein Gutschein, dann könnte sie sich später selbst etwas aussuchen.

„Ist der Kurt da?“, fragte Wilhelm, ohne guten Tag zu sagen, nachdem sie die Tür geöffnet hatte.

Roswitha erschrak und mit einem Mal sah sie all die Geschehnisse vor ihrem inneren Auge. Sie bat Wilhelm ins Haus, auf einen Kaffee. Schließlich kannte sie den alten Freund ihres Vaters. Einst waren sie Nachbarn gewesen und er doch wohl ihr Patenonkel, wenn sie sich recht besann. Doch darüber waren die Jahre hinweggegangen und alles war im Sande verlaufen. Der grauhaarige Mann lief noch recht grade für sein Alter, blickte konzentriert prüfend nach rechts und nach links und schlug dann den direkten Weg in die Wohnküche ein.

„Ich nehme den Kaffee mit Milch und zwei Stücken Zucker“, sagte Wilhelm.

„Ich glaube, daran erinnere ich mich sogar“, zog jetzt ein schwaches Lächeln in das Gesicht der Frau, als sie dem Mann einen großen Pott mit dem heißen Getränk hinüberschob. Er hatte seinen Mantel nicht abgelegt, obwohl sie ihm das angeboten hatte. Auf der Küchenspüle lagen einige abgepellte Kartoffeln, die leicht dampften. Ich müsste jetzt eigentlich weitermachen, überlegte Roswitha, nachher würde die Schale wieder so festkleben. Außerdem müsste der Salat noch ein paar Stunden ziehen, damit er wirklich gut schmeckte, und schließlich wollte sie die Haare gewaschen haben, ehe Herbert heimkehrte …

Wilhelm nahm seine Brille ab, schloss die Augen und rieb sich mit Daumen und Zeigefinger den Nasenrücken. „Ihr habt euch gut versteckt. Ich habe ein Weilchen gebraucht, um euch zu finden. Und wo ist nun Kurt?“

In Roswitha zuckten die Ideenblitze durcheinander, aber es blieben keine wirklich guten hängen. Was um alles in der Welt sollte sie dem Mann jetzt erzählen. Wie konnte sie ihn nur vertrösten, dass er beruhigt abzog. Dann fiel ihr spontan eine Geschichte ein und sie fing an zu erzählen, wobei sie Stück um Stück lockerer wurde.

„Mein Vater hat sich nach Menorca abgesetzt. Du weißt doch, wie gern er immer verreist ist. Und auf seine alten Tage hat er sich nun für diese Ferieninsel entschieden. Hat sich eine schöne Eigentumswohnung zugelegt. Lebt da sein Leben und genießt jede Stunde."

„Aha", gab Wilhelm verblüfft von sich, „auf die Nachbarinsel von Malle hat es meinen alten Freund also verschlagen. Dann kannst du mir ja sicher seine Adresse und die Telefonnummer geben."

Roswitha spürte heftige Hitzewallungen, obwohl diese Zeit lange hinter ihr lag. Nur die Ruhe bewahren, dachte sie bei sich. Sie strich sich eine fettige Haarsträhne hinters Ohr.

„Er lebt sehr zurückgezogen und hat sämtliche Kontakte zu allen ehemaligen Freunden und Verwandten abgebrochen. Auch wir kommen kaum an ihn heran. Selbst die Transaktion seiner Rente erfolgt über eine benachbarte Familie auf der Insel. Er ist zuletzt ziemlich streitsüchtig gewesen ..."

„Hmm, und wie geht es ihm so gesundheitlich?", fragte Wilhelm und nestelte an seiner Krawatte.

Roswitha glaubte nun, Oberwasser zu haben und fing an, relativ fröhlich zu parlieren. Von wegen, der Vater habe sich bestens eingelebt, das Klima bekomme ihm hervorragend, und vor allem die gesunde Mittelmeerkost. Er hätte sogar nach dem Tod der Mutter wieder eine Lebensgefährtin. Fast schien sie die Geschichte selbst zu glauben, so detailliert beschrieb sie die neue Frau an der Seite des Vaters: ihre Frisur, die Figur, ihre Art.

„Lass mir doch einfach deine Telefonnummer hier. Ich rufe dich an, wenn er sich mal meldet, und gebe dir Bescheid", sagte Roswitha. „Ich müsste dann auch mal wieder an meine Hausarbeit. Schließlich ist Heiligabend und wir wollen nachher gemütlich zusammensitzen."

„Ich weiß", entgegnete Wilhelm. „Deshalb bin ich auch heute gekommen." Und er erhob sich.

„Danke für den Kaffee. Grüß mir auch deinen Mann. Wie hieß er doch gleich? Heinz oder Heinrich?"

„Herbert", korrigierte Roswitha. „Tja, der muss auch gleich heimkommen. Ich habe wirklich zu tun. Nichts für ungut."

Sie begleitete den alten Mann zur Tür, der jetzt doch gebrochener zu gehen schien. Die Frau schloss die Haustür hinter ihm und Wilhelm lief zu seinem Auto.

Niemals in den Süden, dröhnte es in seinem Kopf. Das waren die Worte seines alten Freundes gewesen. Nur über meine Leiche bekommst du mich in diese Gluthitze, hatte er einmal lachend erwidert, als es in einem Gespräch darum ging, wo man denn seinen Lebensabend verbringen wolle. Den halben Tag lang in Siesta verbringen, das war schier undenkbar! Für ihn würde es überhaupt nur eine Variante geben, wenn er irgendwann einmal auswandern sollte. Das müsste dann eine Schäreninsel sein. Kühle, frische Luft, das wäre es. Die Mücken würden ihn überhaupt nicht stören, er habe kein süßes Blut.

Als Wilhelm in seinem Auto saß, liefen ihm ein paar Tränen über die Wangen. Er wischte sie fort, startete das Fahrzeug und fuhr in die Stadt. Irgendwo musste er ein Polizeirevier finden. Hier war einiges oberfaul. Kurt hätte sich nie und nimmer so einfach aus dem Staub gemacht.

Vor vier Jahren hatten ihn die Tochter Roswitha und der Schwiegersohn von Hamburg abgeholt, um ihn zu sich nach Hause zu nehmen. Allein würde er doch alles gar nicht mehr schaffen, hatte Roswitha damals entgegnet. Gut hat der Kurt sein Töchterchen erzogen, war Wilhelm damals eingefallen, und er hatte lächelnd genickt, obwohl ihm der Abschied so schwerfiel. So anderthalb Jahre lief der Kontakt nach Münster, wo die Familie zunächst wohnte. Dann brachen die Telefonate von einem Tag auf den anderen ab und er bekam auch seine Briefe zurück. „Empfänger unbekannt verzogen", stand darauf. Das konnte gar nicht sein. Sie waren doch die dicksten Freunde.

An einer Tankstelle hatte Wilhelm nach dem nächsten Polizeirevier gefragt. „Heute, am Heiligen Abend?", hatte der Tankwart an der Königstraße den Kopf geschüttelt. „Da sollten Sie besser bei Ihren Lieben daheim unter dem Tannenbaum sitzen und sich verwöhnen lassen, mit Stollen und Zimtsternen und den Gedichten Ihrer Enkelchen." Aber er beschrieb dem alten Herrn den Weg zur Marienstraße. Zu hartnäckig schien sein Anliegen zu sein.

Endlich stand der Mann an dem Tresen, der mit einem knallroten Weihnachtsstern geschmückt war. Seine Schultern hingen herunter. Kurt nach Menorca, nie und nimmer, fuhr es ihm wieder und wieder durch den Kopf. Er kannte seinen alten Freund zu gut. Wenn er sich von dannen gemacht haben sollte, um auf Nimmerwiedersehen zu verschwinden, dann höchstens in den kühlen Norden, um dort in aller Gemütsruhe zu lesen und zu fischen.

„Was kann ich für Sie tun, mein Herr?", fragte ein Beamter höflich.

„Ich möchte eine Vermisstenanzeige aufgeben", erklärte Wilhelm.

„Heute, am Heiligen Abend?", fragte der Uniformierte eher sich und schüttelte leicht den Kopf. Er benutzte dieselbe Formulierung wie der Tankwart kurze Zeit zuvor. Ihm kam der alte Herr doch ein wenig verwirrt vor. Aber er musste ihn wohl ernst nehmen.

„Dann kommen Sie bitte mit in den benachbarten Raum", bat der Polizist und wies zu einer Glasfront, hinter der sich ein Schreibtisch befand. „Da können wir ungestört reden. Und ich nehme Ihre Anzeige auf."

Beide Männer betraten das Zimmer, der Polizist setzte sich an seinen Computer und Wilhelm nahm ihm gegenüber Platz. Ganz langsam und behutsam, so als wolle er die Angelegenheit hinauszögern, sie vielleicht ungeschehen machen, indem er gar nichts unternahm.

„Worum geht es denn", erreichte ihn dumpf eine Frage.

„Um meinen Freund, den Kurt. Der ist seit ... tja, seit wann eigentlich, seit vier Jahren verschwunden."

„Und da kommen Sie ausgerechnet heute zu uns? Wäre etwas eher nicht angebrachter gewesen? Wann genau hatten Sie denn den letzten Kontakt zu Ihrem Freund?"

„Per Telefon vor zweieinhalb Jahren. Und dann kam meine Post immer wieder zurück. Zwischendurch ging es mir gesundheitlich nicht so gut. Ich hatte einen Hirntumor, wissen Sie. Da konnte ich mich nicht kümmern. Aber jetzt ist alles herausoperiert und ich habe meine Suche intensiviert. Wir kennen uns schließlich von Kindesbeinen an, der Kurt und ich. Waren immer ein Herz und eine Seele. Und eben war ich bei seiner

Tochter, die behauptet, er wäre nach Menorca ausgewandert. Das kann nie und nimmer stimmen. Da ist was passiert. Sie müssen ihn unbedingt suchen lassen. Ich glaube gar, er ist tot!"

„Immer mit der Ruhe, Herr ...?"

„Winkler, Wilhelm Winkler ist mein Name. Ich komme aus Hamburg. Hier ist mein Ausweis", er schob sein Personaldokument über den Schreibtisch.

Er schien wohl doch bei Sinnen zu sein, grübelte jetzt der Polizist, wobei andererseits die Sache mit dem Tumor durchaus auf geistige Verwirrung hindeuten konnte. Aber was sollte er an dieser Stelle und vor allem zu diesem Zeitpunkt unternehmen? Zu Hause wartete die Frau mit den Zwillingen auf die Bescherung. Kurz bevor Wilhelm Winkler aufgetaucht war, hatten sie noch miteinander telefoniert und die Kinder hatten im Hintergrund schon nach ihm gerufen.

„Ich nehme jetzt einfach mal alle Details auf, die nötig sind."

Er stellte Wilhelm Fragen nach der Vergangenheit und dieser erinnerte sich an jedes Detail mit äußerster Akribie. Auch die Daten von Kurt hatte er sämtlichst in petto, bis zu jenem Zeitpunkt, wo sich die Spur im Sande verlief und es erst bei der Tochter wieder einen Anhaltspunkt gab. Der Polizist schrieb alles Nötige in das Protokoll, druckte es aus und ließ es von Wilhelm unterschreiben.

„So, Herr Winkler, damit wäre erst einmal alles aufgenommen. Wir leiten dann die nötigen Schritte ein und lassen von uns hören. Sie stehen ja sicher zu unserer Verfügung, wenn wir noch Fragen haben sollten?"

Wilhelm Winkler nestelte eine Visitenkarte aus seinem abgegriffenen Portemonnaie. Sie wirkte schon etwas mitgenommen und hatte kleine Eselsohren. Er legte sie auf den Tisch und strich sie behutsam glatt.

„Die Telefonnummer darauf stimmt. Und wenn ich nicht zu Hause bin, dann schalte ich vorher den Anrufbeantworter ein. Finden Sie mir meinen Freund. Bitte!"

Das letzte Wort klang so kläglich, dass es dem Beamten bohrend durchs Herz fuhr. Er reckte sich kräftig und fuhr sich innerlich zur Räson: Nur nicht rührselig werden, bloß weil heute der 24. Dezember war.

„Das ist ja so was von schön!" Irene stand die Begeisterung ins Gesicht geschrieben und Sven strahlte sein Superlächeln, bei dem stets nicht nur die Damen dahinschmolzen, wenngleich es nur auf diese bedacht war. Jetzt legte sie das Geschmeide an und sowohl Ohrringe als auch Kette, Ring und Armband bildeten eine gediegene, funkelnde Einheit. Sie streckte die Arme aus und hielt sie ins Licht, dann stand sie auf und betrachtete sich verzückt im großen Spiegel des Appartements. Schließlich fiel sie ihrem Mann dankbar um den Hals. Im Kaminofen prasselten die Scheite.

Sven erinnerte sich noch gut an den Kauf beim Juwelier am Markt in Minden. Die Fachverkäuferin hatte ihn zuerst nach der Augen- und Haarfarbe seiner Frau gefragt und was sie für ein Typ sei, wie sie sich kleide. Nahtlos hatte er das Foto aus seinem Portemonnaie gezückt und über den Ladentisch gehalten, damit seine Erläuterung auch untermauert wurde. Und die blauen Edelsteine harmonierten ja nun wirklich dermaßen gut mit dem Stil und dem Typ von Irene, dass es selbst ihm die Sprache verschlug. Er hatte schon eine bildschöne Frau, dachte Sven im Stillen bei sich.

Im selben Augenblick fiel ihm der anschließende Drink im Victoria-Hotel in der Lounge ein. Er wollte den gelungenen Kauf und die eigene Vorfreude aufs Fest stimmungsvoll abrunden und hatte sich einen Campari Orange bestellt. Nicht zu viel Alkohol, denn er wollte sich ja anschließend gleich wieder hinters Steuer setzen. Aber da spürte er von dem bequemen

Sofa aus einen musternden Blick. Schräg gegenüber war aus einem Sessel eine Blondine aufgetaucht, die sich so lange noch hinter der „Frankfurter Allgemeinen" versteckt hatte. Nicht ganz echt das Blond, aber immerhin sehr auffallend. Bestimmt nicht von hier, die Schöne, konstatierte Sven da sofort für sich. Sonst hätte sie wohl eher das „Mindener Tageblatt" durchforstet. Sie prostete ihm mit ihrer Kaffeetasse zu, wobei sie den Kopf leicht schräg legte, und er erwiderte dies mit seinem Glas und strich sich dabei über seine dunkelbraunen kurzen Locken. Sven blätterte durch das Magazin „News", das neben Minden auch seinen Arbeitsort Bielefeld, Hameln und die weitere Region abdeckte. Immer eine gute Vorlage für Veranstaltungsbesuche und die Highlights in der Gegend, wie er fand. Doch jetzt konnte er sich darauf nicht mehr konzentrieren.

Er hatte sein Glas noch nicht ausgetrunken, da saß die Fremde schon neben ihm und plauderte einnehmend, mit einer tiefen, rauchigen Stimme. Sven konnte gar nicht anders, als Feuer zu fangen. Sie trug ein dunkelblaues Designer-Business-Kostüm und eine weiße Bluse, die weitgehende Einblicke zuließ, wo die beiden nun schon so dicht nebeneinander auf dem Sofa saßen.

„Na, schöner Unbekannter, darf ich mich zu Ihnen gesellen?", hatte die Frau einleitend gefragt. Und Sven hatte nur kurz geantwortet: „Aber selbstverständlich, meine Dame!" Ihm gefiel es, dass die Frauen heutzutage so aufgeschlossen waren und nicht lange um den heißen Brei herumredeten.

Im selben Augenblick fuhr ihm eine besonders heiße Erinnerung durchs Gedächtnis. Erst vor Kurzem war er in einer angesagten Disco in Berlin gewesen, die sich in einem ehemaligen Heizkraftwerk im Bezirk Kreuzberg-Friedrichshain befand. Mit Darkrooms und Unisex-Toiletten. Genüsslich hatte er alles ausprobiert und sich mit seinem sauberen mitgebrachten Stoff versorgt, damit er auch locker die 48 Stunden Aufenthalt durchhielt. Das war so schön weit weg, da konnte man unerkannt allen Lüsten frönen. Wobei er schon genau darauf achtete, dass sein Konsum nicht überhandnahm und die Gesundheit nicht sichtbar darunter litt. Er schluckte die Aufputschpillen nur in sehr wohldosierten Rationen zu ganz besonderen Gelegenheiten.

In Sven stieg jetzt eine neuerliche Vorfreude auf. Die Dame hier schien ganz eindeutige Absichten zu haben. Er musterte seine Nachbarin unverhohlen aus den Augenwinkeln. Doch, das könnte passen, dachte er bei sich. Sehr aparte Erscheinung. Bestimmt eine scharfe Nummer im Bett.

„Was verschlägt Sie denn nach Minden, wenn ich fragen darf?"

„Ach, der Job natürlich. Ich arbeite für eine große Marketingagentur und wir expandieren gerade. Gestern hatte ich ein recht erfolgreiches Gespräch bei Bruns und bin heute noch zum späten Nachmittag hin für eine weitere Verhandlung verabredet."

In Sven rotierten die grauen Zellen. Er blickte auf seine Armbanduhr. Es war kurz nach zwölf. Eine gute Zeit.

„Tja, dann haben Sie folglich noch reichlich Freiraum bis dahin. Ich heiße übrigens Sven."

„Und ich bin Valerie."

„Das ist ja ein ganz bezaubernder Name. Passt wunderbar zu Ihnen, äh, zu dir."

Sven winkte den Ober heran und bestellte zwei Gläser Schampus.

„Dann wollen wir doch mal auf unser Kennenlernen anstoßen."

„Gute Idee. Ich weiß auch noch nicht wirklich, was ich mit der offenen Zeitlücke anstellen soll, die ich da jetzt so ungeplant zur Verfügung habe."

Valerie rekelte sich und der Duft ihres Parfüms umschwebte den Mann verlockend. Der Kellner platzierte die beiden Gläser vor dem Paar. Sven schob ihm sogleich einen großzügigen Schein herüber: „Vielen Dank. Stimmt so!"

Der Ober steckte das Geld dankend ein. „Ich wünsche Ihnen noch einen wunderbaren Tag in unserem Hause und in der Stadt Minden überhaupt, meine Herrschaften", verabschiedete er sich formvollendet.

Als Sven und Valerie jetzt anstießen, blickten sie sich tief in die Augen. Sie legte ihre Linke auf sein Knie und er wechselte das Glas in die andere Hand und positionierte seinen Arm auf der Sofalehne, um ihr sanft den Rücken zu streicheln, was sie mit einem wohligen Schnurren quittierte. Man war sich einig. Kurz danach verschwanden beide auf dem Zimmer der Frau und zelebrierten das Beisammensein.

Wieso hieß das eigentlich One-Night-Stand, grübelte Sven bei sich, während er die für ihn ungewöhnliche Aussicht aus dem Hotelzimmer auf das Stadtzentrum genoss. Kann man ja auch durchaus tagsüber organisieren, grinste er in sich hinein und ließ die Hüllen fallen, während sich Valerie schon erotisch auf dem Bett rekelte. Beide waren deutlich vom Einsatz im Fitness-Studio gestählt.

Das Ehepaar Kruse hatte sich über die Weihnachtstage im Hotel Freesenholm am Timmendorfer Strand einquartiert. Sven war in seinem schnittigen, edel glänzenden Porsche über die A 2 bis Hannover gerauscht und dann Richtung Hamburg abgebogen. Irene neben ihm, die Aussicht genießend. Im Ortsteil Oeverdiek fanden sie das Quartier, ruhig im Grünen eingebettet zwischen Wald und Golfplatz. Auf sein Navi konnte sich Sven verlassen, das hatte ihn noch nie in die Irre geführt, wie andere so gelegentlich berichteten. Das datete er schließlich auch immer auf den aktuellsten Stand der Straßenverhältnisse ab.

Irene hatte indes die Unterkunft ausgewählt. Und Timmendorf war es deshalb geworden, weil sie davon gehört hatte, dass dort auch schon die Klitschko-Brüder Ferien gemacht haben sollten. Vor allem Vitali war ihr absoluter Favorit. Dieser Charme, diese Ausstrahlung. Sie sah sich jeden Wettkampf von ihm an und liebte selbst seine heiter-markanten Auftritte in den Fernseh-Reklamen. Im kommenden Februar würde er wohl seinen Weltmeistertitel im Schwergewicht verteidigen wollen, hatte sie gehört. Aber der 27-jahrige Brite Dereck Chisora, der als Kandidat infrage kam, würde ihm wohl kaum das Wasser reichen können, davon war Irene felsenfest überzeugt. Vielleicht liefen die beiden Klitschkos einem ja beim Spaziergang rein zufällig über den Weg, hoffte sie.

Bedauerlich war nur, dass das von einer Boulevardzeitung „Café Wichtig" genannte Café Engels Eck direkt an der Promenade erst wieder Anfang Februar des nächsten Jahres aufmachen sollte. Bis dahin wollte der Besitzer das Kaffeehaus noch rundum erneuern und auch eine gläserne Konditorei einrichten, in der der Gast dem Meister bei der Herstellung der Leckereien auf die Finger schauen konnte. Irene lief bei der Recherche am Computerbildschirm das Wasser im Munde zusammen.

Hier hatte sich alles, was Rang und Namen hatte, einst die Türklinke in die Hand gegeben. Die Finanzkräftigen und die Prominenten. Immer nach dem Motto: sehen und gesehen werden. Und das schon seit 1951! Damals hatte Kapellmeister Franz Xaver Engel die unvergleichliche Sängerin Caterina Valente und ihren Bruder Silvio Francesco sowie den mitreißenden Geiger Helmut Zacharias für einen Auftritt begeistern können. Udo Lindenberg und eben die Klitschko-Brüder gehörten zu den besonderen Gästen der neueren Zeit.

Irene hatte einfach in Ruhe gegoogelt und sich dann für diesen Ort an der Ostsee entschieden, wobei nur schade war, dass sie nicht ins „Café Wichtig" konnten, aber das wäre vielleicht ein Grund für einen neuerlichen späteren Aufenthalt.

Das Vier-Sterne-Hotel lag unweit der Zentren von Timmendorfer Strand und Scharbeutz. Zur Ostsee gelangten sie in wenigen Autominuten. Golf kam ja leider aufgrund der Witterungsbedingungen nicht so wirklich infrage. Das Appartement mit dem Kaminofen hatte es ihr auf Anhieb angetan. So buchte Irene ein Weihnachts-Special inklusive einer Veranstaltung „Showtime am Samstag" in der Trinkkurhalle Timmendorfer Strand. Der Event mit der bekannten Sängerin Katja Ebstein würde sicherlich beiden gefallen, entsprach das doch ihrem Hang zur Nostalgie.

Den Weihnachtsmorgen startete das Paar am reichhaltigen Schlemmerfrühstücksbuffet im Restaurant. Heute wollten sie einmal keine Kalorien zählen, sondern hemmungslos über die Stränge schlagen. Dann saßen beide noch ein Weilchen bei einem Prosecco im Wintergarten und ließen den Heiligen Abend einklingen.

Nach einem ausgedehnten Spaziergang am rauschenden Meer unter den kreischenden Möwen, die ihnen die Stücke der vom Buffet mitgenommenen Brote fast aus den Händen rissen, zogen sie sich in ihr Appartement zurück. Die Bescherung fand bei ihnen immer im Laufe des Nachmittags statt, seit sie verheiratet waren, seit sieben Jahren genau. Abends wurde dann irgendwo gediegen gespeist. Da ließen sie sich gern verwöhnen. Diesmal vom Küchenchef des Hauses mit einem einfallsreichen Drei-Gänge-Menü.

Sven blickte auf die lodernden Scheite und rekelte sich in seinem Sessel.

„Ach, ist das gemütlich hier. Man möchte den Augenblick einfach nur festhalten."

„Hab vielen lieben Dank für das super Geschenk, mein Tiger."

„Gern geschehen, meine Gazelle."

„Und jetzt lass dich überraschen, was der Weihnachtsmann für dich ausgewählt hat."

„Aber gern doch. Da will ich mal ganz in Ruhe schauen. Der Schmuck steht dir übrigens unheimlich gut. Betont deine Persönlichkeit noch mehr. Den will ich jetzt immer an dir sehen."

Sven geriet ins Schwärmen und Irene lächelte glückselig, wenngleich sie mit ihren Gedanken nicht ganz bei der Sache war. Vorhin, während Sven noch einen weiteren Gang in der Sauna eingelegt hatte und Irene schon im Zimmer auf dem Bett lümmelte und durch eine Zeitschrift blätterte, hatte ihr Handy eine SMS angezeigt. „Ich liebe dich, meine Schöne. Frohes Fest. Dein Liebster T. Du fehlst mir." Das war eine Botschaft von Thorsten und Irene hatte kurzzeitig ein schlechtes Gewissen verspürt. Aber doch schnell geantwortet, dass er ihr auch fehlen würde und sie sich ja gleich zu Jahresbeginn sehen und bis dahin noch unzählige SMS austauschen könnten. Dann hatte die Frau ihr Handy ganz tief in ihrer Handtasche versinken lassen. Eigentlich war das gar nicht nötig, denn Sven würde ihr nicht nachspionieren. Das hatte er noch nie getan. Da war er ganz Gentleman.

Seit ihrer Hochzeit vor sieben Jahren hatte sie ihren Job an den Nagel gehängt, um sich voll und ganz ihrem geliebten Mann zu widmen. Bedauerlicherweise stellten sich keine Kinder ein, was Irene ganz recht war, denn sie wollte sich ihre Figur nicht verderben. Aber gelegentlich langweilte sie sich doch in dem großen Haus, so allein, wenn Sven viel unterwegs war, häufig Schulungen sogar in der Hauptstadt hatte.

Jetzt fing Sven an, sein Weihnachtsgeschenk zeitlupenhaft behutsam auszupacken. Das konnte einen schon nerven, denn er löste sorgsam jeden einzelnen Knoten und faltete hinterher das Papier ordentlich zusammen. Obwohl alles doch sowieso im Papierkorb landete.

Irene betrachtete ihren Mann genau, zog dabei die Stirn kraus und dachte bei sich, dass man eben den Bürokraten schlussendlich immer wieder erkennen würde.

„Oh, Liebes, eine Rolex, wie genial von dir. Da muss ich doch irgendwann einmal diesen Wunsch geäußert haben …"

„Ja, mein Schatz, augenscheinlich wird dem Weihnachtsmann deine Bemerkung wohl nicht entgangen sein."

Beide schauten sich an, nahmen sich in die Arme und küssten sich lange und intensiv.

„Ich danke dir von Herzen, meine Gazelle. Und nun wollen wir die Weihnachtstage so recht genießen."

„Genau das machen wir."

Irene fing an, die Knöpfe am Oberhemd von Sven zu öffnen und auch er streifte ihr langsam die Bluse vom Leib.

„Ich liebe nur dich, Irene."

„Und ich bin nur dein, Sven."

Beider Atem ging schneller. Das knisternde Feuer im Kaminofen beschwor eine anheimelnde Wärme herauf. Aber auch ohne die Glut waren beide jetzt in Ekstase geraten.

Als das Paar wieder erschöpft nebeneinander lag, sagte Irene: „Jetzt haben wir doch allerlei Kalorien verbrannt."

„Ziemlich nüchterne Betrachtungsweise", entgegnete Sven mit leichtem Stirnrunzeln.

„Na ja, so war das nicht gemeint. Ich denke nur an das viele üppige Essen um die Festtage herum. Was hältst du davon, wenn wir morgen so einen Schnupperkurs beim Power-Plate-Training mit der Personal Trainerin belegen? Das Angebot habe ich vorhin an der Rezeption entdeckt. Da können wir noch zusätzlich was für unsere Figur tun."

„Aber klar, immer gern. Du weißt ja, dass ich auf all diese Fitness-Sachen stehe. Danke auch noch fürs Abo im Club. Da gehen wir aber möglichst gemeinsam hin."

„Ach, Sven, bei deinen Arbeitszeiten in Bielefeld und den vielen abendlichen Einsätzen. Da wird das sicherlich schwierig. Aber vielleicht treffen wir uns rein zufällig am Simeonsplatz … Wäre ja immerhin möglich."

„Also, ich nehme mir für Silvester vor, mehr Zeit zu Hause zu verbringen", beschwor Sven.

„Man soll doch gute Vorsätze nicht schon vorneweg hinausposaunen. Dann klappen die nie. Ich lass mich einfach mal überraschen, was die Zeit bringt."

„Gut, Irene, dann wollen wir jetzt duschen und anschließend sollten wir wohl zu unserem Menü gehen."

„Oh Gott, die Zeit. Wir müssen uns beeilen. Ich muss mich auch noch zurechtmachen. Ein Glück nur, dass wir das Abendessen hier im Hause gebucht haben. Woanders hin würden wir es gar nicht mehr schaffen."

„Dann erheb dich mal, bei mir geht es fix", streckte sich Sven ausgiebig in den Kissen und schaute seiner wohlgeformten Frau liebevoll-anerkennend zu, wie sie aus dem Bett stieg, einer Nymphe gleich.

Die erste Januarwoche war ins Land gegangen. Alexander und Kater Albert bewohnten wieder ihren ländlichen Sitz. Das Tier schätzte deutlich die Freiheit der Lage und streunte durch die Gegend, immer wieder ganz gezielt seine Lieblingsplätze aufsuchend. Andererseits genoss der Kater die Aufenthalte im Haus, wo er am allerliebsten auf seinem mehretagigen Kratzbaum saß, den er stets deutlich hörbar erklomm und sich im Rondell vom Obergeschoss niederließ, um von dort die Aussicht auf die Deele zu genießen.

Am freien Sonnabend beschnitt Alexander Rosenbaum im Garten ein paar Büsche, um an die frische Luft und um auf andere Gedanken zu kommen. In der Zwischenzeit hatte er sich im Internet mit all den nötigen Gartenarbeiten vertraut gemacht, die so übers Jahr hin anfielen. Außerdem war Wolfhard stets ein guter Ratgeber. Und wenn – so wie jetzt im Januar – das Wetter mild war, dann konnte man schon einmal ein paar Dinge erledigen. Außerdem wurde Montag die Biotonne abgeholt und die sollte schon voll sein. Das war auch eine ganz pragmatische Denkweise.

Eine Woche im neuen Jahr hatte sich Alexander Rosenbaum selbst zusätzliche Bedenkzeit nach seiner Silvesternachtvorgabe eingeräumt. Auf seinem Schreibtisch lag unter anderem diese skurrile Anzeige von Wilhelm Winkler aus Hamburg, der seinen alten Freund vermisste und an Mord glaubte. Aber ohne Leiche war das eine schwierige Angelegenheit und eigentlich gehörte die Ermittlung gar nicht in seinen aktuellen Bereich. Außerdem, wo käme man da hin, wenn man allen irren Anzeigen der Leute nachgehen wollte. Dann ginge es in den wirklichen Fällen überhaupt nicht voran.

Wolfhard hatte ihm die Akte nur mal gegeben, als er ihm von der merkwürdigen Begegnung am Heiligen Abend berichtete, zur Erheiterung gewissermaßen, wie er sich ausdrückte. Der Kollege, der alles aufgenommen hatte, hatte doch tatsächlich von unguten Gefühlen gesprochen.

„Klingt wie unsere Janine", hatte Wolfhard verschmitzt gemeint. „Auf ihre Gefühle können wir uns ja eigentlich immer verlassen. Und wenn das mit den Emotionen hier Schule macht, sollten wir möglicherweise drauf achten. Meine Rita spricht ja auch immer von ihrem Bauchgefühl und liegt meist damit richtig. Schau dir das mal an. Vielleicht hast du eine Idee. Wenn wir überhaupt weitere Nachforschungen anstellen wollen, dann müssen wir den Aufwand schließlich auch irgendwie rechtfertigen."

Janine war das Stichwort. Alexander Rosenbaum rief die Assistentin an und bat sie um einen Gefallen: „Kannst du mal eben ableuchten, was es mit einem gewissen Kurt Torgelow auf sich hat? Seine Tochter lebt mit Mann in Petershagen. Dort soll er auch hingezogen, jetzt aber verschwunden sein. Mach das möglichst unauffällig. Wir wollen uns ja nicht blamieren. Wahrscheinlich hat sich der alte Herr wirklich nur auf eine Sonneninsel abgesetzt, um das Rheuma nicht so sehr zu spüren wie hierzulande. Die Akte habe ich von Wolfhard, kannst du dir nachher abholen."

„Ach, Alex, du kennst mich doch. Das erledige ich mit absolut diplomatischem Geschick. Man wird gar nicht merken, dass da die Polizei ihre Hand im Spiel hatte."

„Weiß ich doch. Danke." Alexander legte den Hörer auf und hatte ein Lächeln im Gesicht.

Am zweiten Montagmorgen im Januar bat Alexander bei Kriminaloberrat Riechmann und Personalchefin Martina Mahler um ein Gespräch in eigener Sache.

„Keine Frage, Sie können immer zu mir kommen", hatte Reinhold Riechmann betont. „Verraten Sie mir noch in Ansätzen, worum es geht und warum auch die Personalabteilung vertreten sein soll."

„Ich glaube, nein, ich bin mir sicher, ich möchte gern meinen Aufenthalt in Minden verlängern, wenn das möglich ist."

„Aha, und ich dachte, Ihre Tage bei uns seien gezählt und Sie wollten sich nun endgültig verabschieden. Wobei ich nur ungern auf so einen kompetenten Mitarbeiter verzichten mag. Ich denke mal nur an den ersten Fall, den Sie im vorigen Jahr mit Bravour gelöst haben. Das hat uns auch eine gute Presse beschert. Immer ganz wichtig, diese Außenwirkung", kurz verhielt Kriminaloberrat Riechmann in seinen Ausführungen. „Moment mal, ich schaue gerade in meinen Terminkalender. Fünfzehn Uhr ginge bei mir, da habe ich ein offenes Zeitfenster. Ich schließe mich noch mit Martina Mahler kurz, dann gibt es umgehend ein kleines Echo."

„Vielen Dank."

„Keine Ursache. Ich würde mich jedenfalls sehr freuen, wenn wir Sie noch länger bei uns im Team behalten könnten. Und ich glaube, die anderen Kollegen ebenfalls."

Alexander hatte auf die Taste gedrückt, um das Gespräch zu beenden, und schaute aus dem Fenster in die Ferne. Ob das jetzt wohl alles so in Ordnung war, wie er sich entschieden hatte? Aber dann schüttelte er den Kopf und griff sich eine Akte, die ganz oben auf dem Stapel seines Schreibtischs lag. Seit der vorige Fall abgeschlossen war, erledigte er wieder die ganz normalen Alltagsaufgaben in einem Kommissariat. Da ging es darum, akribisch die Spuren von Fällen zu verfolgen, bis sie ein Ergebnis brachten oder im Sande verliefen und als Einzelakte geschlossen werden mussten. Er grübelte bei dem aktuellen Fall von schwerer Körperverletzung mit Todesfolge, der sich in der Silvesternacht ereignet hatte, ob es einen weiteren Ansatzpunkt geben könnte und starrte auf die Unterlagen, als das Telefon klingelte.

Reinhold Riechmann bestätigte den Termin.

„Also, fünfzehn Uhr dann bei mir im Büro. Es gibt auch einen guten Melitta-Kaffee!"

„Sehr gern. Bis dahin."

Jetzt atmete Alexander Rosenbaum tief durch. Er hatte sich zu diesem Weg durchgerungen, also musste er auch sämtliche Konsequenzen tragen. Was sollte diese Gefühlsduselei? Irgendwie war er manchmal zu weich, warf er sich jetzt innerlich vor. Aber das hing auch mit der ganzen Entwicklung in der Gesellschaft zusammen. Seit sich die Frauen extrem emanzipiert hatten, wurden die Männer aus ihrer bisherigen dominanten Geschlechterrolle gedrängt und sollten plötzlich für alles Verständnis und Zeit und Einfühlungsvermögen haben. Ein Macho-Dasein ging gar nicht mehr, wurde in der Öffentlichkeit immer weniger akzeptiert. Wobei ihm das Emotionale sogar gelegen kam, irgendwie entsprach es schon seinem Naturell. Der intensive Einsatz für die Familie hatte ihm all die Zeit viel Freude bereitet. Nur, dass es ihm auf diese Weise gedankt wurde, das war einfach total daneben.

„Verdammte Scheiße“, fluchte Alexander Rosenbaum halblaut vor sich hin. Seit er ein eigenes Zimmer hatte, konnte er sich solche gelegentlichen Ausrutscher durchaus leisten. Da hörte kein Wolfhard Schmidt mehr auf jedes Wort.

Martina Mahler und Reinhold Riechmann unterhielten sich schon angeregt, als Alexander Rosenbaum das Zimmer seines Vorgesetzten betrat.

„Nehmen Sie doch Platz, mein Lieber“, sagte der Kriminaloberrat und wies auf einen Stuhl an dem schmalen Tisch, der seinen Schreibtisch für Besprechungszwecke mittig verlängerte, und an dem es sich schon Martina Mahler bequem gemacht hatte, ein Bein lässig über das andere geschlagen. Beide vor sich eine Tasse Kaffee.

„Für Sie auch? Mit Milch und Zucker?“, fragte die Personalchefin.

„Aber gern, und nur schwarz“, erwiderte Alexander, schob seine Tasse über den Tisch und setzte sich. Martina Mahler goss aus einer Thermoskanne ein und er zog den Kaffee zu sich heran.

„Sie wollen also Ihre Zeit bei uns verlängern“, stieg Reinhold Riechmann in das Thema ein. „Wir wollen hier gar nicht wie die Katze um den heißen Brei herumreden. Guter Witz, Sie haben ja wohl einen Kater, wie mir eben einfällt … Unsererseits ist das jedenfalls kein Problem. Wenn Sie mögen, können Sie bis zu Ihrer Pension bei uns verweilen. Ha, ha!“

Martina Mahler fing auch an zu lachen.

„Tja, wie Sie sehen, lieber Kollege, spricht offensichtlich nichts dagegen. Ich habe inzwischen mit Ihrer Dienststelle in Berlin Kontakt aufgenommen. Man bedauert zwar Ihre Entscheidung, aber Sie scheinen ja beim dortigen Chef einen ziemlichen Stein im Brett zu haben. Jedenfalls meint der auch, Sie könnten jederzeit wieder in der Hauptstadt einsteigen. Es liegt quasi ganz bei Ihnen. Wobei uns schon eher eine gewisse Kontinuität vorschwebt."

„Da bin ich beruhigt", erklärte Alexander. „Es sind vorrangig persönliche Dinge, die mich veranlassen, meine Zeit hier auszudehnen. Sie haben nichts, aber auch rein gar nichts mit der Arbeit zu tun." Alexander stoppte kurz, blickte ein wenig verunsichert zu beiden und fuhr fort: „Wobei, das sollen Sie nun nicht in den falschen Hals bekommen. Ich fühle mich im Team ausgesprochen wohl. Die anfänglichen kleineren Befindlichkeiten haben sich gelöst. Wir kommen gut miteinander klar. Ich bleibe sehr gern in Minden, wenn man meine Arbeit hier schätzt. Außerdem finde ich die Gegend ganz famos."

„Aber ja, ich kläre dann nur noch die formalen Dinge. Sie unterschreiben mir die Papiere und bleiben fortan im Amt als Kommissariatsleiter", schloss Martina Mahler das Personalgespräch ab.

„Dann gehen Sie mal weiter an Ihre aktuellen Fälle. Brennt's irgendwo?", Reinhold Riechmann klopfte Alexander wohlwollend auf die Schulter.

„Nein, alles im grünen Bereich." Alexander Rosenbaum verschwieg den Ansatz mit dem verschwundenen alten Herrn. Das war aber auch zu abwegig. Wenn die derzeitigen Nachforschungen nichts ergaben, dann war es gut. Dann musste keiner weiter davon etwas erfahren.

Der Januar zeigte sich komplett schneelos, aber dafür zum Teil doch mit extrem niedrigen Temperaturen. Alexander Rosenbaum hatte mit den fehlenden Flocken keinerlei Probleme, denn vor seinem angemieteten Haus zog sich die Straßenfront in eine Länge von mehr als dreißig Meter. Und da sich auf der gegenüberliegenden Seite kein Anwesen befand, blieb ihm nichts anderes übrig, als auch dort den Schnee zu beräumen. Sollte denn welcher fallen. Darüber hatten ihn sowohl der Vermieter als auch die Nachbarin informiert. Hertha Jendritzky gleich bei der ersten Schlüsselübergabe zum Haushüten und zur Katerbetreuung, als Alexander für ein Wochenende nach Berlin fuhr. Das war noch im Frühsommer des Vorjahres gewesen, wo keine Menschenseele normalerweise einen Gedanken an den Winter verschwendete.

„Also, nicht, dass Sie es vergessen. Bei uns hier wird im Winter kein Schnee geschoben. Wir sind von der Gemeinde Hille inzwischen als allerletzte Kategorie eingeordnet. Tja, früher, da war alles einmal anders. Da kam auch immer offiziell ein Wagen vorbei ... Heutzutage gelegentlich der Bauer als Nachbarschaftshilfe. Aber ansonsten müssen wir jedenfalls eigenhändig unsere Straße freihalten. Vielleicht könnten Sie, junger Mann, dann auch bei mir mal ein wenig mit zugreifen?" Das hatte Alexander Rosenbaum bei strahlendem Frühsommersonnenschein ehrlichen Herzens versprochen. Und bis jetzt war auch zum Glück noch kein Einsatz nötig geworden.

Zum Monatsende hin legte er die Tour nach Berlin so, dass er auch einen Abstecher auf die Grüne Woche realisieren konnte. Dafür kamen die beiden letzten Januarwochenenden infrage.

„Da tauchst du schon mal zu Hause auf und dann lässt du mich auch noch mit den Mädchen allein. Ich dachte, wir tun mal etwas gemeinsam für den Familienzusammenhalt", hatte ihn Olga bei seiner Erklärung angeklagt. „Du weißt genau, dass ein solcher Ausflug mit den Kindern viel zu anstrengend werden würde."

„Sicher", hatte Alexander entgegnet, „und deshalb fahre ich natürlich allein zum Messegelände, und zwar mit den Öffentlichen. Auch ich habe mal einen Wunsch!"

Und er machte sich auf den Weg zum Funkturm, stieg dann am ICC aus. Sein Blick tastete das Objekt prüfend ab. Sehr fraglich, wie lange das hier noch so stehen würde, grübelte er und erinnerte sich an die Pressemeldungen zu dem einst verbauten Asbest im Internationalen Congress Centrum. Doch dann strich er sich durchs Haar und beschleunigte seine Schritte. Eigentlich interessierte ihn nur die eine wichtige Halle. Essen und Trinken waren nicht so sein Ding, mit dem Gedrängel der Leute, die auf ein spendiertes Glas Wein oder ein kostenloses Häppchen scharf waren. Nachdem Alexander Rosenbaum ein Ticket gelöst und einen Blick auf den Messehallenplan geworfen hatte, schob er sich zielgerichtet durch die Menschenmassen.

Unter dem Motto „Blumenhalle im Wandel – Berliner Pflanzen und Gärten" hatte ein Landschaftsarchitekturbüro die Halle 9b als „schönste Baustelle der Welt" ausgestaltet, wie auf einer Infotafel zu lesen war. Schilder, Bauwagen, Lkw und meterhoch aufgetürmte Baustoffe waren blumig und grün inszeniert. Hier stoppte Alexander und ließ seine Augen genüsslich schweifen. Riesige Blumenhügel waren von Hortensien, Rosen, Primeln, Narzissen und seinen heißgeliebten Orchideen besiedelt. Die angedeutete Baustellenszenerie in Winterruhe und zugleich die vielen Blumen, die schon den Frühling und mehr ankündigten. Alexander Rosenbaum atmete tief ein und sog die Blütendüfte in sich auf. Das üppig bewachsene Baugerüst tat es ihm besonders an, aber auch der Kran, die bepflanzten Mörtelmischwannen und Schubkarren. Ach, könnte man das doch alles auch zu Hause umsetzen, dachte Alexander bei sich und schlenderte in aller Ruhe inmitten des Getümmels hin und her, Raum und Zeit vergessend.

Dann sah er die Hinweise auf die internationale Gartenschau in Hamburg. 2013 sollte die igs in der Hansestadt ausgetragen werden. Er notierte sich den Termin bereits auf seinem privaten inneren Kalender, bis dahin war ja die Kleine auch schon in der Schule, fiel ihm ein. Und dann eine nächste internationale Gartenausstellung in der Hauptstadt, mit Britzer Garten, Zoologischer Garten, Botanischer Garten, Gärten der Welt und den neuen Gärten, die auf dem ehemaligen Gelände des Flughafens, dem Tempelhofer Feld, bis zur Eröffnung 2017 entstehen sollten. Das nenne ich mal eine langfristige Zeitplanung, grinste Alexander in sich hinein. Aber klar, muss auch alles wachsen und gedeihen, ehe es nach etwas aussieht, grübelte er bei sich. Wie alt die Mädels dann schon waren, das wollte er sich lieber nicht vorstellen.

Als er sich sattgesehen hatte, machte er sich wieder auf den Weg Richtung Ausgang. Zur Orientierung musste er bei einem Knotenpunkt innerhalb der Ausstellungshallen doch auf eine Karte schauen. Verflixt, fluchte er innerlich, ist denn gar kein Verlass mehr auf mein Orientierungsvermögen?!

Unterwegs geriet dann die S-Bahn ins Stocken. „Achtung, werte Fahrgäste, aufgrund eines Notarzteinsatzes im Bahnhof Bellevue ist der Zugverkehr unregelmäßig“, knarrte es im Lärmpegel eines durchfahrenden Intercitys kaum vernehmbar über den Bahnsteig, auf dem Alexander fröstelnd stand. Na toll, dachte er bei sich. Können die Kollegen wieder mal einen Selbstmörder von den Gleisen kratzen. Und wir stehen uns hier derweil die Beine in den Bauch. Er steckte die Hände tiefer in die Jackentaschen und lief zwischen der stetig anwachsenden Menschenmenge nervös auf und ab.

Später stand er auf dem U-Bahnhof und wartete auf seinen Anschlusszug. „Achten Sie bitte auf Ihre Wertgegenstände. Es sind vermehrt Taschendiebe unterwegs", dröhnte es aus dem Lautsprecher. Alexander nahm es plötzlich wahr und schaute sich argwöhnisch um, obwohl er sonst solcherart Ansagen einfach überhörte, weil sie in den üblichen Stadtlärm integriert waren. Aber inzwischen hatte das Landleben offensichtlich seine Sinne wieder mehr sensibilisiert.

Schließlich saß er in einem Zug und spürte die Kälte der Sitzbezüge, mit einer in sich verlaufenden Musterung aus Blau, Rot, Grau und Schwarz. Dann stieg in der U-Bahnlinie 8 eine bildschöne Afrikanerin, hochgewachsen und mit außerordentlich aufrechter Erscheinung, in sein Abteil, bepackt mit zwei riesigen, durchsichtigen Kartons rechts und links. Darin befanden sich gut erkennbar zwischen den Halterungen des braunen Klebebands jede Menge quietschbunter Weihnachtskugeln. Wohl die Zeit verschlafen, fuhr es Alexander durch den Kopf und er musste grinsen.

Auf dem kleinen Bildschirm unterhalb der Decke wechselte sich im Berliner Fenster die Reklame mit kurzen Nachrichten ab. Beim Quallenzauber im Aquadom war ein Mann bei der Reparatur von einem Lift zerquetscht worden, las Alex und dachte gleich an seinen Kollegen Frank. Er wollte wohl mal wieder zu seiner alten Dienststelle, aber diesmal war die Zeit zu eng.

Boddinstraße gesellte sich ein Pärchen dazu, jeder der beiden einen Döner in der Hand und genussvoll kauend, da und dort einen Krautfetzen verlierend. Der intensive Geruch des Essens legte sich fettig in den Waggon. „Die Beförderung ist nur mit gültigem Fahrausweis möglich", fiel Alex eine Warnung ins Auge, die er nicht weiter registrierte. Olga hatte ihm ihre Monatskarte gegeben.

Mit Tina und Lena machte er sich am Sonntag allein auf den Weg. Olga schob eine Migräne vor. Die beiden Kinder wollten diesmal in eine Tobewelt. Na gut, dachte der Vater bei sich, wenn es ihr Herz begehrt. Und sie hatten noch einen Wunsch, was das Essen anging: die Fastfood-Kette. Olga gestattete das eigentlich kaum. Sie sorgte sich um eine ganz gesunde und bewusste Ernährung. Meist kaufte sie im Biosupermarkt ein, was ziemlich ins Geld ging und wobei sie sich immer mit den Mengen verkalkulierte, woraufhin etliches im Müll landete. Alexander erschrak nur immer beim Blick auf das gemeinschaftliche Konto, das gelegentlich in die roten Zahlen pendelte, und die Begründungen seiner Frau, dass eben die Lebenshaltungskosten so hoch seien.

Bevor er aber seine Mädchen daheim absetzte und sich wieder auf den Weg nach Minden machte, kehrte er mit ihnen zum Imbiss ein. Er bestellte drei Burger-Menüs und die Kleinen strahlten über alle Backen. Nicht ein winziger Rest blieb übrig. Sie aßen alles auf.

„Na, dann muss es ja schönes Wetter geben", meinte der Vater.

„Also Schnee, endlich Schnee?", vergewisserte sich Lena, der die Mutter heute kleine Rattenschwänze geflochten hatte.

„Wenn es den gibt, dann esse ich auch noch eine Portion", ergänzte Tina.

„Ach, lasst mal gut sein. Ihr habt prima gegessen. Das klappt bestimmt in den nächsten Tagen. Ich finde auch, es liegt so eine frisch-frostige Atmosphäre in der Luft."

Alexander griff sich rechts und links seine beiden Mädchen und machte sich auf den Heimweg.

„Und die Gutenachtgeschichte, Papa, wann erzählst du uns die heute", erkundigte sich die Große.

„Na, von unterwegs aus, wenn ich im Auto sitze. Das ist ja mit der Freisprechanlage kein Problem."

Innerlich verfluchte er sich bei dem Versprechen doch ein wenig, denn es strapazierte die Konzentration ziemlich, sich eine ordentliche Geschichte einfallen zu lassen und zugleich auf den Straßenverkehr zu achten. Auch die längeren Telefonate mit seiner Mutter, um die nervenzehrende Fahrtzeit zu verkürzen, waren nicht so ohne.

Immerhin wurde die A 2 gelegentlich sogar als „die Todesautobahn" bezeichnet. Was zwar eher den marktschreierischen Parolen der Boulevardpresse zu entnehmen war. Aber so ganz unrecht hatten die nicht. Alexander kannte die Statistiken und damit auch die Zahlen tödlicher Unfälle. Einer seiner Freunde arbeitete bei der Verkehrspolizei und am Rande tauschte man sich bei den Telefonaten schon über solche Ereignisse aus. Am schlimmsten waren immer die Schaulustigen, die häufig noch Folgekatastrophen verursachten.

Alexander Rosenbaum traf unversehrt daheim ein. Dreieinhalb Stunden reine Fahrtzeit, das war optimal. Auch die Telefonate mit den Kindern und der Mutter konnte er gedanklich abhaken. Das war erledigt. Zu Hause erwartete ihn Kater Albert schon auf der Dorfstraße, weithin sichtbar in seinem schwarz-weißen Fell. Wie diese Leuchtboje überhaupt je eine Maus fangen konnte, war schleierhaft. Alexander lachte in sich hinein.

Bei so kurzen Touren übers Wochenende tat er dem Tier die strapaziöse Fahrt lieber nicht an, sondern stellte Vorrat an die Vorder- und die Hintertür des Hauses. Die Futterboxen mit Batterie und Zeitschaltuhr waren schon genial. Bei den jetzigen Temperaturen musste er nicht einmal das Kühlaggregat einsetzen. Und ansonsten gab es ja immer noch die Nachbarin Hertha Jendritzky, die liebend gern auch aufs Haus aufpasste …

Kurt Torgelow hatte ein eigenständiges Leben geführt. Bis zu jenem Tag, als ihn die Tochter mit nach Münster nahm. Roswitha Krämer, geborene Torgelow, hatte nach dem Tod der Mutter alle Formalitäten erledigt und sich auch um die Beisetzung gekümmert. Der Vater war in eine regelrechte Starre gefallen und kaum noch ansprechbar. Mit versteinertem Gesicht hatte er am Grab seiner Frau gestanden und die dunkle Erde zwischen den Fingern in die Tiefe gerieben. Ohne eine Träne zu verlieren. Ganz anders als Roswitha, die sich da herzzerreißend schluchzend an ihren Mann Herbert gelehnt hatte, um Halt zu finden.

Die anonyme Beisetzung war Mutters Wunsch noch zu Lebzeiten gewesen. Damit man niemandem zur Last falle, hatte sie damals beim Kaffeeklatsch mit selbstgebackenem Butterstreuselkuchen zu Roswitha gesagt. Aber wo blieb nun für später der Platz zum Trauern, fragte sich jetzt urplötzlich die Tochter inmitten der Gäste, die Abschied nahmen.

Zur Feier im engsten Kreis der Familie war auch Freund Wilhelm erschienen. Als der Kurt umarmte, ging ein Zucken durch dessen Körper. Eine letzte, heftige Regung. Selbst als irgendwann im Laufe des Abends die eher heiteren Anekdoten um die Verstorbene aufgetischt wurden, hatte Kurt mit keiner Regung seiner Miene eine Empfindung angedeutet.

Nur kurze Zeit noch ließ Roswitha den Vater allein, der zusehends in seiner Wohnung, die am Rande von Hamburg-Elmshorn lag, verfiel. Er räumte nicht mehr auf, wusch keine Wäsche und sich schon gar nicht, benutzte jeden Tag ein und dieselbe Kaffeetasse. Wovon er sich ernährte, blieb unklar. Es waren wohl auch noch die zahlreichen Gläser mit dem Eingeweckten, die er sich Stück um Stück vornahm. Seine Frau war eine leidenschaftliche und außerordentlich gute Köchin gewesen, die sich immer um die nötigen Vorräte für Engpässe sorgte.

Als Roswitha ein paar Monate nach dem Ableben der Mutter die Wohnungstür der Eltern öffnete, schlug ihr ein ekelerregender Geruch entgegen, und ein paar Fliegen verirrten sich ins Treppenhaus.

„Papa, bist du zu Hause", rief sie in die Räume. „Ich habe dreimal ganz lange geklingelt, wie immer." Roswitha lief durch den Flur und hielt sich die Hand vor Nase und Mund. Dann ging sie ins Wohnzimmer, riss dort das Fenster auf und tat ein Gleiches in der gegenüber gelegenen Küche, um Durchzug zu erzeugen. Abgesehen vom Surren der Insekten und dem Ticken der Wanduhren herrschte Stille in den Räumen.

„Papa, wo steckst du denn?", Roswitha klang kläglich. Nicht auch noch den Vater in so kurzem Abstand zur Mutter verlieren, fuhr es ihr durch den Kopf. Schließlich entdeckte sie den alten Mann im Badezimmer, einem fensterlosen Raum, in dem er ohne Licht in der Wanne auf einem Hocker saß. Angezogen. Ihr liefen zwei Tränen die Wangen hinunter. Doch dann richtete sie sich auf und sprach auf den Vater beruhigend ein.

„Papa, was machst du denn für Sachen? Um die Zeit ein Bad nehmen? Es ist doch helllichter Tag. Komm raus aus der Wanne. Wir machen uns einen schönen Kaffee und dann erzählst du mir, was die letzten Tage so los war. Du bist ja gar nicht ans Telefon gegangen."

„Roswitha?“, der Kopf des Vaters drehte sich erst nach einer Weile in Richtung Tür. Er griff nun rechts und links an den Rand der Badewanne. „Kind, du störst. Das ist mir jetzt auch irgendwie peinlich. Lass mich mal in Ruhe abtrocknen. Dann komme ich gleich raus. Du kannst ja schon einmal die Kaffeemaschine anwerfen. Hast du denn Kuchen mitgebracht?“

„Aber ja, Papa, vom Bäcker gleich um die Ecke. Deinen Lieblingsmohnstrudel.“ Roswitha hemmte es die Sprache. Sie spürte einen heftigen Kloß im Hals. Das ging so gar nicht mehr, fuhr es ihr durch den Kopf. Und das Umfeld in der Wohnung bestätigte sie in ihrem Vorhaben.

Ein Weilchen später, als die beiden beim Kaffee saßen, versuchte Roswitha das Gespräch in die nötige Richtung zu lenken. Sie hatte den Küchentisch freigeräumt und auch ein wenig von dem vielen Müll entsorgt. Eine Nachbarin hatte schon grimmig geschaut, als sie die vierte Fuhre in den Abfallkästen verstaute. Dennoch bemerkte man nicht wirklich den Erfolg dieser Aktion.

„Hm, ist der Kuchen lecker, meine Kleine“, lobte der Vater mit vollem Munde. „Was führt dich denn überhaupt zu mir. Ich denke, du musst arbeiten. Deine Mutter triffst du auch gerade nicht an, die ist mit ihrer Freundin in ein Wellnesshotel nach Bayern gefahren. Ach ja, die Mädels. Wird ihnen gut tun. Ich mach hier schon mein Ding.“

Roswitha spürte eine tiefe Beklemmung in sich und atmete intensiv durch. Wenn der Vater keine ernsthaften Entscheidungen treffen konnte, dann musste sie das für ihn übernehmen.

„Weißt du was, Papa, was hältst du davon, wenn du jetzt bei uns in Münster ein Weilchen Ferien machst.

Und dann kommst du wieder heim, wenn die Mama aus ihrem Urlaub zurück ist."

Kurt Torgelow strahlte jetzt seine Tochter an.

„Das ist es, mein Schneckchen. So machen wir das. Und telefonieren können wir ja trotzdem miteinander. Eine Überraschung für deine Mutter." Der Vater rieb sich froh die Hände.

Schneckchen, so hatte sie der Vater vor vielleicht knapp fünfzig Jahren das letzte Mal genannt. Roswitha lächelte. Gemeinsam mit dem Vater packte sie die nötige Garderobe in einen Koffer. Alles andere ließ sich später erledigen. Beide fuhren in die Abenddämmerung Richtung Münster und der Vater pfiff beständig ein einziges Lied vor sich hin: „Ein Freund, ein guter Freund, das ist das Beste, was es gibt auf der Welt ..."

In der nächsten Zeit nahm sich Roswitha ein paar Tage frei, um den Umzug des Vaters zu organisieren. Aus der Wohnung wollte sie nicht viel mitnehmen. Ihr Haus war eingerichtet und der Vater im Gästezimmer untergekommen. So bestellte sie ein Entrümpelungsunternehmen, nachdem sie sich noch ein paar liebe Erinnerungsstücke ausgesucht hatte.

Anschließend mussten die Maler alles auf Vordermann bringen. Wie lange hatten die Eltern nicht renoviert? Roswitha konnte sich nicht wirklich erinnern. Aber die Wohnungsbaugesellschaft bestand auf einer ordnungsgemäßen Übergabe laut Mietvertrag.

Bei der Abnahme durch einen Angestellten lief alles wie am Schnürchen. Der junge Mann, eine flexibeldynamische Erscheinung, begutachtete jeden Winkel, um ihn innerlich abzuhaken. Gleichzeitig machte er sich Notizen auf seinem iPad. Da merkt man, wie man langsam auch alt wird, grübelte Roswitha und starrte auf das Gerät. Sie war nicht einmal in der Lage, auf die SMS von Freunden zu antworten, und verhaspelte sich immer hoffnungslos in der Tastatur, um dann schließlich und endlich doch anzurufen.

„Tja, das sieht alles prima aus, Frau Krämer. Ich unterschreibe Ihnen jetzt hier die Unterlagen zur Wohnung, dass alles in sehr gutem Zustand übergeben wurde. Da können wir ja die Räume gleich wieder vermieten. Wunderbar. Strom und Wasser sind abgelesen. Das wird dann alles entsprechend verrechnet. Sie kümmern sich ja bestimmt um die Geldangelegenheit Ihres Vaters. Mein Beileid übrigens zum Tod Ihrer Mutter. Die Kaution lasse ich auf Ihr Konto überweisen", der junge Mann schien in Eile, rieb sich nervös das linke Ohrläppchen mit Daumen und Zeigefinger und hielt Roswitha nun die Papiere entgegen.

„Danke", sagte Roswitha sehr leise. „Hier sind jetzt noch sämtliche Schlüssel." Und sie reichte sie hinüber. Mit einem prüfend-zählenden Blick nahm der Angestellte der Wohnungsbaugesellschaft die Schlüssel entgegen und steckte sie mit einem Nicken in seine Tasche.

„Das wär's dann. Ich wünsche Ihnen alles Gute, Frau Krämer."

„Danke, ich Ihnen ebenfalls. Auf Wiedersehen."

Erst als Roswitha wieder in ihrem Auto saß, wurde ihr bewusst, dass sie die Wohnung der Eltern, in der sie einst groß geworden war, nie mehr sehen würde, dass auch dies ein Abschied für immer war. Sie machte noch einen Abstecher zum Friedhof. Den Weg zur anonymen Grabstelle hätte sie im Schlaf gefunden. Noch.

Kurzzeitig war Kurt Torgelow in Münster aufgelebt. Doch Tag um Tag fragte er nach seiner Frau, bis er den

Namen nicht mehr erwähnte. Kein Urlaub konnte so lange dauern. Ob sie ihn wohl verlassen hatte, fuhr es ihm durch den Sinn, und sogleich war diese Frage auch schon wieder verschwunden.

Anfangs erledigte er seine Körperhygiene noch selbstständig. Bis er eines Tages nicht mehr aufstand und das Essen verweigerte.

Gerade in diese Zeit fiel die Versetzung von Herbert nach Bad Oeynhausen, in die dortige Filiale des Unternehmens, bei dem er beschäftigt war. Alle Arbeit blieb an Roswitha hängen.

„Merkst du nicht, wie dein Vater stinkt", rümpfte eines Abends Herbert die Nase, als er wieder spät heimgekommen war.

„Wem sagst du das, ich habe den alten Herrn fast den ganzen Tag um mich." Roswitha zuckte die Schultern. Ihren Vollzeitjob hatte sie schon auf 20 Stunden die Woche eingekürzt, natürlich unter Verlust des verantwortungsvollen Postens in der Bank. Der Personalchef hatte zwar zugestimmt, aber mit erheblichem Stirnrunzeln.

„Ich glaube, ich muss mich ganz und gar freistellen lassen. Papa braucht rund um die Uhr Hilfe. Das mit dem Pflegeheim ist ja auch keine Idee. Du weißt ja, wie er hilflos herumgeirrt ist, als wir das mal für ein paar Tage ausprobieren wollten. Dann hat er auf anderen Abteilungen den Bewohnern das Frühstück und gleich noch die Tablettenration weggegessen. Und da waren Herztabletten drunter und er ist im Krankenhaus gelandet. Ich will ihn da auch einfach nicht haben. Ist doch mein Vater, hat mich großgezogen und alles für mich gegeben. Nun bin ich ihm das schuldig, dass er zu Hause alles wie gewohnt vorfindet. So lange, wie er das eben benötigt."

„Na ja, im Grunde müsste ich das mit meinem Verdienst stemmen können. Außerdem haben wir noch die gute Rente deines Vaters. Dann lass uns aber mehr in die Nähe meiner Arbeitsstelle ziehen. Die Fahrtzeit frisst einen auch irgendwie auf."

Ein Anwesen in Petershagen-Heimsen war rasch gefunden. Ganz idyllisch, in den Niederungen der Weser. Hier würde sich die Familie bestimmt wohlfühlen, hoffte Roswitha. Sie bat um Versetzung bei ihrem Geldinstitut, aber da schüttelte der Personalchef bedauernd die Schultern.

„Das geht leider gar nicht, liebe Frau Krämer. So gern, wie wir Sie unterstützen würden. Aber Ihr Mann verdient doch recht gut, wie ich hörte. Da können Sie doch einfach daheim bleiben und sich um Ihren pflegebedürftigen Vater kümmern. Nicht wahr!" Fast bedrohlich hatte sich der Mann hinter seinem Schreibtisch erhoben und drängte die Frau aus dem Büro.

„Wir kommen Ihnen jetzt einfach mal entgegen, indem wir Ihnen kündigen. Dann gehen Sie nicht Ihres Arbeitslosengeldes verlustig, sondern bekommen es sofort. Als Begründung schreibe ich dann etwas von Wegfall des Arbeitsplatzes. Das ist ja mehr als glaubwürdig. Wir beide müssen uns dann nur einig sein. Sie verzichten logischerweise auf eine Klage." Der Personalchef grinste breit mit unbewegten Augen.

Mechanisch verbrachte Roswitha Krämer ihre letzten Arbeitstage und übergab alles an die Kollegin, die sichtlich erfreut war, dass eine Konkurrentin aus dem Rennen fiel.

Kurt Torgelow nahm den Umzug nicht wahr. Er hatte sich inzwischen zu einem ausgesprochenen Pflegefall entwickelt. Roswitha kümmerte sich um all die nötigen Dinge. Sie wusch und bettete und fütterte den alten Mann. Die Demenz schritt rasch voran. Zu den neuen Nachbarn hatten die Krämers kaum Kontakt aufgebaut. Man grüßte sich. Das musste reichen.

Als dann Herbert seinen Job verlor, spitzte sich die Situation zu.

„Wir brauchen keinen Pflegedienst für deinen Vater. Das kannst du gut und gern allein erledigen. Hast doch sonst nichts am Hut", brüllte er seine Frau an, als sie eines Tages das Thema anschnitt, weil sie sich überfordert fühlte.

Kurt Torgelow sprach zwar kaum noch etwas, aber er schien doch seine Umgebung wahrzunehmen. Manchmal lag ein Funkeln in seinen Augen. Und ein letztes Mal sagte er noch „Schneckchen" zu seiner Tochter. Da hatte er endgültig jedes Mahl verweigert und auch tagelang keinen Schluck mehr getrunken.

„Schneckchen, es wird jetzt Zeit, dass ich deine Mutter besuche." Sprach's und drehte den Kopf zur Seite.

Roswitha sah die ausgemergelte Gestalt vor sich im Bett, aus der jetzt der letzte Lebenshauch gewichen war. Als nach ein paar Stunden Herbert von seinem Termin bei der Arbeitsagentur in Minden nach Hause kam, bei der auch er seit Kurzem vorsprechen musste, waren seine ersten Worte: „Das geht ja gar nicht. Wovon sollen wir denn jetzt unseren Lebensunterhalt finanzieren. Dein Vater kann einfach nicht gestorben sein."

Kurze Zeit später standen die Osterfeuer bevor.

Das lag inzwischen zwei Jahre zurück …

Alexander Rosenbaum wälzte sich unruhig hin und her. Er hatte wieder einen seiner aktuellen Standardträume, wo ein kleines Mädchen, die Karla aus seinem Fall im vorigen Jahr, um Hilfe schrie.

Und er wollte auf sie zurennen, wollte sie aus der so offensichtlich bedrohlichen Situation retten, aber die Füße klebten im zähen Bodenbelag, und je mehr er sich dem Kind näherte, umso ähnlicher wurde sie seiner Tochter Lena. War ihr schließlich wie aus dem Gesicht geschnitten.

Schweißgebadet wachte Alexander auf und saß mit einem Ruck aufrecht im Bett. Nein, diesmal war Kater Albert nicht schuld an seinen Albträumen. Der Vierbeiner schnurrte selig auf seinem Kratzbaum im Flur, als Alexander an ihm vorbeilief, um sich aus der Küche ein Glas Wasser zu holen.

Während er das Haus durchquerte, schalteten sich die Bewegungslampen in den Steckdosen ein. Im halbdämmrigen Licht konnte er genügend erkennen. Als er die Kühlschranktür geöffnet hatte, erleuchtete das Gerät den Raum.

Schlaftrunken und ziemlich gerädert, schenkte sich Alexander etwas zu trinken ein, stellte dann das leere Glas auf die Spüle und schlenderte wieder zu seinem Bett, nicht ohne Albert noch eine Streicheleinheit zu verpassen.

„Dann lass uns mal weiter an der Matratze horchen, mein Lieber", murmelte Alexander vor sich hin, und der Kater brummelte scheinbar bestätigend und rollte sich auf die andere Seite.

Wenige Stunden später vibrierte das Handy auf dem Nachttisch und surrte lautstark. Alexander tastete um sich und brauchte ein Weilchen, ehe er das Gerät fand.

„Hallo, hier Rosenbaum."

„Ja, Alex, hab ich dich jetzt aus dem Schlaf gerissen?"

„Wolfhard? Warum denn in dieser Herrgottsfrühe. Es ist noch nicht einmal fünf." Mit der anderen Hand hatte Alexander in der Zwischenzeit die Beleuchtung seines Weckers betätigt.

„Man hat mich zuerst alarmiert. In Bielefeld sind gerade mal wieder alle Kräfte ausgebucht. Deshalb sollen wir schon einmal loslegen. Wahrscheinlich hast du dein Telefon nicht gleich bemerkt. Jedenfalls stehe ich mir schon in der Kälte am Mittellandkanal die Beine in den Bauch. Spring mal in deine Sachen und mach dich auf den Weg. Wir sind in der Nähe vom Osthafen, gleich hinter der Kanalüberführung. Da geht von der Wilhelmstraße die Aminghauser Straße ab. Kannst du eigentlich gar nicht verfehlen."

„Und aus welchem kühlen Grunde bist du da?"

„Mann, bist du heute begriffsstutzig. Sonst immer der fixe Berliner, der nie auf den Mund gefallen ist. Falls du dich schwach erinnern solltest, so arbeiten wir bei der Kripo. Und da soll doch gelegentlich mal ein Mord passieren. Ist hier offensichtlich, und die Leiche liegt wohl im Wasser."

„Ist ja gut. Ich bin schon munter und in einer halben Stunde bei euch."

Alexander Rosenbaum machte sich im Bad nur ein wenig frisch, putzte einmal über die Zähne und gurgelte anschließend mit Odol. Dann warf er einen letzten prüfenden Blick in den Spiegel und strich sich übers Kinn. Nein, für eine Rasur reichte die Zeit jetzt nicht. Dann eben stoppelig in den Dienst. Wobei ihm das doch ein gewisses Unbehagen bereitete. Beim Anblick seines Konterfeis fiel ihm jetzt auch noch auf, dass sich die grauen Fäden im Haar offenbar vermehrt hatten. Bestimmt der viele Ärger. Ob ich es mal mit Farbe probiere, durchfuhr ihn ein Gedanke. Da sollte es doch auch für Männer so ganz einfache Produkte geben …

Kater Albert umschlich schon die Beine seines Herrchens, was Alexander fast zu Fall gebracht hätte. Dann trat er auch noch auf die rote Gummispielmaus, die der Vierbeiner mitten auf dem Teppich platziert hatte und die ein lautes Quietschgeräusch von sich gab. Alexander zuckte erschrocken zusammen. „Kannst du nicht aufpassen", brubbelte er das Tier an. Woher denn, fuhr er sich gleich innerlich zurück. Der Kleine konnte nun am allerwenigsten für den Stress und die Hektik, die gerade einsetzten. Schnell noch eine Tüte Katzenfutter in den Futternapf und dann ab zum Fundort.

Alexander öffnete die Haustür und verschloss sie wieder hinter sich. Kater Albert hatte nur kurz ins Freie geschnuppert und sich gleich wieder zurückgezogen. Schnee, ach du meine Güte. Das fiel Alex jetzt auf. Es hatte in der Nacht geschneit und eine Decke von mindestens zehn Zentimetern lag über der Landschaft ausgebreitet. Ein wunderschöner Anblick im frühzeitigen Morgen, der noch dunkel über der Gegend lag und nur mit den funkelnden Sternen alles ein wenig erhellte.

Eigentlich hätte er nun zuallererst Schnee schieben müssen, erinnerte er sich an die mahnenden Worte von Hertha Jendritzky. Aber was sollte es. Sie würde schon Verständnis haben beziehungsweise haben müssen. Falls sie in seiner Abwesenheit vielleicht die weiße Pracht beiseite schaffte, wollte er die Nachbarin mit einem schönen Blumenstrauß oder ein paar Pralinen überraschen. Das nahm er sich fest vor. Alexander schwang sich in seinen Peugeot und startete das Fahrzeug.

Die Straßen waren noch relativ leer, nur die ersten Berufstätigen fuhren scheinbar im Schneckentempo. Als Alexander der Langsamkeit gewahr wurde, hatte er instinktiv selbst auch diese schleichende Fahrweise an den Tag gelegt. Es war extrem glatt. Dann würde es wohl nichts mit der halben Stunde werden. Zwischendurch rief er auf dem Handy bei Wolfhard Schmidt durch.

„Sag mal, wo bleibst du denn? Frühstückst du noch in aller Gemütsruhe?"

„Mach mal halblang. Hast du eine Ahnung, was auf den Straßen los ist!?"

„Aber sicher doch, junger Kollege. Ich bin schließlich schon seit geraumer Zeit auf den Beinen, und auch die Spurensicherung ist da und die Feuerwehr und all die lieben Einsatzkräfte."

„Sorry, Wolfhard, ich komme nur gerade nicht wirklich voran und kann einfach nicht auf die Tube drücken. Bis gleich. Leite einfach schon mal alles Nötige in die Wege."

„Auf mich kannst du dich verlassen."

„Aber das weiß ich doch."

Als Alexander Rosenbaum sein Fahrzeug am Mittellandkanal parkte, waren schon reichlich Leute vor Ort.

Es war ihm irgendwie peinlich, so als offensichtlich Allerletzter einzutreffen. Er suchte sofort nach seinem Kollegen, stürzte auf ihn zu und ließ sich die Lage erklären. Wolfhard fasste sich so kurz, wie es ging:

„Also, der Schleppkahn da hinten war in Fahrt und irgendwas kam dem Bootsführer spanisch vor. Er meint, er wäre im Untergrund angeeckt. Konnte ja kein Eisberg sein, den die Titanic rammt, sind schließlich nur ein paar mehr oder minder harmlose Schollen unterwegs. Da hat er vorsichtshalber das Schifffahrtsamt informiert und die danach gleich uns. Unsere Einsatzkräfte waren umgehend vor Ort und haben dann das Auto im Wasser entdeckt. Die Feuerwehr versucht nun gerade, das gute Stück mit einem Kran zu bergen."

„Ja, und was wollen wir hier nun. Hat da nicht vielleicht irgendeiner versucht, sein Altauto auf diskrete Art und Weise zu entsorgen?" Alexander schüttelte den Kopf und ärgerte sich, dass er keinen Schal um den Hals gelegt hatte. Das Schneetreiben wurde stärker und es war verdammt kalt.

„Also, wenn du deinen Porsche im Mittellandkanal entsorgen wolltest … dann kein Problem. Es handelt sich nämlich um so eine Nobelkarosse und eine männliche Person saß beziehungsweise sitzt auch noch darin."

„Habt ihr ihn denn nicht retten können?"

„Also, so richtig munter kannst du nicht sein. Ziemlich blöde Frage. Natürlich nicht. Der ist mit Maschendraht gefesselt, der sich auf der Rückbank total verhakt hat. Die Taucher haben schon probiert, den Toten aus seiner misslichen Lage zu befreien. Aber bei den Temperaturen wird das unter Wasser nichts. Sie haben ihr Möglichstes versucht. Jetzt holen wir das Auto mitsamt Inhalt raus. Aber wenn ich das richtig sehe, dann klappt das mit dem Kran auch nicht. Warte mal. Ich rufe noch mal beim Wasser- und Schifffahrtsamt an. Da müssen die Jungs wohl doch mit einem Schwimmkran anrücken."

Wolfhard Schmidt telefonierte, während Alexander direkt an den Rand des Kanals trat. Die Eisschollen funkelten im Scheinwerferlicht.

Heike Langenkämpfer hockte dort und inspizierte den Boden mit ihrer besonders großen und hellen Taschenlampe.

„Gute Morgen, Heike."

„Hallo, Alex, na, auch den Weg hierher gefunden. Ich weiß ja ehrlich nicht, wo ich bei dem Wetter hier was suchen soll. Gestern war noch alles so prima trocken. Da hätte ich jede Spur entdeckt. Aber jetzt! Den Winter habe ich nun wirklich nicht mehr gebraucht! Das hätte alles nahtlos in den Frühling übergehen können."

Sie blickte hilflos aus der Hocke nach oben.

„Lass mal, du findest doch bestimmt wieder die Nadel im Heuhaufen, wie ich dich kenne", beruhigte sie Alexander.

Jetzt legte sich ein Lächeln in das unausgeschlafene Gesicht von Heike Langenkämpfer.

„Übrigens steht unser Gerichtsmediziner schon da hinten mit seinem Auto. Er wartet nur noch auf seinen Einsatz. Geh doch einfach hin zu ihm. Dann könnt ihr euch schon einmal austauschen."

„Gute Idee, Heike. Das mach ich dann gleich mal und störe dich nicht weiter."

Alexander lief durch den kalten Morgen zu dem Wagen von Professor Eberhard Engelbrecht aus Münster. Er klopfte an die Scheibe und die Fahrertür wurde einen Spaltbreit geöffnet.

„Ach, der Kollege Rosenbaum aus der Hauptstadt. Na, eingelebt in unseren Breitengraden?"

„Sie erinnern sich?"

„Aber natürlich, junger Mann. Man sagt mir ein phänomenales Gedächtnis nach. Wäre ich sonst Professor? Ha, ha, nur ein Scherz am Rande. Rutschen sie rein in mein edles Fahrzeug. Ich habe die Standheizung eingestellt. Das kann noch ein Weilchen dauern, ehe wir gefordert werden."

Alexander lief um den Wagen herum und setzte sich zu Professor Engelbrecht. Es war ihm ganz lieb, einmal so in möglichster Ruhe mit dem Fachmann zu sprechen. Da waren auch noch ein paar Fragen aus dem Fall der kleinen Karla für ihn offen geblieben. Die wollte er gern geklärt haben. Der Professor zog zwar erstaunt die Augenbrauen hoch, aber er beantwortete detailliert alles, was Alexander auf dem Herzen lag.

„Mögen Sie einen Becher Kaffee?", fragte der Gerichtsmediziner.

„Oh, sehr gern. Ich habe noch gar nichts zu mir genommen. Bin einfach nur so aus dem Haus, nachdem mich mein Kollege angerufen hat."

„Dann hier", Professor Engelbrecht zog einen zweiten Becher aus einer Tasche im Fußraum hinter seinem Sitz, füllte ihn mit dampfendem Kaffee und reichte ihn Alexander. „Ich hätte sogar etwas abgepacktes Gebäck, falls Sie mögen."

„Das tut aber gut", bedankte sich der Jüngere und tat einen tiefen Schluck. „Nach Keksen steht mir allerdings momentan nicht der Sinn. Ganz schön heiß und ziemlich süß, Ihr Kaffee."

„Ja, genau so soll er sein."

Alexander verkniff sich die Bemerkung, dass er seinen Kaffee eigentlich nur schwarz trank. Er wollte diesmal eine Ausnahme machen und das heiße Getränk wärmte auf jeden Fall richtig gut durch.

In dem Moment wurde die Autotür auf der Seite von Alexander geöffnet.

„Ich will ja nicht stören, aber die Mitarbeiter vom Wasser- und Schifffahrtsamt haben jetzt das Fahrzeug aus dem Kanal geborgen. Ihr solltet euch das unbedingt ansehen. Schon irre, auf was für Ideen die Leute kommen."

Die beiden Männer stiegen aus und liefen, immer noch ins Gespräch vertieft, hinter Wolfhard her, der den Kopf schüttelte und vor sich hinbrummelte: „Also nein, Sachen gibt's, die gibt's gar nicht. Und wenn ich das jetzt nicht mit eigenen Augen sehen würde, dann tät ich es nicht glauben!"

Das Areal war weiträumig mit dem rot-weißen Flatterband abgesperrt worden. Aber um diese Tageszeit, bei dem Wetter und an so einem Ort war wohl eher kein aufdringlicher Publikumsverkehr zu erwarten. Und Zeugen? Mit denen konnte man höchstwahrscheinlich auch nicht rechnen. Alexander Rosenbaum legte sich innerlich schon die verschiedensten Varianten zurecht, was da alles wie passiert sein konnte. Immerhin durfte man in jedem Fall auch zunächst nichts ausschließen, musste jeder noch so kleinen Spur nachgehen. Aber Spuren im Schnee? Alles war von einer weißen, zart glitzernden, unschuldigen Pracht überzogen. Selbst wenn da im Untergrund irgendetwas auf die Tat hinweisen könnte, so musste erst mal die überdeckende Schicht weg.

Alexander lächelte vor sich hin und blickte auf Heike, die immer noch teils in der Hocke, teils gebückt die Umgebung absuchte. Die Frau war einmalig. Und es tat richtig gut, solche kompetenten Kollegen an seiner Seite zu wissen. Wenn sie einmal Feuer gefangen hatte, dann ließ sie nicht locker und aufgeben war ein Fremdwort für sie. Wenn es nach ihr ginge, würde man niemals die Akten eines ungelösten Falles schließen. Außerdem konnte man mit ihr richtig klasse reden, einfach mal so über alles Mögliche, auch nicht über die Arbeit.

„Na, Alex, schon eine Idee, in welche Richtung ihr ermitteln wollt?", fragte Heike, die gespürt hatte, dass sie jemand bei der Arbeit beobachtete. „Willst du mir jetzt auf die Finger schauen?"

„Um Himmels willen, nein! Tut mir leid. Das sieht nur gerade mal wieder nach einer sehr verzwickten Angelegenheit aus."

„Wieso? Für meinen Geschmack ist die Sachlage ziemlich eindeutig. So ein schicker Schlitten und dann der Typ in solch edlem Zwirn, aber kaltblütig mit dem Karnickeldraht gefesselt und auf der Rückbank positioniert. Da hat sich wohl jemand ganz bitterlich gerächt, würde ich mal meinen."

„Mag sein", antwortete Alex wortkarg und dachte nach, auch über die abmontierten Kennzeichen, was die Suche offensichtlich erschweren sollte. Aber über die Fahrgestell-Nummer ließ sich ja jeder Halter finden. Und die befand sich noch dort, wo sie hingehörte. Wolfhard hatte bereits den Auftrag, sich darum zu kümmern.

„Ach so, ehe ich es vergesse. Ich wollte dich noch einladen. Ende Februar feiere ich am letzten Sonnabend meinen Geburtstag in größerer Runde. Würde mich freuen, wenn Du auch kommst. Sind etliche Kollegen dabei, aber ansonsten auch ein paar ganz normale Leute, ohne kriminelle Erfahrungen."

Jetzt musste Alexander lachen. „Du bist gut. Aber sehr gern. Hast du denn einen Wunsch?"

Heike errötete schlagartig. „Also, das fragt man mich aber eher selten. Bring einfach dich mit und gute Laune und vielleicht noch einen schönen Wein für die Feier. Das reicht völlig aus."

„Gut. Das mache ich. Und jetzt lass ich dir deine Ruhe."

Alexander wandte sich dem Gerichtsmediziner zu, der sich über den Fahrer des Wagens beugte. Dazu hatte sich in der Zwischenzeit auch der Staatsanwalt Marc Oberländer gesellt. Er hatte sich den Kragen seines Mantels hochgeschlagen und steckte fröstelnd die Hände in die Taschen. Auf Kopf und Schultern sammelten sich rasch die Schneeflocken. Er begrüßte jetzt ebenfalls Alexander Rosenbaum: „Tut mir leid, ich wäre schon eher hier gewesen, aber die A 2 ist am Bielefelder Berg wegen der extremen Glätte gesperrt. Ich musste erst zusehen, wie ich über die Landstraßen vorwärts kommen konnte. Aber wie ich sehe, hat es der Herr Professor vor mir geschafft. Schön, dass Sie gleich nach meinem Anruf kommen konnten. Ist ja offensichtlich doch ein Spezialfall, den man sich auch vor Ort anschauen sollte."

Der Gerichtsmediziner nickte freundlich.

„Und, wie lange, meinen Sie, hat der Mann schon im Wasser gelegen?", fragte Alexander jetzt Professor Engelbrecht.

Der wog den Kopf hin und her: „Tja, so auf Anhieb will ich mich nicht festlegen. Aber das dürfte schon etwas länger her sein. Seine Haut ist bereits ganz schrumpelig. Die klassische Waschhaut eben. Und ziemlich schwarz. Dann der Algenbesatz überall und die lockeren Haare, die Fische waren auch nicht ganz untätig … – vielleicht zwei Wochen? Bei Wasserleichen sollte man ja nach längerer Verweildauer im feuchten Element nicht unbedingt an den Gliedmaßen ziehen, sonst hat man die eventuell separat liegen. Also, bei dem Herrn hier würde ich auch einen solchen Versuch nicht unternehmen wollen. Aufgrund der generellen Temperaturen hat sich natürlich alles ein wenig verzögert, was ansonsten rascheren Fortgang nimmt."

„Wohin wollen Sie denn den Toten schicken lassen?"

„Ich habe gerade telefoniert. Also, Johannes-Wesling-Klinikum Minden ist schon in Ordnung, die haben Platz für uns. Da treffen wir uns dann einfach in der Pathologie. Sie kennen ja inzwischen die dortigen Gepflogenheiten. Wir tauschen uns am besten im Laufe des Tages noch aus, was die Zeitplanung angeht."

Staatsanwalt Marc Oberländer wandte sich nun an Alexander Rosenbaum: „Ich habe schon vernommen, dass auch dieser Fall wohl wieder in Ihren Händen liegt. Gut so. Das habe ich eindeutig befürwortet. Warum sollen auch nicht die Kräfte vor Ort aktiv werden, wenn es sich machen lässt. Ich wünsche uns viel und vor allem raschen Erfolg. So eine spektakuläre Aktion geht sicher auch nicht an den Medien vorbei. Ihre Pressestelle wird sich etwas einfallen lassen müssen. Vor allem dürften wir wohl zu Beginn nicht zu detailliert in die Öffentlichkeit gehen. Tja, wem sage ich das, Sie sind auch schon ein alter Hase."

Alexander lächelte dankbar. Alter Hase hatte zwar noch keiner zu ihm gesagt. Aber mit Mitte dreißig kam man dann wohl doch schon so langsam in die Jahre, vor allem, was die Berufserfahrung anging.

Mittlerweile graute der Morgen und alles nahm schärfere Konturen an. Der Schnee jedoch fiel weiter sanft auf die Umgebung und tauchte die Szenerie in einen harmlosen Schein.

Sven Kruse saß hinter seinem Schreibtisch in der Bielefelder Stadtverwaltung und googelte gerade in seinem Computer. Eben hatte er noch von der reizenden Kollegin aus der Bauabteilung eine E-Mail mit heiterem Anhang bekommen und sich köstlich amüsiert. Das waren allerlei witzige Fotos unter dem Motto, warum man sich über seinen Arbeitsplatz nicht zu ärgern brauche. Eine Frau stand hinter einem Elefanten und fing den Kot mit einem Riesenbeutel auf. Der nächste Typ verschwand mit dem gesamten Oberkörper in einem Gummianzug auch in einem Elefanten, wahrscheinlich ein Tierarzt. Andere wieder bauten in schwindelerregender Höhe an einem Hochhaus, seiltänzerartig, so gut wie nicht gesichert. Und dann die Menschenmassen in einem asiatischen Office, Bildschirm an Bildschirm, Körper an Körper. Kein Platz für irgendwelche Individualitäten.

Sven Kruse grinste und dachte so bei sich, was er doch für ein Glück hatte mit seiner Berufswahl. Eine klare, eindeutige Beamtenlaufbahn, bei der nichts, aber auch gar nichts schiefgehen konnte. Es sei denn, er würde silberne Löffel klauen. Aber die hatten sie hier ja nicht. Jetzt lachte er halblaut vor sich hin und griff zur Kaffeetasse, um sich einen großen Schluck zu genehmigen. Alles war gut. Er hatte eine bildschöne Frau, der Jahreswechsel war gerade wieder hervorragend am Timmendorfer Strand gelaufen. Und bei diesem Wetter konnte man auch am Schreibtisch sitzen und ein Sozialamt leiten. Oder besser Amt für soziale Leistungen.

Besonders entgegen kam ihm die gleitende Arbeitszeit im Objekt am Niederwall. Montag bis Freitag musste man die Öffnungszeiten von acht bis zwölf Uhr abdecken und am Donnerstag zusätzlich von 14.30 Uhr bis 18.00 Uhr. Aber dafür hatte er eigentlich seine Leute.

Sven verschränkte die Arme hinter dem Kopf, lehnte sich in seinem Schreibtischsessel zurück, der leicht nachfederte, und fing an zu träumen. Da sah er sie alle so vor sich: die elegante rothaarige Isolde, die für die Bereiche Behinderung, Pflege, Sozialpsychiatrie zuständig war. Es hatte keine drei Monate gedauert, bis er sie flachgelegt hatte. Bei den finanziellen Hilfen war es die kleine Samantha mit den leuchtendgrünen Augen, die nicht nur wunderbar mit Zahlen jonglieren konnte, auch bei ihm hatte sie gehörigen Eindruck hinterlassen und schaute jetzt immer mit einem so eindeutigen Zwinkern. Für Wohnungsprobleme und Schulden war Renate zuständig, eine harte Nuss, aber doch nicht unknackbar. Bei den Flüchtlingen und Asylanten war Radka eingesetzt, die mehrere Sprachen fließend beherrschte, und eben nicht nur das. Sven erinnerte sich an jede Sekunde mit ihr, daheim auf ihrem schwarzen Ledersofa. Die Kollegin vom Bereich Lastenausgleich, Vertriebene und Aussiedler war dann eher ein Versehen beim Betriebsvergnügen. Er konnte sich nicht mehr wirklich daran erinnern. Aber sie vervollständigte die Damensammlung. Für Sozialhilfe in Heimen war Bärbel zuständig. Und ihre Hilfe würde er jederzeit wieder in Anspruch nehmen wollen. Ein ausgesprochenes Ass in Liebesdingen. Margarethe war in der Ausbildungsförderung und für den Freiwilligen Wehrdienst spezialisiert. Sie hatte das längste Durchhaltevermögen.

Sven Kruse atmete genüsslich durch. Das Amt diente ebenfalls als örtliche Betreuungsbehörde, hier wechselten auch ein paar der Kollegen im Einsatz. Und auf die schönen Frauen hatte er stets ein Auge. Ein sehr vielfältiges, außerordentlich reizvolles Arbeitsgebiet. Das hatte Sven Kruse schon immer gefunden. Außerdem ziemlich unübersichtlich.

All die Jahre hatte der Sonnyboy Kruse, wie man ihn hinter mehr oder weniger vorgehaltener Hand nannte, seine Karriere im Sozialamt vorangetrieben, bis er den Leitungsposten innehatte. Ursprünglich hatte er ja in Minden bei der Stadtverwaltung gearbeitet, aber als da so ein paar kleine Unstimmigkeiten aufkamen, wurde er weggelobt. Was durchaus in seinem Interesse lag. Jetzt in Bielefeld war eben alles eine Nummer größer und anonymer. Sehr praktisch, wie er fand.

Keiner konnte ihm das Wasser reichen. Jedenfalls schien es immer so. Mit seinem unschlagbaren Charme überwältigte er jeden, ob Mann oder Frau. Was andere mit akribischer Fleißarbeit errangen, tat er mit einer nonchalanten Geste ab und es schien, als wäre es nie gewesen. Erfolge wurden immer nur ihm in der Öffentlichkeit zugesprochen. Es regnete Auszeichnungen und Ehrungen. Man hätte nie die Spur eines Makels an ihm finden können, wenn man mal von der Kleinigkeit absah, die man ihm in Minden vorgeworfen hatte. Von wegen Bestechlichkeit. Doch darüber war längst Gras gewachsen.

Der überaus schöne Mann arbeitete auch stets an seiner Gesamterscheinung. Er hegte und pflegte sie. Immer erschien er wie aus dem Ei gepellt. Turtelte hier, betrieb da gekonnte Konversation. Wartete mit kleinen Präsenten zu Geburtstagen der Kolleginnen auf, schenkte sogar zum Frauentag jeder eine einzelne rote Rose, auch denen, mit denen er nichts intim laufen ließ. Keiner konnte diesem smarten Typen etwas übel nehmen, selbst die nicht, die er hart für sich arbeiten ließ.

Er strich immer den Lohn ein und gab höchstens die Brosamen ab, was die anderen dennoch außerordentlich dankbar hinnahmen. Er konnte alle und jeden um den Finger wickeln.

Sein Lebensstil war seinem Auftreten angemessen. Irgendwann überstiegen allerdings die Ausgaben die Einnahmen und statt des Habens leuchtete ein Soll auf den Kontoauszügen. Das durfte keineswegs so weitergehen. Darüber war er sich völlig im Klaren und er wollte auch seine geliebte Frau nicht verlieren, die er stets auf Händen trug, wenngleich er sich ganz regelmäßig seine Abenteuer gönnte. Dadurch, dass er in Minden lebte und in Bielefeld arbeitete, fielen die Romanzen auch nicht weiter auf. Er schob zu Hause immer die vielen dienstlichen Einsätze vor und da das Geld stets stimmte, schien Irene keinen Verdacht zu schöpfen.

Als eines Tages eine Dame in sein Büro hineinrauschte, schien der rechte Augenblick gekommen. Anna Andrejewna Maximowa hatte alle anderen Büros im Sturmschritt genommen und war dann direkt zu ihm vorgedrungen. Dem Silberfuchs um ihren Hals standen elektrisiert die Haare zu Berge.

„Sie sind der rechte Mann für mich", gab sie unumwunden zu.

Es schmeichelte Sven, wie die Schöne mit dem russischen Akzent keine Umschweife machte.

„Es ist eine sehr delikate Angelegenheit, in der ich Ihre Unterstützung benötige", fuhr sie mit kokettem Augenaufschlag fort.

Also, für delikate Dinge war Sven Kruse jederzeit zu haben, er setzte sich noch ein Stück gerader in seinen Bürostuhl hin, streckte die Brust heraus und lächelte breit.

„Womit kann ich Ihnen denn behilflich sein, Frau … Entschuldigung, ich habe Ihren Namen nicht verstanden."

„Anna Andrejewna Maximowa, verzeihen Sie, mein Herr, ich wollte nicht unhöflich sein. Ach, es ist so schrecklich", aus dem Stand heraus brach die Frau in Schluchzen aus. Und was Sven Kruse nun überhaupt nicht ertragen konnte, das war eine weinende Frau. Er sprang auf, umrundete seinen Schreibtisch, zückte ein blütenweißes Stofftaschentuch und reichte es ihr galant.

Anna Andrejewna Maximowa griff mit zarter Hand zu und tupfte sorgsam unterhalb der geschminkten Augen.

„Ich weiß nicht mehr aus noch ein. Sie sind meine letzte Rettung, lieber Herr Kruse."

Sven Kruse fühlte sich gestärkt und rückte noch ein Stückchen gerader, wo er jetzt wieder hinter seinem Schreibtisch saß. Diese Frau hatte einen hinreißenden Silberblick. Nur ganz wenig, ein Hauch quasi, aber atemberaubend.

„Womit kann ich Ihnen denn helfen, meine verehrte Gnädigste?"

Ihm war sofort klar geworden, dass man in diesem Fall nicht mit den üblichen Sprüchen punkten konnte. Hier war weltmännisches, vielleicht auch ein wenig altmodisches Verhalten gefragt. Knigge pur eben. Zum Glück lag ihm auch das.

„Meine Familie und ich, wir kommen aus Machatschkala, das liegt an der Westküste des Kaspischen

Meeres im Kaukasusvorland. Wir haben hier Fuß gefasst in der Gesellschaft, wenn Sie verstehen, was ich meine. Und mein Mann führt ein respektables Unternehmen. Aber nun sollen ein paar von unseren Angehörigen keine Aufenthaltsgenehmigung bekommen. Und auch die eine oder andere Arbeitserlaubnis wäre uns wichtig, damit sie hier ordentlich und gewissenhaft ihrem Beruf nachgehen dürfen. Ich schätze ja so dieses Pflichtbewusste an den Deutschen. Das kommt mir und meiner Familie sehr entgegen."

Sven Kruse nickte verständnisvoll und blickte der Schönen, die ein betörender Parfümduft umschwebte, tief in die leuchtendgrünen Augen. Das rotbraune Haar war zu einer eleganten Steckfrisur aufgebaut, zusammengehalten von einer kunstvollen goldenen Spange. Wenn er sich doch darin jetzt durchwühlen dürfte, dachte der Beamte bei sich und rief sich gleich innerlich zur Räson.

„Ich denke schon, dass sich da etwas machen lässt", beruhigte er und nickte freundlich, einvernehmend lächelnd.

„Natürlich wollen wir uns Ihnen auch erkenntlich zeigen", flötete die Frau mit einem reizenden Augenaufschlag und schob diskret eine flache, schwarz lackierte Holzdose über den Tisch, kunstvoll bemalt mit roten Blüten und Beeren und Zweigen, drum herum eine goldene Schleife drapiert. „Eine Handarbeit von Babuschka, meiner Großmutter mütterlicherseits."

Erst wollte Sven Kruse das Präsent wieder zurückschieben, aber die Besucherin wehrte sich vehement.

„Das geht gar nicht, Sie würden mich und meine Familie beleidigen."

So nahm er, wenn auch ein wenig verlegen wirkend, das Geschenk an und wollte sogleich die Schleife lösen. Doch da stoppte ihn Anna Andrejewna Maximowa.

„Bitte nicht. Heben Sie sich die kleine Überraschung für zu Hause auf."

„Nun gut. Ich werde tun, was in meinen Kräften steht."

„Da bin ich mir absolut sicher", erhob sich die Frau und zog den Rock ihres mintfarbenen Kostüms zurecht. „Adieu für heute, lieber Herr Kruse. Hier ist noch meine Visitenkarte, damit Sie mich kontaktieren können."

Und sie schob ihm ein mit silbrigen Lettern bedrucktes Geviert auf edlem Papier über den Tisch. Sven Kruse ließ die Karte zunächst liegen und geleitete seinen Gast zur Tür.

„Ich wünsche Ihnen noch einen schönen Tag, gnädige Frau."

„Leben Sie wohl", entgegnete die Besucherin und hielt ihm die Hand zum Kuss hin.

Obwohl er in diesen in Deutschland aus der Mode gekommenen Gepflogenheiten nicht allzu viel Erfahrung hatte, wusste er sofort, was erwartet wurde, und hauchte einen Kuss in kurzer Entfernung auf die glatte Haut. Dabei blieben seine Blicke auf den wertvollen Ringen haften. Das waren keine Imitate, sondern pures Gold. Hier gab es Geld, ganz viel Geld. Das war eindeutig klar.

Als Sven Kruse wieder hinter seinem Schreibtisch saß, blickte er auf die Visitenkarte. „Tête-à-Tête, diskreter Service für Sie & Ihn" stand auf der Vorderseite und auf der Rückseite Dmitrij Fjodorowitsch Maximow sowie eine Adresse in einem noblen Viertel von Bielefeld. Mit fein säuberlicher Handschrift waren mit Tinte eine Handynummer und der Name Anna ergänzt.

Sven Kruse lehnte sich in seinem Sitz zurück und schloss die Augen. Er sah diese Frau jetzt vor sich, wie sie sich langsam nur für ihn entblätterte. Da klingelte das Telefon. Der Leiter des Amtes, erkannte Sven Kruse aus dem Augenwinkel auf dem Display. Nach dem stand ihm jetzt eigentlich in seinen Träumen nicht der Sinn. Aber es musste wohl sein. Er griff zum Hörer.

„Ja …Nein …Gut …Ich komme sofort." Und er erhob sich mit einem schwärmerischen Ausdruck im Gesicht. Die Visitenkarte steckte er sich in seine innere Jacketttasche. Vorher hatte er sie noch einmal an die Nase gehalten. Sie trug den schwer-süßlich-betörenden Duft von Anna Andrejewna Maximowa. Vielleicht Rosenöl? Sein Blick fiel auf die blumige Holzdose mit der Schleife darum. Nein, so viel Zeit musste sein, auch wenn der Vorgesetzte auf ihn wartete. Er griff nach der Schachtel, zog behutsam die Schleife auf, glättete sie und legte sie ins unterste Schubfach. Dann hob er ganz langsam den Deckel. Ihm stockte der Atem. Ein dicker Packen grüner Scheine war darin gestapelt, bestimmt zwanzig … Nein, es waren exakt dreißig Hunderter. Sven Kruse atmete tief durch. Das durfte doch durchaus eine kleine Gefälligkeit wert sein!

Diese erste Begegnung mit Anna Andrejewna Maximowa war ihm fortan wie ins Gedächtnis gemeißelt. Später konnte er sich an jeden Augenblick erinnern, an ihren Duft, die zarte Haut ihrer Hand. Und es gab genügend Gelegenheiten dafür. Außerdem folgte dem Inhalt des Kästchens sofort nach Erledigung der geringfügigen Bitten großzügig bemessener Nachschub.

An jenem Tag im Januar ordnete Sven Kruse seine Unterlagen auf dem Schreibtisch. Der Urlaub war genehmigt. Ganze vier Wochen. Das war einfach wunderbar. Er würde seine Irene damit überraschen und heute einmal früher zu Hause auftauchen. Dann könnten sie eine Flasche guten Bordeaux öffnen und dazu Pläne schmieden, wohin denn die Reise gehen sollte. Wobei, das wusste Sven Kruse eigentlich schon. Ihm schwebte so etwas wie die Malediven vor. Nachher würden sie bei ihrem SAM-Reisebüro im Internet schauen, was es da an Specials gab. Dann fiel ihm ein, dass er vorneweg doch noch bei seinem guten Freund Dmitrij Fjodorowitsch Maximow vorbeifahren wollte. Es gab da ein klitzekleines Problem, das er gern mit Dima unbedingt persönlich ausräumen wollte. Nicht alles ließ sich am Telefon erledigen …

Heike Langenkämpfer lief schnellen Schrittes zum Eingang der Dienststelle. Alexander sah sie gerade kommen und hielt ihr die Tür auf. Der Regen prasselte aufs Land.

„Oh nein, so ein Mistwetter aber auch. Danke, Alex."

Heike Langenkämpfer war vollkommen durchnässt und ihr großer brauner Pappkarton sah auch ziemlich desolat aus.

„Was hast du denn in deinem Überraschungspaket?", fragte Alexander.

„Schuhsohlenfragmente! In dem Restaurant, in dem ich nebenbei kellnere, ist eingebrochen worden. Kannst du dir das vorstellen. Ist echt ein Witz. Und jetzt habe ich bei dem Scheißwetter die Schuhsohlenfragmente ausgegipst. An dem Fenster, durch das sie rein sind, hatte jemand eine super Spur im Blumenkübel hinterlassen. Aber ansonsten: Kein Zuckerschlecken. Hatschi!"

„Oh, hoffentlich hast du dir nichts weggeholt."

„Na ja, werde ich mal abwarten und Tee trinken. Wie ist es übrigens. Kommst du Sonnabend zu meiner Party?"

„Was, schon Sonnabend. Ich hatte das irgendwie verdrängt. Aber ich schaffe es am Wochenende sowieso nicht zu meinen Kindern. Da kann ich auch anderswo feiern gehen. Ich komme gerne."

An den beiden drängte sich jetzt Wolfhard Schmidt vorüber. In einem merkwürdigen Aufzug: schwarze hohe Stiefel, weiße hineingesteckte Hose, eine blaue Uniformjacke mit goldenen Knöpfen und einem roten Stehkragen, dazu ein spitzer Hut.

„Sorry, Wolfhard, hast du dich verlaufen oder verwechsle ich Sie, mein Herr?“, fragte Alexander erstaunt.

„Ganz und gar nicht. Ich bin nur heftig in Eile. Der Umzug startet wie gewohnt um vierzehn Uhr am Marschweg, am Glasturm in Gernheim. Ich muss mich sputen.“

„Aha?“

„Mensch, Alex, es ist doch Rosenmontag“, kicherte Heike in sich hinein. Der Anblick von Wolfhard war auch wirklich außerordentlich erheiternd. Vor allem weil er so bestimmt und selbstverständlich auftrat, als wäre diese Verkleidung das Allernormalste von der Welt.

„Ich hätte es von zu Hause aus nicht mehr geschafft. Deshalb habe ich mich jetzt gleich im Dienst in Schale geworfen. Tschüss dann, ihr zwei. Ihr könnt ja nachkommen. Wir pausieren wie immer im Dorfmittelpunkt von Ovenstädt. Es gibt wieder jede Menge kleine und größere gestaltete Fahrzeuge, dann die Fußgruppen, Spielmannszüge, das Prinzenpaar mit der Prinzengarde …“ Wolfhard geriet ins Schwärmen. „Und ich bin inkognito dabei!“

„Helau!“, rief Heike jetzt, und Alex schloss sich ihr mit einem etwas leiseren Helau an. Wolfhard marschierte zu seinem Fahrzeug und setzte sich beschwingt hinein.

„Du Alex, wenn du nachher Zeit und Lust hast, das gibt einiges her in unserer nördlichsten Karnevalsbastion des Karnevallandes Nordrhein-Westfalen. Ein paar unserer Kollegen sind da auch immer im Einsatz. Geht aber stets ganz friedlich zu. Das sind eher keine Radaubrüder. Siebzehn Uhr startet im Festzelt am Sportplatz die große Rosenmontagsparty. Gibt’s bei euch in Berlin auch reichlich Feiern zum Fasching? Und als was gehst du da so?“ Heike hatte in der Zwischenzeit ihren weichen Karton auf einer Ablage in der Schleuse am Eingang zur Dienststelle abgesetzt.

Alex schien nachzudenken und zuckte die Schultern. Aber es stimmte, jetzt fiel ihm ein, dass Olga ja für die Mädchen Kostüme besorgt hatte und er sich erst vor wenigen Tagen an seiner kleinen Prinzessin Lena und der Fee Tina erfreut hatte. Wo war er da nur mit seinen Gedanken gewesen? Alexander beschloss, das Thema zu wechseln.

„Eigentlich wollte ich Wolfhard fragen, ob er sich Sonnabend den Kampf von Klitschko angeschaut hat!“

„Ich glaube nicht, dass du derzeit mit diesem Thema ankommst. Hier stehen alle Uhren auf Karneval. Aber ich hab mir schon angesehen, wie er bei der Box-WM seinen Titel im Schwergewicht verteidigt hat. Klasse. Der ist einfach ein genialer Typ.“

„Höre ich da eine gewisse Leidenschaft heraus?“, frotzelte jetzt Alexander.

„Nein. Ich bewundere ihn nur als Sportler. Als Mann wäre er überhaupt nicht mein Typ. Da habe ich ganz andere Favoriten.“ Heike bekam glänzende Augen und starrte auf Alex, dem etwas unbehaglich zumute wurde. Aber er wusste schon, wie er Heike wieder auf den Boden der Tatsachen bringen konnte, also fragte er rasch: „Wie steht es um die Spuren unserer Wasserleiche? Seid ihr noch irgendwie fündig geworden?“

„Steht doch alles im Bericht. Den habe ich gestern in die Hauspost gegeben. Müsste eigentlich auf deinem Schreibtisch liegen. Den Kaninchendraht, mit dem die Leiche festgewickelt war, konnten wir zuordnen. Stammt aus dem Raiffeisenmarkt. Aber aus welchem genau, wissen wir noch nicht. Was irgendwelche Fremdfasern im Auto selbst angeht, so kannst du das alles ziemlich vergessen. Der Mann hat zu lange im Wasser gelegen. Aber ich habe noch das goldene Feuerzeug in Arbeit. Hast du schon rausbekommen, ob es dem Toten gehört hat?"

Alexander dachte kurz nach und er erinnerte sich wieder an die mühselige Kleinarbeit in diesem wie in fast jedem anderen Fall auch. Er sah sich erneut in der Pathologie des Klinikums stehen. Dort, wo auch das kleine Mädchen auf dem Tisch gelegen hatte. In der kalten Atmosphäre mit dem ewigen Geruch nach Desinfektionsmitteln. Er spürte ihn auf den Schleimhäuten im Mund. Das hielt immer den ganzen Tag lang an.

Professor Engelbrecht von der Gerichtsmedizin in Münster hatte am Kopf der Leiche aus dem Mittellandkanal gestanden. Auf einer Seite Staatsanwalt Marc Oberländer, auf der anderen Seite Alexander Rosenbaum.

„Hypoxie und Acidose." Der Mediziner ließ nur diese Wortbrocken in den Raum hallen.

„... das soll heißen?", erkundigte sich Alexander.

„Der Organismus ist erstickt und übersäuert. Ganz einfach. In den Atemwegen haben sich Wasser und die üblichen Sekrete vermischt. Dann bildete sich Schaum in der Lunge. Nach mindestens zwei Minuten, höchstens fünf Minuten, dürfte der Tod eingetreten sein."

„Nasses Ertrinken also?", steuerte der Staatsanwalt bei.

Professor Engelbrecht nickte.

„Richtig. Es fand sich kein Wasser in der Lunge."

„Dank der Osmose ist das Süßwasser aus den Atemwegen abtransportiert worden", ergänzte nun Alexander, der sich an seine letzte Tote aus der Spree erinnerte. Die sah allerdings noch extremer aus als der Mann hier auf dem Tisch. Die Frau war kilometerweit getrieben und wies die entsprechenden Treibverletzungen an Stirn und Nase auf. Letztlich hatten die Kieselalgenarten, die aus der Lunge ins Blut gelangt waren, den Gewässerabschnitt eingrenzen lassen, in dem sie ertrunken war.

„Hat nicht allzu lange gedauert, der Todeskampf", fuhr Professor Engelbrecht fort. „Wobei mich die Kopfverletzungen zunächst irritiert haben. Im Auto hat der Mann sich die garantiert nicht zugezogen und die waren auch nicht Auslöser für den Tod. Demzufolge offensichtlich keine Körperverletzung mit Todesfolge. Wir haben es hier im Computer verglichen. Könnte ein stabiler Tisch oder Schrank gewesen sein, auf den er vielleicht gestürzt ist. Allerdings eine recht tiefe Wunde, sodass ich annehme, weitere Kräfte haben gewirkt. Er ist eventuell gestoßen worden."

„Hallo, Alex, ich habe dich was gefragt!" Heike Langenkämpfer weckte Alexander aus seinen Erinnerungen.

„Was, Feuerzeug? Nein, da sind wir noch nicht wirklich weitergekommen. Aber es scheint nicht im Familienbesitz gewesen zu sein. Die Frau jedenfalls kannte es nicht."

„Ich muss dann aber auch wieder an die Arbeit und aus den nassen Klamotten." Heike griff sich ihren weichen Pappkarton.

„Bis dahin, Alex. Spätestens Sonnabend. Zwanzig Uhr ist eine gute Zeit."

„Oh ja, ich freue mich schon und bringe einen schönen Wein mit."

Im Laufe der Woche schlenderte Alexander durch Minden. Seinen Peugeot hatte er an der Schlagde geparkt. Er wollte ein Geschenk für seine Mutter und den Wein für die Feier besorgen. Irgendwann in der nächsten Zeit musste er mal wieder einen Abstecher auf die Insel Usedom bei seinen Eltern einlegen, die Mutter hatte erst im jüngsten Telefonat angemahnt: „Junge, du lässt dich nie bei uns sehen. Ich kann mir ja nicht immer nur deine Fotos anschauen. Schließlich will ich dich auch einmal in die Arme schließen."

Gleich am Anfang der Bäckerstraße fiel sein Blick auf den Modeladen. „Räumungsverkauf" stand groß im Schaufenster. Dort wollte er kurz reinschauen, ob sich etwas fand. Bestimmt konnte ihn die Verkäuferin gut beraten. Das war sicher wieder so ein Lockangebot mit dem Räumungsverkauf, dachte Alexander bei sich. Darauf können eigentlich nur Frauen reinfallen.

„Womit kann ich Ihnen behilflich sein", fragte eine freundliche Stimme aus dem Hintergrund, als er sich in dem kleinen Laden kurz umsah. Hinter einem Pfeiler war die Verkäuferin aufgetaucht und lächelte ihn an.

„Hallo! Räumungsverkauf habe ich da gelesen. Ist das ernst gemeint?"

„Tatsächlich. Wir schließen zum Monatsende. Seit das Kaufhaus gegenüber geschlossen hat, sind uns die Kunden weggebrochen. Kaum einer verläuft sich noch bis ans Ende der Straße. Wir hatten ja auf eine baldige Wiedereröffnung unter neuer Trägerschaft gehofft, aber leider. Da passierte lange Zeit gar nichts. Jetzt hat sich wohl ein Investor für das Wesertor-Quartier gefunden und es soll auch einen öffentlichen Planungsprozess sogar mit Bürgerbeteiligung geben. Aber für uns ist das alles zu spät. So ein kleiner Laden hat dann nicht so viel Durchhaltevermögen. Wir ziehen uns nach Stadthagen zurück."

„Aha", entgegnete Alexander.

„Verzeihen Sie, mein Herr, ich halte Sie hier mit unseren Sorgen auf. Was hätten Sie denn gern?"

„Kein Problem. Davon habe ich im Mindener Tageblatt gelesen. Das war doch wohl eine Hertie-Filiale, die vor ein paar Jahren geschlossen wurde, da wohnte ich noch nicht in der Gegend ... Ich suche ein Präsent für meine Mutter."

Die Verkäuferin ließ sich alle Details von Alexander beschreiben, die nötig waren: Alter, Figur, Haar- und Augenfarbe.

„Mag Ihre Mutter denn Tücher", erkundigte sich die Verkäuferin.

„Aber ja!", erinnerte sich Alexander. „Unbedingt."

„Was halten Sie denn von diesem oder von diesem?" Die Frau breitete zwei schöne Halstücher auf dem Tisch vor sich aus. „Und der Preis ist einfach unschlagbar. Schauen Sie." Sie deutete auf die mehrfach durchgestrichenen Zahlen, die letztlich auf einen niedrigen zweistelligen Bereich gesunken waren.

„Ach, dann nehme ich gleich alle beide", entschied sich Alexander.

„Umtauschen können Sie die reduzierte Ware ja leider nicht. Aber die Tücher werden Ihrer Mutter bestimmt gefallen. Da bin ich mir absolut sicher."

„Ich auch." Alexander bezahlte, bedankte sich und verließ mit ein paar guten Wünschen den Laden.

Erst jetzt fiel ihm der Leerstand einiger weiterer Geschäfte in der Innenstadt auf. Es erinnerte ihn an Berlin, wo auch so manche Ecke einfach ausstarb. Wo war doch gleich der Laden mit den Spezialitäten? Beim Hauptpostamt, hatte Janine ihm erklärt, als er sich nach einem guten Weinangebot erkundigt hatte. Das war das Stichwort. Er musste ja noch Geld abheben. Alexander lief durch die schmale Pulverstraße, dann ein Stückchen die Vinckestraße entlang, um gleich das Amtsgebäude am Domhof zu erkennen. Gut, dass er ein Stück weiter geparkt hatte, hier war jeder Platz belegt. Er stellte sich in die Schlange der Wartenden und war schon wieder in Gedanken bei dem Toten aus dem Mittellandkanal.

„Junger Mann, Sie sind dran!“, holte ihn eine Angestellte aus seinen Überlegungen. Alexander lief die wenigen Schritte zum Tresen und reichte seine Kreditkarte hinüber.

„Tausend Euro hätte ich gern, falls Sie so viel vorrätig haben“, sagte er.

„Und in welchen Scheinen?“, fragte die Angestellte, ohne mit der Wimper zu zucken.

„Ach egal, Hauptsache echt“, witzelte Alexander.

„Mein Herr, das Geld wird hier stets überprüft. Da gibt es keine Fälschungen.“

„Sollte nur ein Scherz sein“, wiegelte Alexander ab. Irgendwie kam er mit seinen Witzen hier nicht immer an. Schade eigentlich, zuckte er jetzt die Schultern und griff sich das Geld, das ihm gerade vorgezählt worden war.

„Einen schönen Tag noch“, verabschiedete er sich.

„Ihnen auch. Danke!“, erwiderte die Frau in dem blauen Kostüm.

„Ach so, eine Frage noch, ich suche ein Feinkostgeschäft. Das muss hier gleich in der Nähe sein.“

„Einmal aus der Post raus und dann gleich rechts um die Ecke. Können Sie gar nicht verfehlen.“

„Vielen Dank.“

Alexander lief jetzt beschwingt nach draußen. In einer Hand den schwarzen Leinenbeutel vom Modegeschäft. Als er um die Ecke bog, sah er schon den kleinen Laden mit Wein und Schnaps und Schinken und Wurst ... Lauter edle Delikatessen. Wunderbar. Das war es. Hier würde er etwas für Heike und für seine Eltern finden. Der Vater trank gern einen guten Korn, natürlich nur zur Verdauung, wie er immer betonte. Die Mutter bevorzugte ein Glas Roten, wenn es eine passende Gelegenheit gab.

Wiederum wurde Alexander aufs Herzlichste begrüßt und nach seinen Wünschen befragt. Seine Mutter mochte eher trocknen Rotwein, bei Heike war er sich nicht sicher, also nahm er besser gleich zwei verschiedene Sorten. Und für die Eltern noch etwas Westfälischen Schinken und Pumpernickel. Es ging doch nichts über regionale Produkte. Hier war er zwar zum ersten Mal zum Einkauf, aber bestimmt nicht zum letzten. Das schwor er sich, als er schwer beladen das Geschäft unter freundlichen Abschiedsworten verließ.

Am Sonnabend machte sich Alexander zum Abend hin auf den Weg zu Heike. Die Weinflaschen hatte er sich gleich im Geschäft als Geschenk verpacken lassen. Vormittags hatte er noch bei seiner Tankstelle in Rothenuffeln angehalten und beim daneben gelegenen Blumengeschäft einen schönen großen Strauß gekauft, der vor seinen Augen gebunden wurde.

„Für Ihre Freundin?", hatte die Floristin gefragt.

„Ja, eigentlich schon", hatte Alexander geantwortet.

„Rosen kommen immer gut an", meinte die Verkäuferin. „Was halten Sie von den gelben hier?"

„Oh, die sind ja wunderschön. Sehr gern." Gedankenverloren beobachtete er die Entstehung eines opulenten Straußes.

Als Alexander bei Heike in der Tür stand und klingelte, betrachtete er noch einmal die Blumen in der Hand. Na ja, vielleicht ein wenig überdimensioniert, dachte er kurz bei sich. Aber egal, Heike war eine seiner Lieblingskolleginnen. Da war ein solches Geschenk schon angebracht.

Als sich die Tür öffnete, stand Heike in einer Lederhose und einem schwarzen Spitzenoberteil vor ihm. Sie sah richtig schön aus. Die Haare schick zurechtgemacht. Nicht wie sonst in dem weißen Overall auf Spurensuche oder in den praktischen Jeans für den Alltag und die Frisur stets etwas zerzaust. Alexander blieb der Mund ein wenig offen stehen. Heike klatschte begeistert in die Hände.

„Oh Gott, sind die schön. Meine Lieblingsblumen. Alex, woher wusstest du das. Teerosen. Meine absoluten Favoriten."

Sie griff sich den Strauß und umschlang den Mann, um ihn auf beide Wangen intensiv zu küssen. Alexander wurde ein wenig mulmig zumute. Doch das tat er beiseite und freute sich an der Freude von Heike.

„Ich hab hier auch noch was zum Durstlöschen mitgebracht." Er reichte den Rotwein herüber.

„Danke, du bist ein Schatz." Sie griff die beiden Weinflaschen, zog Alexander in die Wohnung und stellte alles zunächst in die Küche.

„Erstmal Wasser für meine Blumen", kommentierte sie und zog sich aus einem Küchenschrank eine Glasvase, um den Strauß darin anzuordnen. Die erste war eine Nummer zu klein, also musste sie den Schrank noch etwas tiefer durchforsten.

„So, nun geht alles klar", platzierte sie die Blumen ins Wohnzimmer, in dem sich mehrere Grüppchen unterhielten.

„Hallo, Leute, das ist Alex, mein allerliebster Kollege, wer ihn noch nicht kennen sollte", stellte sie Alexander vor, der errötete. Zum Glück war die Kerzenbeleuchtung im Raum nicht hell genug, um das deutlich erkennen zu lassen.

Im Laufe des Abends probierte er sämtliche Leckereien des Büffets durch und hielt sich auch bei den Getränken nicht zurück. Er unterhielt sich angeregt mit Kollegen aus der Dienststelle und lernte jede Menge neuer netter Leute kennen. Irgendwann hatte Alexander den Punkt erreicht, wo er beschloss, das Auto stehen zu lassen und mit dem Taxi nach Hause zu fahren. Doch dazu kam es nicht.

Schmusemusik erfüllte die Wohnung und da und dort tanzten gedankenversunken einige Pärchen. Dass Alex dazu gehörte, wurde ihm nicht so wirklich bewusst. Er genoss nur einen warmen, weichen Frauenkörper, der sich an ihn schmiegte und ab und an „Ach, Alex" seufzte. Nach und nach verließen die Gäste die Feier. Als Letzter schloss Reinhold Riechmann kopfschüttelnd und mit einem leicht vorwurfsvollen Blick auf das Paar die Tür hinter sich.

Als Alexander munter wurde, dämmerte der Morgen bereits. Oh, mein Schädel, dachte er bei sich, das war bestimmt ein Glas Wein zu viel. Etwas lag schwer auf seiner Brust. Bestimmt Kater Albert, der zum Kuscheln gekommen war. Er schlug die Augen auf, um sie gleich wieder zu schließen. Genau im Blickfeld befand sich ein nackter, rundlicher Frauenarm. Nein, das war bestimmt noch ein Abschnitt Traum, in dem er sich befand.

Er zählte innerlich bis zehn und öffnete die Augen wieder. Da lag er nun in einem sehr großen Bett mit

Baldachin und gedrechselten Säulen, irgendwie zeitversetzt. Nicht wirklich heutig. Viele Kissen und eine blütenreine, duftende Satinbettwäsche umgaben ihn. Nein, das war nicht sein Bett. Er bevorzugte rustikale Biberbettwäsche im Winter und Seersuckerbezüge im Sommer. Das war keines von beiden. Er drehte den Kopf zur Seite und blickte in die verwuschelten Haare von Heike, die ein seliges Lächeln auf dem Gesicht hatte.

Alexander zuckte zusammen. Wie peinlich war das denn?! Er konnte sich an nichts, aber auch gar nichts erinnern. Irgendwann hatte er gestern mit Heike getanzt. Das war schon recht erotisch und schön gewesen. Aber dann? Er zermarterte sich das Gehirn. Zwischen diesem letzten Tanz und dem Wachwerden jetzt musste etwas gelegen haben …

Heike schlug nun die Augen auf und blickte ihn strahlend an:

„War das eine schöne Nacht, Alex. Danke. Danke für die Blumen und den Wein und überhaupt."

Alexander druckste herum, bis er den einen Satz herausbrachte: „Ich kann mich an überhaupt nichts erinnern."

„Das ist jetzt aber nicht dein Ernst?" Heike bekam einen wehmütigen Zug um den Mund.

„Sorry, aber mir fehlt irgendwie ein Stück Film. Wenn da was passiert ist, dann hätte es nicht sein dürfen. Dann bitte ich vielmals um Verzeihung."

„Aber Alex, das kannst du mir jetzt nicht weismachen, dass du dich an nichts erinnerst."

„Weißt du was, Heike, wir vergessen einfach die letzten Stunden und sparen die aus. Lass uns gute Freunde bleiben, so wie zuvor. Okay?" Alexander lächelte jetzt breit und fand den Vorschlag grandios.

„Gute Freunde?“ Heike schluckte. Doch dann schien sie sich zu fassen. „Wenn du meinst, Alex. Dann Schwamm über die ganze Angelegenheit.“

Alexander nickte erleichtert und nahm sie in die Arme. Nein, nicht das noch, fuhr es Heike durch den Kopf. Ihr standen Tränen in den Augen.

Schließlich erhob sie sich und bereitete für beide ein üppiges Frühstück. Alexander ließ es sich schmecken, genoss es sichtlich, sich verwöhnen zu lassen, und schien überhaupt keinen Kater zu haben. Nicht so wie Heike, die deutliche Kopfschmerzen spürte. Und auch das Herz tat ihr weh.

Als Alexander bei sich zu Hause eintraf, empfing ihn Albert vorwurfsvoll in der Deele. Doch mit einer großen Tüte „Felix“ war er sogleich besänftigt, vor allem wegen des großen Berges Sahne light, den Alexander noch darüber gesprüht hatte.

Wenig später, als Alex sich gerade an den Computer gesetzt hatte, erklang ein würgendes Geräusch. Der Kater, dachte Alexander bei sich und sprang auf. Albert hockte verkrampft im Flur und röchelte mitleiderregend. Gerade wollte ihn Alexander behutsam streicheln, da öffnete sich das Maul und das gerade Gefressene bahnte sich seinen Rückweg, darin ein scheinbar endlos langer, creme-gelber Wurm, der zwischen Fliesenboden und Rachen des Katers hing, sich dehnend und federnd und windend. Alexander betrachtete das Geschehen sprachlos und zugleich sehr interessiert. Dass sein Kater gelegentlich Fellbüschelchen erbrach, hatte er schon häufig erlebt. Aber mit offensichtlich noch lebendem Inhalt nicht. Bandwurm, fiel ihm spontan ein. Doch kamen die nicht eher auf anderem Wege aus einem Körper? Er musste unbedingt zum Tierarzt! Morgen, direkt nach der Arbeit, nahm er sich vor.

Der Kater hatte den Rest seines Mageninhaltes entleert und blickte nun wieder neugierig in die Gegend, so als sei nichts geschehen.

„Ist gut, mein Kleiner. Das beseitige ich gleich alles. Du schaust in der Zwischenzeit mal im Garten nach dem Rechten.“ Alexander öffnete die Haustür und der Kater stolzierte gemächlich in die frostig frische Luft hinaus.

Jetzt sah Alexander auf seine Armbanduhr. Schon lange über die Mittagszeit hinaus. Er gähnte. So richtig gut geschlafen hatte er nicht, und dann ging ihm diese peinliche Nummer auch nicht aus dem Kopf. Hoffentlich würde Heike ihm das alles nicht übel nehmen. Sie war so ein toller Kumpel. Das hatte er keineswegs verderben wollen.

Eben fiel ihm seine Mutter ein. Ja, ein Anruf war jetzt sicher sinnvoll. Bei den Eltern war der Lebensrhythmus im Alter etwas aus den Fugen geraten. Er würde sicher nicht stören, aber danach fragte er ja sowieso stets zu Beginn eines Telefonates. Er brühte sich einen starken Kaffee und betätigte die eingespeicherte Nummer.

„Hallo, Rosenbaum hier.“

„Hier auch, ich bin's, Alex. Störe ich oder hast du ein wenig Zeit, Mutti?“

„Aber du störst doch nie, Junge. Dein Vater kümmert sich gerade ums Mittagessen. Das kann dauern.“

„Ist doch prima von ihm. Was gibt's denn Leckeres?“

„Was aus der Tiefkühltruhe. So ein Fertiggericht mit Hackfleischklößchen.“

„Na ja, das ist doch auch nicht schlecht. Die gefrorenen Sachen schneiden bei den Lebensmittel-Tests häufig recht gut ab. Aber es geht natürlich nichts über deine tollen Kreationen."

„Ach, Alex, aber irgendwann ist dann mal die Luft raus. Jeden Tag kochen, das nervt auch fürchterlich. Mir fällt auch schon gar nichts mehr ein. Außerdem schmeckt das alles nicht mehr so wie früher."

„Stimmt, geht sogar mir schon manchmal so."

„Nun mach aber mal halblang, Junge. Du bist noch viel zu jung für Geschmacksverluste."

Aber nicht für Verirrungen, dachte Alexander bei sich und wieder an Heike und nahm einen Schluck aus der Kaffeetasse. Das Getränk war inzwischen nur noch lauwarm.

„Schlürf nicht so!"

„Ach Mutti, du merkst aber auch alles. Ich hab nur gerade eine Tasse Kaffee vor mir. Der wird schon kalt."

„Und, was macht die Arbeit?"

„Geht alles so seinen Gang."

„Wolltest du nicht wieder nach Berlin zu deiner Familie? Ich hatte Weihnachten keinen wirklich guten Eindruck, dass es harmonisch bei euch beiden läuft. Darüber wollte ich eigentlich unter vier Augen mit dir reden, aber du kommst ja so selten …"

„Ach Mutti …"

„Tut mir leid, war jetzt nicht böse gemeint. Ich weiß ja, die Arbeit steht an erster Stelle."

Alexander griff das Stichwort geschickt auf.

„Siehst du, Mutti, genau das ist aktuell das Problem. Sie brauchen mich in Nordrhein-Westfalen noch für ein Weilchen. Personell sind sie dermaßen unterbesetzt, dass meine Verstärkung einfach wichtig ist. Außerdem stecken wir mitten in einigen unerledigten Fällen. Da kann ich auch nicht einfach so Adieu sagen."

„Das kann ich schon verstehen. Aber deine Frau gleitet dir aus den Händen. Es ist nicht gut, wenn jemand in dem Alter so lange allein bleibt. Sie kommt nur auf dumme Gedanken."

Irgendwie hatte seine Mutter doch hellseherische Kräfte, fiel Alexander eben ein und er spielte einen Augenblick mit der Idee, ihr reinen Wein einzuschenken. Doch die verwarf er auch gleich wieder. Was sollte er seine Mutter damit belasten. Sie konnte ihm doch nicht helfen. Jetzt lenkte er das Thema in eine andere Richtung.

„Ich habe übrigens mal wieder in Sachen Stolpersteine recherchiert."

„Junge, du lässt auch gar nicht locker. Da bist du so hartnäckig wie dein Vater."

„Hinter dem Kaufhaus Hagemeyer verläuft die Kampstraße und da bin ich neulich langspaziert. Natürlich stieß ich gleich gegenüber wieder auf solche verlegten Steine und auf ein Loch im Boden."

„Ja, und, sollte da ein weiteres Mahnmal verlegt werden?"

„Das dachte ich natürlich zunächst. Bin dann auch in den kleinen Laden hinein, der ganz nette Kindersachen führt, und habe mich mit der Besitzerin unterhalten. Habe erst Interesse an Geschenken für Lena und Tina bekundet und bin schließlich so nebenbei auf die Stolpersteine vor der Tür gekommen. Du glaubst gar nicht, wie die Frau da aufgebraust ist."

„Wieso das denn."

„Stell dir mal vor, ich frage sie doch, ob da demnächst ein neuer Stein verlegt wird und erkläre, dass ich diese Aktion mit großem Wohlwollen verfolge. Daraufhin erzählt sie mir erzürnt, der bisherige Stein sei geklaut worden."

„Nein!"

„Doch. Tatsächlich. Die Polizei hätte auch alles aufgenommen, sei aber nicht wirklich vorangekommen, was die oder den Täter angeht. Ich habe natürlich nicht offenbart, wo ich arbeite. Sie meinte dann auch noch, manche Leute wären sehr ablehnend, was diese kleinen Denkmäler angeht. Und ein Mann hätte sogar mal zu ihr gemeint, ob sie sich nicht schämen würde, diesen Laden zu besitzen. Dabei ist die Frau erst nach dem Krieg geboren. Schon merkwürdig …"

„Auf jeden Fall setzen diese Steine Zeichen und sie machen aufmerksam. Das finde ich schon einmal gut. Ich habe dir zwar gesagt, du sollst die Vergangenheit ruhen lassen, aber so langsam werde ich doch neugierig, was damals wirklich geschehen ist. Bist du denn ein Stück weiter in deiner Suche?"

„Noch nicht so wirklich, aber ich habe eine gute Kollegin, die mir behilflich sein wollte."

Ja, klar, Heike! Ob er sie um den Gefallen nach dieser Nacht noch bitten durfte? Aber warum nicht. Es war doch eigentlich gar nichts passiert, jedenfalls nichts, woran er sich erinnern könnte.

„Bist du noch dran, Alex?"

„Ja, entschuldige. Ich war gerade mit meinen Gedanken woanders. Was macht ihr denn heute noch?"

„Die Krügers haben uns in ihr Häuschen zum Kaffee eingeladen und holen uns nachher mit dem Auto ab. Ist das nicht nett."

„Na, super."

„Und sie fahren uns auch wieder nach Hause. Dein Vater ist ja nicht mehr so wirklich gut zu Fuß … Wie geht es denn den Kindern?"

Hella Lieselotte Rosenbaum hatte rasch den Übergang gefunden.

„Sie wachsen und gedeihen. Ich telefoniere jeden Tag mit ihnen und erzähle auch immer eine Gutenachtgeschichte. Da habe ich Motive von dir eingebaut. Du hast mir immer mal von der Stadt- und der Feldmaus erzählt. Das habe ich nie vergessen."

„Gut so. Das brauchen die beiden unbedingt. Sonst gerätst du als Vater noch in Vergessenheit. Ach, Junge, ich glaube, wir müssen Schluss machen. Dein Vater ruft gerade, das Essen sei fertig, und lässt dir Grüße bestellen. Also, Tschüss dann."

„Bis bald wieder. Alles Gute. Und seid umarmt."

Alexander ließ das Telefon sinken. Da hatte er sich ja mit dieser Geburtstagsfeier von Heike eine Suppe eingebrockt. Aber auslöffeln musste er sie wohl allein.

Abends lümmelte er auf dem Sofa und zappte in Windeseile durch die Kanäle. Irgendwie konnte er sich auch nicht wirklich auf einen Film einlassen. Kurz blieb er bei einer Doku der Öffentlich-Rechtlichen hängen. Da ging es um fast perfekte Verbrechen und ein Fachmann rekonstruierte anhand von Einzelfällen die Tricks der Verbrecher und die Ermittlungsverfahren der Polizei. Spuren am Tatort blieben ja stets, in einer wie auch immer verwertbaren Form. Die sollten uns mal unsere Arbeit machen lassen und nicht auch noch Anleitungen liefern, wie man noch perfekter vorgehen kann, ärgerte sich Alexander und wechselte zum nächsten Kanal. Einige Krimis, ein Heimatfilm, eine Volksmusiksendung, reichlich Dokusoaps und mehrere Ratgeber, wie man seine Kinder erziehen sollte, wie man aus den Schulden kam, wie man seine Unordnung im Haushalt beseitigte, wie man sein Restaurant vernünftig führte, wie man ins Ausland auswanderte und dort Fuß fasste. Dazwischen immer wieder

Verkaufskanäle oder Horoskopsender. Gab es denn nur noch Deppen in diesem Lande, fragte sich Alex.

Schließlich stand er auf und suchte bei seinen DVDs. Im Grunde war ihm schon klar, was er einlegen würde: „Pappa ante Portas“. Der Loriot-Klassiker ging immer, wenn er durchhing, und heute fühlte er sich nicht so wirklich gut. Aber schon bei den ersten Filmsequenzen legte sich ein Strahlen auf sein Gesicht. Büromaterialbestellung bis über das Bestehen der Firma hinaus. Die Verabschiedung vom Chef. Und dann das neue Regime daheim, wo zunächst das Kommando über die Putzfrau erfolgte. Zwischendurch stoppte Alex den Film und holte sich aus der Küche noch eine Dose gesalzene Erdnüsse und eine Flasche Mineralwasser.

Dann fläzte er sich wieder gemütlich auf das Sofa und ließ die Geschichte fortfahren. Er hatte den Film schon dutzende Male gesehen, aber er konnte von ihm nicht genug bekommen. Vicco von Bülow war auch ein dermaßen genialer Künstler gewesen. Alexander teilte die Leidenschaft für ihn mit seinem Freund Andreas. Die beiden konnten sich stundenlang über die Sketche austauschen und sich bei den Gags hochschaukeln: beim Jodeldiplom, beim Lottogewinn, bei den Herren in der Badewanne. Auch „Ödipussi“ lag immer in Griffweite, der Film kam gleich direkt nach dem einst berufstätigen Vater, der nun zu Hause ein Chaos anrichtete. Jetzt bedauerte Alexander so sehr den Tod von Loriot, aber irgendwann musste sich wohl jeder von der Bühne des Lebens verabschieden. Von Filmminute zu Filmminute wurde Alex beschwingter zumute.

Am folgenden Montag saß Alexander Rosenbaum in seinem Büro, vertieft in die Untersuchungsergebnisse von Professor Engelbrecht. Er hatte kein Anklopfen vernommen, als die Tür aufgerissen wurde. Janine Hacker hatte den Mund zusammengekniffen und einen Aktenordner in der Hand.

„Hier, die Unterlagen zu dem vermissten alten Herrn."

„Aber Janine, was ist denn in dich gefahren? Was hat dir die Petersilie verhagelt?" Alexander versuchte witzig zu sein und konnte sich die gerunzelte Stirn seiner Assistentin nicht erklären.

„Wie steht es nun um diesen Fall?", erkundigte er sich.

„Ich denke schon, dass es sich zu einem solchen ausweiten wird."

„Und wieso?"

Warum musste er ihr jetzt eigentlich jedes Wort aus der Nase ziehen. Das war doch sonst nicht ihre Art. Janine Hacker war der typisch fröhliche Mensch, immer heiter und zu Scherzen aufgelegt.

„Kurt Torgelow ist polizeilich bei seiner Tochter und dem Schwiegersohn angemeldet. Es existiert auch ein eigenes Konto für ihn, auf das Roswitha Krämer Zugriff hat. Jeden Monat ist eine exakt gleiche Summe abgehoben worden. Immer zum selben Stichtag. Das könnte mit der Angabe, sie würden ihm das Geld weiterleiten, übereinstimmen. Nur findet sich keinerlei Anhaltspunkt für den Transfer. Auch keine Adresse auf Menorca. Wir müssten dann allerdings offiziell nachforschen. Was ich jetzt so ohne Auftrag tun konnte, habe ich erledigt."

„Danke, Janine. Und wie steht es um dein Gefühl? Das sagt dir doch immer, wo etwas im Argen liegt."

„Als ob dich mein Gefühl etwas angeht. Ich hoffe nur, du hattest ein schönes Wochenende."

Mit diesen Worten hatte Janine Hacker schon auf dem Absatz kehrtgemacht und war wieder aus der Tür gerauscht. Das Wort „Wochenende" verklang nur ganz leise im Raum.

Verdammter Mist, dachte Alexander bei sich. Hatte der Buschfunk etwa schon funktioniert. Er grübelte und grübelte und dann sah er Reinhold Riechmann, wie der als Letzter die Geburtstagsfeier verließ und er gerade eng umschlungen mit Heike tanzte.

Dmitrij Fjodorowitsch Maximow war ein stattlicher Mann von fast zwei Metern Größe und außerordentlich muskulös. Er war eine fast makellose Erscheinung, wenn man mal von dem vernarbten Einschnitt im rechten Ohrläppchen absah.

Eine Erinnerung an eine gewalttätige Auseinandersetzung mit einem abtrünnigen Partner. Er trug stets eine dicke geflochtene Goldkette und einen großen Siegelring an der linken Hand. Seine Freunde nannten ihn auch Dima. Und Sven Kruse gehörte zu seinen Freunden.

Meist war Dmitrij Fjodorowitsch Maximow gegen Abend in seinem Nobeletablissement „Tête-à-Tête" im Zentrum von Bielefeld anzutreffen. Sven Kruse ging inzwischen auch hier ein und aus und nutzte die Gunst der Stunde, um sich mit den rassigen Schönheiten die Zeit zu vertreiben. Da er Dima den einen oder anderen Dienst erwies, hatte er freien Zugang zu allen Damen, allerdings nicht zu Anna Andrejewna Maximowa. Das verstand sich wohl von selbst, jedenfalls für Dmitrij. Nie und nimmer wäre er auf die Idee gekommen, dass ihn dieser Deutsche so betrog, mit seiner Annuschka.

Aber dass Sven irgendwann Anna flachlegen würde, das war dem Beamten schon bei der ersten Begegnung in seinem Büro klar. Als dieser süßlich-schwere Duft im Raum hing und die Frau ihn so betörend mit dem zarten Silberblick bezirzte. Im Grunde wollte sie es bestimmt auch. Und wie sie die kleine Holzschachtel mit der schönen Schleife über den Tisch geschoben hatte. Das war doch alles eindeutig gewesen.

Eines Tages ergab sich dann die günstige Gelegenheit, als Dima in der Heimat unterwegs war, um Frischfleisch zu organisieren.

„Komm zu mir, mein Gatte stört uns in den nächsten Tagen nicht. Er besorgt ein paar neue, unverbrauchte Gespielinnen fürs Geschäft", hatte Annuschka gehaucht und Sven war ihr wie hypnotisiert, ohne mit der Wimper zu zucken und auch nur einen Gedanken an eventuelle Auswirkungen zu verschwenden, gefolgt.

Die Villa am Rande der Stadt ließ Sven vor Neid erblassen. So etwas hatte er sich schon immer erträumt. Aber das ließ sich wohl kaum mit seinem Beamtensalär finanzieren, selbst nicht mit dem Zubrot für die Gelegenheitsdienste, die er seinen neuen Freunden erwies.

Als er später ermattet und glückselig neben der madonnenhaften Schönheit im Bett lag, kamen sie irgendwann auch auf Luxus zu sprechen. Und Anna Andrejewna Maximowa bot Sven an, noch weitere Aufträge zu übernehmen. Sie wären nicht ganz leicht, aber er mit seinen Kontakten und seiner tollen Ausstrahlung wäre genau der richtige Mann dafür. Da mal ein Paket abholen, dort mal eines hinbringen. Eigentlich doch völlig ungefährlich, wie die Frau versicherte und nebenbei ein kleines Tütchen aus ihrer goldenen Lederhandtasche nestelte. Sven schaute ihr interessiert zu, wie sie sich eine Line Koks auf einem Spiegel zurechtstrich. Ganz selbstverständlich, ohne irgendwelches Schuldbewusstsein.

„Magst du auch. Es lässt dich wunderbar in Stimmung kommen." Sie bot ihm etwas von dem Pulver an.

Sven schüttelte den Kopf. Die gelegentlichen Aufputschpillen, um heiße Nächte zu durchstehen, reichten ihm völlig aus. Er hatte irgendwie auch Angst vor Rauschgift. Zu schnell konnte man in Abhängigkeiten geraten. Er sah das eine oder andere Mädchen aus dem Bordell vor sich. Die hingen ganz eindeutig am Stoff. Da konnte der Körper auch allzu rasch verfallen. Das wollte er sich nicht antun. Das war viel zu gefährlich.

Sven Kruse ließ sich in die seidigen Kissen fallen und seufzte sehnsuchtsvoll auf. „Ich bin der glücklichste Mann auf der Welt, mit der schönsten Frau an seiner Seite."

Anna kuschelte sich jetzt in seine Armbeuge und schloss die Augen. Dabei schnurrte sie fast ein wenig. „Ach, mein Geliebter. Lass uns die Zeit des Beisammenseins einfach genießen. Gar zu rasch wird Dima wieder hier sein."

Jetzt zuckte Sven Kruse zusammen. Dima. Sein Freund Dima. Der durfte auf keinen Fall auch nur einen Hauch einer Ahnung bekommen. Auf der anderen Seite würde er von dieser Frau nicht mehr lassen können. Sie machte süchtig. Süchtiger noch als jedes Kokain oder Heroin.

In der folgenden Zeit verbrachte er so manches Schäferstündchen mit Annuschka. Sie trafen sich auf halbem Wege in Herford oder Bad Salzuflen, auch ein paar Mal in Berlin. Neutraler Boden war beiden wichtig. Aber so oft Dima unterwegs war, so oft wählten sie das gefahrvolle Beisammensein in der Villa der Maximows. Vielleicht brauchten beide auch diesen Kick, diesen Reiz des Abenteuers, diesen Tanz auf dem Drahtseil.

Sven schob dienstliche Aufträge vor und erledigte immer mehr neben der Arbeit, um zu weiterem Geld zu kommen. Der Einkauf in Luxusboutiquen wurde zur Selbstverständlichkeit für ihn.

Und auch mit Irene musste er natürlich shoppen gehen, damit sie nicht dahinterkam. Mit ihr fuhr er dann allerdings lieber nach Hannover oder nach Hamburg. Das war dann eher freies, unbelastetes Terrain, auf dem keine Bekannten angetroffen werden konnten.

Irene wunderte sich auch nicht wirklich über den Geldsegen, der über ihren Mann hereingebrochen war. Eines nur war ihr klar, dass sie ihn nie und nimmer verlassen konnte. Eine solche Einnahmequelle durfte nie versiegen. Einmal hatte sie kurz nach der Herkunft des Geldes gefragt und da hatte Sven etwas von einem Erbonkel in Amerika erzählt. Das klang dermaßen glaubhaft. Da wollte sie auch gar nicht weiter stochern, sondern nur noch das Dasein in vollen Zügen auskosten.

Dazu gehörte bei Irene ab irgendeinem Zeitpunkt auch Thorsten. Sie waren sich im Fitness-Studio begegnet, das sie häufig allein besuchte, weil Sven ja so viel unterwegs war. Aber gelegentlich benötigte sie schon einen Menschen, mit dem sie sich austauschen konnte. Und nicht nur Frauen, denn Freundinnen hatte sie genügend. Alles wohlsituierte Hausfrauen, die sich in den verschiedensten Vereinen wohltätig engagierten. Doch die Freundinnen konnten nicht alle Sinne befriedigen. Und so stand eines Tages Thorsten, der neue Fitness-Trainer, vor ihr. Ein Mann wie aus dem Bilderbuch, wie Kevin Costner. Sie verliebte sich auf der Stelle unsterblich in ihn und genoss jede Stunde am Simeonsplatz, um ihre Figur zu stählen. Aus den Figurübungen wurde dann eines Tages mehr, erst ein gemeinsamer Energydrink an der Power-Bar, dann ein Kaffee in der Mindener City, im Kaufhaus Hagemeyer auf der bei schönem Wetter stets gut besuchten Dachterrasse, mit dem wunderbaren Blick auf die Innenstadt.

Irene wusste ihre Dates mit Thorsten geschickt so zu legen, dass sie mit Sven nicht kollidierten. Akribisch plante sie jede Gemeinsamkeit und wusste alles so zu organisieren, dass die Männer sich nie begegneten. Einmal wäre es beinahe passiert. Da sauste Thorsten mit seinem BMW-Cabrio davon, als Sven gerade mit seinem Porsche angefahren kam. Und als Sven Irene daraufhin ansprach, wer denn der überaus gutaussehende Herr gewesen sei, so entgegnete sie nur mit mädchenhaftem Augenaufschlag, er sei mit der Nachbarin verabredet gewesen und hätte lediglich einen dicken Brief dagelassen. Woraufhin sie auf einen braunen, mit Noppenfolie gefütterten Umschlag verwies, der auf der Kommode im Flur lag. Tatsächlich hatte den der Briefträger heute versehentlich bei Kruses in den Kasten getan. Flüchtig registrierte Sven den Namen der Nachbarin und war sofort beruhigt. Betrügen, seine Irene ihn? Niemals. Das war ja schier undenkbar. Schließlich las er ihr jeden Wunsch von den Augen ab.

Anna Andrejewna Maximowa rauschte in regelmäßigen Abständen in der Amtsstube von Sven Kruse vorbei, um neue Order für frisch eingetroffene junge Damen zu hinterlassen. Eigentlich hätten sie das auch per Telefon erledigen können, aber die Frau liebte es, wenn sie ihn ein wenig nervös machte. Einige Male hatte Sven auch die Zimmertür von innen verschlossen, Annuschka auf den Schreibtisch gehoben und beide hatten ihr Spiel miteinander getrieben. Schnell, intensiv. „Ich liebe so einen Quickie mit dir“, hauchte sie in sein Ohr, rutschte wieder vom Tisch, zog sich den Rock zurecht und strich sich das Haar glatt. Sven ließ danach diskret das gefüllte Kondom verschwinden. In einem umweltfreundlichen A5-Briefumschlag, den er rasch zuklebte und in seinen Papierkorb steckte, nicht ohne ein leichtes Unbehagen zu verspüren, weil das doch seiner Ordnungsliebe auch in der Mülltrennung widersprach. Um den wollüstigen Geruch aus dem Raum zu vertreiben, riss er danach stets das Fenster weit auf. An der Tür hatte zu jenen Zeiten nie einer gerüttelt. Nur das Telefon hatte gelegentlich geklingelt und wenn Sven Kruse auf dem Display den Anrufer erkannte, so steigerte das seine Erregung nur noch mehr.

Die Botengänge für Dima nahmen indes zu. Und Sven grübelte schon bei sich, wie er aus dieser Sache je wieder herauskommen wollte. Einerseits lockte das gute, schnell verdiente Geld. Auf der anderen Seite hatte er auch schon jemanden von der Sitte bei der Polizei bestechen müssen, damit nicht alles aufflog. „Kein Problem“, hatte Dima nur getönt und ihm die nötigen Scheine über den Tisch geschoben. „Wir wollen gut mit allen auskommen. Nicht wahr, mein lieber Sven.“

Daraufhin war Sven ein Stein vom Herzen gefallen, aber es löste das Grundproblem nicht. Sven Kruse kam sich vor wie auf der Überholspur. So, als ob er auf der A 2 mit Tempo 220 dahinsauste und nichts ihn ausbremsen konnte. Aber irgendwann kam auch auf der schönsten Autobahnstrecke ein Stau oder eine Baustelle. Das konnte einfach nicht länger gut gehen. Unlängst war auch noch der Polizist versetzt worden, den man mit einem guten Salär zum Stillschweigen gebracht hatte. Nun musste er seinen Dienst in Chemnitz versehen. Wohl auch nicht ganz freiwillig, wie Sven herausbekam, der dort ebenso seine weiblichen Errungenschaften laufen hatte, die ihm willfährig zusätzlich mit Informationen zu Diensten waren.

Das Handy auf dem Nachttisch von Alexander vibrierte. Es war Sonnabendmorgen, gegen zehn Uhr. Verschlafen griff er zum Telefon und schaute darauf. Andreas stand da zu lesen und natürlich die Uhrzeit. Es war gestern mal wieder spät geworden bei den Ermittlungen. Alexander hatte noch einmal alle Akten zum Fall des Toten im Mittellandkanal gewälzt oder doch eher von einer Seite auf die andere gelegt. Irgendwie kamen sie nicht richtig voran. Und keine Spur war wirklich heiß. Bei Aktenführer Eduard Schiller häuften sich die Einzelvorgänge und keiner davon war wirklich brauchbar oder konnte als beendet betrachtet werden. Die Sache mit möglichen Tätern aus der Szene klang überzeugend, aber sie hatte für ihn so einen faden Beigeschmack, so als wäre das alles nur einfallslos und sehr oberflächlich inszeniert. Gegen vier Uhr erst hatte er das Licht ausgemacht. Kater Albert schlummerte da schon selig auf seinem Kratzbaum im Obergeschoss.

„Hallo, Andreas“, ließ Alexander fallen und schloss ein langes Gähnen an.

„Nanu, habe ich dich etwa noch im Bett angetroffen, du Schlafmütze? Morgenstunde hat Gold im Munde.“

„Ja, und früher Vogel fängt den Wurm. Aber ich will keine Würmer fangen und an Goldfüllungen in meinen Zähnen mag ich auch noch nicht denken. Ist spät geworden gestern, beziehungsweise heute früh. Ich hatte mir ein paar Unterlagen mit nach Hause genommen. Deshalb liege ich noch in der Falle. Aber gut, dass du anrufst. Da werde ich jetzt mal frühstücken und mich dann sogleich auf den Weg machen und eine Runde joggen."

„Gute Idee. Habe ich schon hinter mir. Bin immer noch aktiv an meinem Silvestervorhaben dran. Wollte ja ein paar Kilo abspecken. Am Schreibtisch gelingt das eher weniger. Da bleibt nur mehr Bewegung als Problemlöser. Außerdem muss ich das Sportabzeichen mal wieder ablegen. Aber das macht auch den Kopf frei."

„So sehe ich das ebenfalls. Ist schon witzig. Wenn ich hier so am Mittellandkanal entlanglaufe, treffe ich gelegentlich den einen oder anderen Kollegen. Wir sind auch schon mal zusammen gestartet. Aber das ist von der Logistik her schwieriger. Wir kommen ja alle von anderen Orten angetrabt. Wobei, mit dem freien Kopf ist das schon so eine Sache ..."

„Wieso das denn?"

„Na ja, zum einen gab es bei meinem vorigen Fall doch die zweite Aktion des Täters, die am Kanal ihren Ausgangspunkt nahm. Hier war er auf sein Opfer getroffen und hatte die Kleine in seinen Transporter geworfen. Und dann sind wir gerade am aktuellen Fall des Toten im Mittellandkanal dran. Insofern kreisen meine Gedanken doch immer wieder um die Arbeit."

„Ach so, das meinst du. Kann ich schon verstehen. Wie sieht es denn aus, hast du mal wieder Lust, zu uns zu kommen? Neulich bei der Einweihungsparty hatten wir bei den vielen Leuten ja nicht wirklich Gelegenheit, uns miteinander zu unterhalten. Wir wollen nachher angrillen."

„Was? Jetzt im März?"

„Aber die Wettervorhersage meint es offensichtlich gut mit uns. Wenn es zu frisch wird, können wir auch drinnen sitzen. Gar kein Problem."

Alexander schaute auf die Wanduhr und auf seinen Terminkalender auf dem Schreibtisch. Ein Heimfahrtswochenende war erst für die Woche darauf vorgesehen. Warum also nicht. Erst ein wenig Sport, dann die Orchideen frisch machen und schließlich mal die Wohnung kurz durchsaugen. Da blieb immer noch genügend Zeit für die Tour nach Hameln.

„Ist gebongt. Ich komme. Soll ich was mitbringen?"

„Ach Quatsch. Alles reichlich da. Denise hat ihren speziellen Nudelsalat gezaubert. Den musst du mal probieren. Wenn du so zu siebzehn Uhr auftauchst, wäre das prima. Dann kannst du noch ein Stück Quarkkuchen kosten. Den backe ich immer."

„Sagtest du nicht was von abnehmen", erkundigte sich Alexander schelmisch.

„Na ja, aber doch nicht wirklich am Wochenende. Unter der Woche kann man gut und gern ein wenig kürzer treten. Aber dann darf mal eine Belohnung sein. Also, tschüss dann. Ich will dich nicht länger aufhalten."

„In Ordnung. Bis dahin. Ich freue mich."

Alexander beendete das Gespräch.

In der Zwischenzeit hatte er sich schon ein diesmal leichtes Frühstück vorbereitet mit Müsli und Cornflakes und goss sich nun einen Kaffee ein. Fürs Joggen schien ihm die Zeit zu knapp bemessen. Also schwang er sich auf sein Rad und drehte damit eine Biege. Er hatte nur ganz kurz überlegt und war dann Richtung Großes Torfmoor aufgebrochen. Eine schöne Tour, nicht allzu weit von seinem Wohnhaus aus und gleich über die Wege zwischen den Feldern zu erreichen. Er musste lediglich kurz die Hiller Straße überqueren. Alexander trat kräftig in die Pedalen und kam rasch vorwärts. Nach etwa zwei Stunden bremste er wieder vor seiner Haustür. Das hatte gut getan. Der frische Wind hatte ihn heftig durchgepustet.

Bis zum Frühlingsanfang war es nicht mehr lange hin. Alexander hatte an der Wäscheleine vor dem Wohnzimmerfenster zwei Meisenknödel platziert. Die waren vom Winter noch übrig geblieben und erfreuten sich jetzt großer Beliebtheit. Der Fasan schritt würdevoll durch die frischgrüne Wiese, darin jede Menge kräftig-violetter Veilchen. Immer in einem Augenwinkel seine unscheinbare Liebste bewachend; die allerdings traute sich nicht an die Abfälle vom letzen Vogelfutter heran. Darum stritten Spatzen, Meisen und Rotkehlchen.

Alexander lag ein Lächeln im Gesicht. Diese Natur war hier schon unschlagbar. Vielleicht sollten die Mädchen doch lieber auf dem Lande aufwachsen. Das war bestimmt bekömmlicher als die kriminelle Hauptstadt, ging es ihm durch den Kopf. Man musste allerdings auch hier sehr gut auf seine Kinder aufpassen! Vorhin im Moor war ihm so vieles aufgefallen, was Lena und Tina bestimmt auch begeistert hätte. Der hölzerne Aussichtsturm mit dem wunderschönen Blick auf die Wiehengebirgskette, die kleinen Seen und Sumpfzonen, Erlenbruchgehölz und ausgedehnte Schilfareale, das typische Wollgras oder der Platz, an dem man barfuß das Moor testen konnte. Na ja, dafür war es noch zu kalt. Aber im Sommer bestimmt ein tolles Erlebnis.

Alexander machte sich an die Pflege seiner Orchideen. In einer Schüssel hatte er schon das spezielle Substrat mit dem gesammelten Regenwasser gemischt. Jetzt begutachtete er jedes Exemplar, ob sich nicht eventuell Ungeziefer angesiedelt hatte. Nein, alles in Ordnung. Er sprühte die Blüten ab und benetzte auch die Blätter. Dann tauchte er für einige Minuten jeden Topf in das Wasserbad. Ehe er die Pflanzen wieder in ihre Übertöpfe stellte, ließ er sie gründlich abtropfen. Seit er von Berlin aufs Land gewechselt war, hatten ihn seine Orchideen nicht im Stich gelassen. Eine war immer mit Blüten versehen. Und kaum dass diese dem Ende zugingen, ragte aus einer nächsten Pflanze Stück um Stück ein neuer Blütentrieb hervor. Gerade entdeckte er einen kleinen Seitenableger an einem eingekürzten Blütenstiel, der sich Wochen vorher schon in dichter Pracht gebogen hatte. Da würden also in absehbarer Zeit wieder die nächsten samtiggelben Blütenblätter mit den zarten violetten Einsprengseln auftauchen. Alexander rieb sich in Vorfreude die Hände.

Er hatte Radio Westfalica im Hintergrund angestellt. Eben liefen die Nachrichten. Viel Zeit blieb ihm nicht mehr. Aber er konnte ja das Mittagessen ausfallen lassen. Schließlich würde es leckeren Kuchen und Grillware geben. Das würde auf jeden Fall ausreichen. Eben kratzte es an der Fensterscheibe. Kater Albert machte auf sich aufmerksam. Er erhob sich in voller Länge und quietschte mit den Vorderpfoten abwärts am Glas entlang.

„Nee, mein Lieber, du bleibst mal eben noch ein Weilchen draußen. Futter gibt es erst nachher und jetzt will ich staubsaugen. Das kannst du ja gar nicht ab." Alexander sprach durch die Scheibe zu seinem Vierbeiner. Der schien alles verstanden zu haben, drehte sich einmal im Kreis, setzte sich hin und fing mit einer gründlichen Körperreinigung an.

Als Alexander zum späten Nachmittag hin bei seinem Freund Andreas in Hameln eintraf, lugte die Sonne immer noch ein wenig zwischen den Wolken hervor. Es war relativ mild für die Jahreszeit. Nur der scharfe Wind sorgte für Kältenachschub. Unterwegs hatte er für die Gastgeberin noch einen Blumenstrauß besorgt.

„Hallo, Alex, schön, dass du da bist", begrüßte ihn Andreas mit einer Schürze vor dem Bauch. „Hier kocht der Chef" stand darauf geschrieben.

„Wir sitzen doch im Wintergarten. Den Mädels ist es zu frisch. Aber ich grille natürlich im Freien. Nur die Harten kommen in den Garten ..."

Jetzt musste Alexander lachen, denn sein Freund hatte mit der Grillkohle schon ein paar Spuren in seinem Gesicht hinterlassen. „Bist du auf Kriegspfad?", nahm er Andreas hoch.

„Wieso?"

„Na, wegen der schwarzen Bemalung über deinen Augen und auf der Nase."

Andreas zog die Stirn kraus und blickte immer noch fragend.

„Mann, du hast aber eine lange Leitung. Also die Grillkohle steht dir als Make-up prima."

„Ach so, das meinst du. Passiert mir jedes Mal. Gehört zum Geschäft. So sieht man wenigstens, wie sehr ich mich hier abschufte ... Dann setz dich schon mal rein. Die Kohle muss allerdings noch ein wenig durchglühen. Ich komm gleich nach."

Alexander ging in den Wintergarten, in dem Denise gerade den Nachbarn Kaffee nachschenkte.

„Hallo", grüßte Alexander in den Raum und reichte der Gastgeberin den Strauß.

„Oh, vielen Dank. Der ist ja wunderbar. Das ist übrigens Alex, alter Busenfreund von meinem Andreas", stellte Denise ihn in der Runde vor. „Und das sind Benita und Ingo von nebenan."

Alexander setzte sich auf den einzigen Platz mit einem sauberen Kaffeegedeck.

„Ein Stück Quarkkuchen?“, fragte Denise.

„Aber logo. Ich habe mir sagen lassen, den hat Andreas gezaubert und von dir gibt es nachher leckeren Nudelsalat. Freue mich schon auf alles. Und, habt ihr euch in dem neuen Zuhause gut eingelebt? Ist ja doch ein Unterschied, ob man in einer Mietwohnung oder in einem Haus daheim ist …“

Denise lächelte jetzt breit, hob Alexander ein besonders großes Kuchenstück auf den Teller und füllte die Tasse mit dampfendem Kaffee.

„Wir sind hier bestens aufgehoben – bei so netter Nachbarschaft.“ Denise zwinkerte Benita und Ingo zu. „So, lieber Alex, jetzt bist du versorgt und nun stelle ich die Blumen in die Vase. Freesien, die liebe ich unheimlich. Danke.“ Sie steckte die Nase in die Blüten und sog den Duft ein. „Unschlagbar“, seufzte sie und verschwand mit dem Strauß ins Innere des Hauses.

Irgendwann im Laufe des Abends kam Alexander auch dazu, mit seinem Freund ein wenig über die dienstlichen Dinge zu plaudern. Die Kriminalstatistik des Mühlenkreises war gerade vorgestellt worden.

„Die Zahl der Straftaten ist im Kreis Minden-Lübbecke angestiegen“, erzählte Alexander.

„Hat das was mit deinem Einsatz vor Ort zu tun“, fragte Andreas und grinste in sich hinein.

„Also, auf den Arm nehmen kann ich mich allein. An die Presse ging auch die Info raus, dass es sich in Minden kreisweit am gefährlichsten lebt.“

„Ich weiß“, wiegelte Andreas ab. „Das sind die üblichen Mitteilungen, die wir rausschicken. Für die Presse muss es immer irgendwie spektakulär klingen.

Sonst drucken die das nicht. Aber ihr seid schon noch ein relativ sicheres Pflaster. Landesweit waren das im vorigen Jahr 8.470 Delikte pro 100.000 Einwohner. Und bei euch ..."

„Nur 5.348 Delikte im Mühlenkreis", ergänzte Alexander und fuhr fort: „Insofern ist das Risiko, Opfer einer Straftat zu werden, vergleichsweise niedrig. Mit Berlin kannst du das gleich gar nicht messen."

„Bei euch kamen genau 16.800 Straftaten im vorigen Jahr zur Anzeige und 49,1 Prozent wurden aufgeklärt."

„Mann, du bist ein wandelndes Zahlenlexikon. Das habe ich schon immer an dir bewundert."

Andreas strahlte. „Das bringt der Job so mit sich."

„Mich stört dann eben nur daran, dass 50,9 Prozent eben nicht aufgeklärt wurden."

„Ach, Statistik", stöhnte Andreas. „Mit der kannst du letztlich auch alles beweisen. Je nachdem, wie du gerade ansetzt."

„Gibt's eigentlich noch eine Bratwurst", mischte sich jetzt Denise in das Fachgespräch ein. „Ich glaube, Ingo will noch eine, und ich würde mir mit Benita ein Putensteak teilen wollen."

Andreas erhob sich. „Tja, da muss der Chefkoch wohl wieder ran."

Alexander lehnte sich im Korbsessel zurück und genoss den Abend. Er trank alkoholfreies Bier und machte sich irgendwann nach Mitternacht wieder auf den Heimweg. Von Weitem schon funkelten die Augen von Kater Albert in die Lichter des Peugeot, als Alexander daheim vorfuhr.

Janine Hacker saß an ihrem Schreibtisch und bearbeitete ihre E-Mails. Eine davon war vom Kriminalkommissariat Kriminalprävention und Opferschutz des Hauses. Ob sie denn bereit wäre, bei einer Aktion zum Tag der Kriminalitätsopfer am 22. März zu unterstützen. Der Aufruf um Mitarbeit ging gleich an mehrere Kollegen. Da sollte es eine Benefizveranstaltung zugunsten des Operschutzbundes Weißer Ring im Mindener Kulturzentrum BÜZ geben. Mit Podiumsgespräch, Musik und Literatur. Die Justizministerin hätte auch schon ein Grußwort zugesagt – als gebürtige Mindenerin.

Als ob ich nicht schon genug zu tun hätte, dachte Janine bei sich. Aber ablehnen konnte sie auch wieder nicht, zumal ihr die Idee gefiel. Vielleicht war es sogar gut, wenn sie jetzt mehr Arbeit bekam. Dann vertrieb das eventuell die dummen Gedanken.

Sie war unlängst dazugekommen, als die Männer in ein Gespräch vertieft waren und einige basses Erstaunen kundtaten, andere wieder lachten. Da hatte sie sich dazugesellt, weil sie Wortbrocken von Alexander und Heike vernommen hatte.

„Und was ist so komisch mit den beiden?", fragte sie Wolfhard, der ihr am nächsten stand.

Wolfhard druckste herum.

„Ach, eigentlich gar nichts …"

„Aber irgendwie muss es euch doch alle erheitert haben."

Jetzt mischte sich Friedhelm ein, der Kollege von Heike aus der Spurensicherung.

„Sonnabend, die Geburtstagsfeier bei Heike. Da ist Alexander bis zum Schluss geblieben und offensichtlich die ganze Nacht!"

Janines grüne Augen verloren ihren Glanz und sie bemühte sich um Fassung. Sie strich sich eine rotbraune Locke hinter das rechte Ohr.

„Na, was sagst du zu dieser Neuigkeit?", klang es dumpf zu ihr herüber. Friedhelm grinste irgendwie hämisch.

„Tja, sind doch beide erwachsen. Sie müssen wissen, was sie tun." Und abrupt wandte sich Janine um, damit die anderen nicht die Tränen in ihren Augen erkannten, die jetzt aufstiegen.

„Ich muss dann mal wieder. Die Pflicht ruft."

Die Kollegen achteten nicht weiter auf sie. Nur Wolfhard schaute etwas besorgt hinter ihr her und schüttelte den Kopf.

Bin dabei, super Idee – tippte Janine in eine Antwort-Mail unter dem Stichwort Benefiz und schickte sie sogleich raus. Dann blickte sie aus dem Fenster und seufzte. Ach was, sie sollte sich keine Gedanken um Alexander machen. Der war ja sowieso verheiratet und hatte zwei Kinder in Berlin. Also käme das gar nicht für sie infrage. Sie stand nicht auf verheiratete Männer. Dass sie mehr für Alex empfand, wollte sie deshalb auch für sich behalten. Aber nun diese Situation mit Heike fand sie schon ziemlich daneben. Hatte er denn gar kein Gewissen? Das passte so überhaupt nicht zu ihm. Aber fragen wollte sie ihn natürlich auch nicht. Das hätte nur schlafende Hunde geweckt. Und mit Heike hatte sie bislang so eine angenehme Zusammenarbeit verbunden. Die würde damit nun auch einen Knacks weghaben.

Janine Hacker lebte seit ihrer Scheidung relativ zurückgezogen, auch wenn ihr das keiner glaubte. Sie chattete nur gelegentlich im Internet herum, aber das geschah lediglich zum Zeitvertreib und war nicht wirklich ernst gemeint. Nie und nimmer hätte sie sich mit so einem anonymen Typen getroffen. Sie legte stets großen Wert auf ihr Äußeres, erschien Ton in Ton, wie aus dem Ei gepellt. Und niemals hätte man auch nur einen Missgriff an ihr gefunden. Außerdem kniete sie sich in alle Fälle hinein. Mitunter zu sehr emotional, wie ihr Vorgesetzte schon bescheinigt hatten. Aber sie konnte auch wieder nicht die Fälle nur ganz sachlich betrachten. So wie mit dem missbrauchten und getöteten Kind im vorigen Jahr. Da hatte sie gleich so ein ungutes Gefühl gehabt, als die Kleine zunächst nur als vermisst galt. Und sie wusste, dass sie sich auf ihre Eingebungen verlassen konnte.

Auch bei dem alten Herrn, der verschwunden war, spürte sie, dass da etwas nicht stimmte. Selbst wenn die bisherigen Ermittlungen nichts gebracht hatten. Aber sie war schon über die Aussage des Freundes gestolpert, der zu Protokoll gegeben hatte, sein Freund würde nie und nimmer in den Süden ziehen. Und dann die Argumentation der Tochter, der Vater wäre nach Menorca ausgewandert. Bis jetzt aber gab es keinen richtigen Ansatzpunkt. Janine hatte sich dazu auch schon mit Alexander ausgetauscht. Aber seit jenem Vorfall kühlte sich das Verhältnis zwischen beiden doch deutlich ab.

Heike Langenkämpfer servierte im „Seriösen Fußgänger" einen weiteren Salat: „Der Kommissar". Das ist bestimmt reine Schikane, dass die Leute immer den bestellen, fuhr es ihr durch den Kopf. Immer wieder musste sie an Alexander denken und an die eine so aufregende und viel zu kurze Nacht. Lass uns gute Freunde bleiben, klang es ihr im Ohr. Oh nein, wie sie diesen Satz hasste. Der kam so oft, der kam von so vielen Männern, wenn sie mit ihr Schluss gemacht hatten. Ihrerseits wäre sie nie auf die Idee mit der guten fortdauernden Freundschaft gekommen. Wenn eine Sache vorbei war, dann war sie vorbei. Für immer und ewig. Basta!

„Kann ich jetzt endlich meine Bestellung aufgeben?", fragte ein Gast etwas unwirsch, als Heike gedankenverloren an ihm vorbeilief. Sie riss sich zusammen. Diese Grübelei brachte jetzt überhaupt nichts. Sie musste sich konzentrieren und ihren Job machen. Schließlich sorgte der dafür, dass sie im Herbst ihren geplanten Urlaub nach Indonesien antreten konnte. Dafür sparte sie jeden Cent zusammen. Sie sah sich schon auf Sumatra, vor sich die Weiten des Indischen Ozeans. Palmen, Meer, freundliche Menschen.

Irgendwie bekam sie auch diesen Abend rum. Auf dem Heimweg quälte sie sich wieder mit den Gedanken an Alexander. Wie hatte das nur passieren können? Aber es war doch außerordentlich schön gewesen. Für beide Seiten. Da war sie sich absolut sicher. So sehr konnte ihm der Alkohol doch die Sinne nicht getrübt haben. Heike fuhr durch die dunkle Stadt. Nur wenige Autos und ganz vereinzelte nachtschwärmende Fußgänger kreuzten ihren Weg.

Im Dienst nahm sie sich zusammen. Denn auch Alexander verhielt sich ihr gegenüber ausgesprochen neutral. So, als wäre nie etwas gewesen. Manchmal dachte sie, sie hätte alles nur geträumt. Aber es war nicht an dem. Warum nur geriet sie immer an die falschen Männer?, fragte sich Heike neuerlich. Wobei Alexander sicherlich nicht der falsche Mann war, aber eben zur falschen Zeit, am falschen Ort. Ach was, Heike trat kräftiger in die Pedalen. Es wurde Zeit, dass sie ins Bett kam. Morgen war ein neuer Arbeitstag und sie hatte ein paar erkennungsdienstliche Erfassungen auf dem Plan. Dafür brauchte sie auch alle Konzentration.

Am nächsten Tag war Janine Hacker in die Spurensicherung gekommen, um ein paar Unterlagen abzuholen. Und die war erst merkwürdig draufgewesen. Ansonsten hatte sie immer ein paar witzige Sprüche parat, plauderte auch so ganz angeregt mit Heike. Aber da war nun irgendwie der Wurm drin. Heike Langenkämpfer wagte sich allerdings auch nicht, nach der Ursache der schlechten Laune zu fragen. Irgendwie riet ihr eine innere Stimme davon ab. Rasch war dann Janine auch wieder verschwunden und Heike hatte weder Zeit noch Lust, sich mit den Empfindlichkeiten der Assistentin aus dem Kriminalkommissariat auseinanderzusetzen.

Die Ermittlungen im Fall des vermissten Kurt Torgelow nahmen langsam Gestalt an und waren letztlich auch bei Alexander gelandet. Janine Hacker hatte vorab gründliche Recherche betrieben. Und die schlussfolgerte in der Entscheidung, jetzt die Fahndung intensiv zu betreiben.

Bei der ersten Kontaktaufnahme zu Roswitha und Herbert Krämer zeigte sich der Mann völlig emotionslos, die Frau hingegen zerknüllte während des gesamten Gespräches ein Tempotaschentuch in den Händen. Außerdem irrten ihre Augen hin und her, ohne bei einem Punkt Halt zu finden. Alexander Rosenbaum hatte eine feine Beobachtungsgabe und registrierte jedes Detail. Im Privatleben verfluchte er manchmal diese Fähigkeit, beruflich aber kam sie ihm sehr zustatten.

„Ihr Vater ist also in Spanien", erkundigte sich Alexander, nachdem er sich und Wolfhard vorgestellt und nur von einer Routinebefragung gesprochen hatte. Man müsse eben auch Hinweisen nachgehen, die vielleicht völlig haltlos wären.

„Ja", ergriff Herbert Krämer das Wort. „Seit Jahren. Ein komischer alter Kauz, der sich zurückgezogen hat. Soll es ja geben."

„Und Ihre Kontakte sind auch sehr spärlich?"

„Meine Frau kümmert sich darum, dass er immer seine Rente bekommt, um alle Kosten abdecken zu können. Aber sonst - kein Telefonat, keine Karte. Wenn Sie so was meinen!"

„Ich hätte das auch gern von Ihrer Frau beantwortet", entgegnete Alexander.

„Ja, also, wie mein Mann schon sagt. Mein Vater hat sich sehr zurückgezogen. Was ich außerordentlich bedauere. Das ist sicherlich das Alter. Manch einer wird halt so. Da kann man nichts machen." Die Frau saß auf dem Sofa und starrte jetzt auf den Wohnzimmertisch.

Wolfhard, der neben Alexander stand, ergriff nun das Wort.

„Können wir uns ein wenig bei Ihnen umschauen? Hat Ihr Vater denn ein Zimmer in Ihrem Haus?"

Roswitha Krämer wurde blasser.

„Natürlich können Sie sich umschauen. Wir haben nichts zu verbergen", Herbert wirkte sehr energisch.

„Mein Vater hat kein Zimmer mehr in diesem Haus", entfuhr es Roswitha. Herbert blickte abfällig zu ihr hinüber, was Alexander natürlich sofort wahrnahm.

Alexander und Wolfhard ließen sich durch die Räume führen und blickten sich zwischendurch stirnrunzelnd an.

„Das kommt mir überhaupt nicht geheuer vor", ließ Wolfhard fallen, als beide Männer wieder im Auto saßen.

„Mir auch nicht. Stellt sich nur die Frage, was da geschehen ist. Die Befragungen in der Nachbarschaft waren ja auch nicht sonderlich ergebnisreich. Solide, ruhige, zurückgezogen lebende Leute. Bessere Nachbarn kann man sich gar nicht wünschen. An Kurt Torgelow kann sich kaum noch einer erinnern. Da ist ja auch der Begriff ‚Pflegefall' erwähnt worden. Kannst du dir vorstellen, dass ein Pflegebedürftiger noch einmal Anlauf nimmt, sich aufrappelt und puppenlustig außer Landes geht?"

Wolfhard schüttelte den Kopf.

„Also, mir kommen da ganz andere Gedanken. Aber wenn es da eine Tat gab, wie ich jetzt mal der Einfachheit halber annehme, dann muss es auch einen Toten geben. Und den haben wir bis heute nicht. So ganz spurlos kann doch eigentlich niemand verschwinden."

„Wir sollten in Spanien um Amtshilfe bitten, und ansonsten verspreche ich mir von einem intensiveren Gespräch mit der Tochter einiges. Was meinst du, Wolfhard?"

„Genau!" Und er startete den Wagen, während sich Alexander noch anschnallte und die Situation von eben Revue passieren ließ. Wenn er anstelle dieser Frau wäre, würde er doch für seinen alten Vater ein Zimmer in so einem großen Haus haben. Damit er bei Besuchen immer dort unterkommen könnte. Bestimmt war der Mann tot. Die Tochter hatte auch so merkwürdig geklungen.

Die Berliner Osterferien fielen in diesem Jahr in die ersten beiden Aprilwochen.

„Da kannst du beide dann eine Weile zu dir nehmen und mit ihnen etwas anstellen. Ich habe nur eine Woche frei und muss dann wieder nach den Feiertagen arbeiten", hatte Olga erklärt.

Einerseits freute sich Alex auf das Familientreffen rund ums Osterfest, andererseits hatte er auch Angst vor eventuellen Auseinandersetzungen mit seiner Frau. Aber das eine ging eben ohne das andere nicht. Den Vaterschaftstest bei Tina hatte er immer noch nicht angesprochen und nahm es sich diesmal fest vor. Aber die Gelegenheit musste natürlich auch passen.

Alexander räumte also die Wohnung auf und richtete alles für die gesamte Familie her. Als er den Staubsauger in der Hand hielt, musste er lachen. Also für die beiden kleinen Krümelmonster hätte er eigentlich nicht vorneweg saugen müssen. Aber na ja, sie würden wieder auf allen vieren durch die Bude kriechen und da war eine Grundreinigung schon wichtig. Schließlich fusselte Albert auch gelegentlich. Alex bezog die Betten frisch und legte auf die Seite von Olga eine Praline aufs Kopfkissen. Nougat. Das mochte sie besonders gern. Und er stellte noch einen Strauß Blumen in die Küche, auch für seine Frau. Den Kindern packte er jeweils eine Minitüte mit Gummibärchen aufs Kopfkissen, damit sie sich nicht benachteiligt fühlten.

Als es dann am Sonnabend geschäftig vor dem Haus zuging, war Alexander Rosenbaum ein klein wenig aufgeregt. Olga war bislang nur mal kurz übers Wochenende geblieben, mit den Kindern. Das war der erste längere Aufenthalt auf dem Lande. Sonst war er in aller Regel nach Berlin gefahren. Er wollte alles so angehen, dass gute Stimmung herrschte. An ihm sollte es nicht liegen.

Er öffnete die Tür und schloss seine Frau in die Arme. Die beiden Mädchen waren zuerst in den Garten gerannt, um Albert zu begrüßen, der hinter dem Haus auf einer urigen Holzbank saß und sich großzügig von Lena und Tina herzen und streicheln ließ.

Alexander hatte sich schon für einen Mühlenausflug nach Südhemmern entschieden. Ostersonntag stand der auf dem Plan.

„Dampferfahren ist prima“, erklärte Lena nach der wortreichen Erläuterung des Vaters, und die kleine Schwester Tina nickte bestätigend: „Ja, Möwen füttern!“ Selbst Olga lächelte dazu und alle vier machten sich auf den Weg, um zunächst mit dem Schiff zu fahren, wie versprochen. Gemächlich zog die Landschaft vorüber und die Vögel ergriffen geschickt im Flug die Brocken von den Frühstücksbrötchen.

„Ist wirklich eine nette Ecke hier", sagte Olga anerkennend. „Ich kann dich verstehen, dass es dir hier so gut gefällt."

Und Alexander hatte dankbar genickt. In Südhemmern drehte sich schon das Rad der Windmühle am Kölkenweg und es duftete nach frisch gebackenem Brot und Kuchen. Dazu erklang Musik eines Blasorchesters vom Wittekindshof. Zunächst besichtigte die Familie das alte Gemäuer. Der Vater lauschte interessiert den Äußerungen eines älteren Herrn in Müllertracht zur Geschichte des Wall-Holländers. Schon 1611 sei die erste Mühle an dieser Stelle errichtet worden. Alle kletterten die steilen Stiegen nach oben. Die Kinder spielten Fangen in der Kühle des Mauerwerks und Olga bremste sie mit wenig Erfolg dabei. Lena quengelte schließlich. Sie wollte eine Leberwurstschnitte, Tina lieber ein Stück Zuckerkuchen. Und so verließen die vier die Mühle und liefen zum gegenüber gelegenen Fachwerkhäuschen, an dem einige Gäste anstanden.

„In drei Minuten fertig gebacken, das nenne ich mal schnell", kommentierte Olga die Erklärung einer älteren Frau, die die Ware über den Tresen schob und meinte: „Guten Appetit auch!"

Olga bedankte sich herzlich und Alexander balancierte schon die Getränke an einen Tisch.

„Und was machen wir jetzt?", fragte Lena etwas schwer verständlich, nachdem sie den letzten Bissen in den Mund gestopft hatte.

„Was sage ich dir immer?", fragte die Mutter mit energischem Ton. „Man soll nicht mit vollem Mund reden."

Lena verzog das Gesicht, so als ob sie gleich weinen wollte.

„Ach, lass doch. Das ist hier alles so aufregend für die Kinder“, warf Alexander ein. „Jetzt fahren wir mit einer historischen Dampfeisenbahn, ein richtiges originales Stück, der tadellos restaurierte Preußenzug – der älteste wohl in der Bundesrepublik. Das wird euch gefallen. Der Lokomotivführer und der Schaffner, alle in entsprechenden Kostümen. Alle Reparaturen an und in den Fahrzeugen machen die Leute vom Verein der Museums-Eisenbahn ehrenamtlich. Einen Wagen kann man für Trauungen nutzen. Und dann gibt es Sonderfahrten zu Jubiläen oder Festen sowie in der Adventszeit zum Nikolaus.“

„Wirklich?“, erkundigte sich Olga.

„Ja, hat mir alles mein Kollege Wolfhard empfohlen. Der stammt ursprünglich aus Ostfriesland, hat sich aber auch in diese Gegend unsterblich verliebt. Was ich verstehen kann. Übrigens startet der Zug in Südhemmern-Specken um halb sechs. Wir sollten uns mal auf den Weg machen.“

„Wieso“, fragte Olga. „Ist das nicht gleich hier um die Ecke?“

„Nein, ein paar Meter müssen wir schon laufen“, erklärte Alexander und blickte auf seine Armbanduhr. „Ach nein, die Zeit reicht doch noch für einen Abstecher ins Müllerhaus. Da gibt es eine Heimatstube und darin kann man etwas von der Flachsverarbeitung, vom Spinnen, vom Weben und vom Zigarrenmachen erfahren. Also hurtig, meine Damen, da geht es lang!“ Alexander wies auf das größere Gebäude.

Die Mädchen rannten bereits vorneweg und Olga ließ sich noch rasch für den Ostermontag etwas Kuchen einpacken. Im Obergeschoss des Müllerhauses herrschte reges Treiben. Alexander blieb bei einer Zigarrenmacherin stehen. Das war schon beachtlich, wie sie mit flinken Fingern ein Exemplar nach dem anderen drehte. Und das sollte früher in Heimarbeit geschehen sein. Nicht schlecht, dachte er bei sich und blickte zu Olga und den Kindern, die gerade bei zwei Männern standen, die dicke Seile wanden.

In der Ferne ertönte plötzlich das unverkennbare Signal des Zuges.

„Der ruft schon nach uns", sagte Alexander und gesellte sich zu seiner Frau und den Mädchen.

„Aber Papa, ein Zug kann doch nicht rufen, oder doch?", zwinkerte Lena ihrem Vater zu und hüpfte von einem Bein auf das andere.

Alexander Rosenbaum griff nach ihrer Hand und fühlte die Wärme des Kindes auf sich übergehen. Ein wohliges Empfinden. Olga hatte Tina an der Hand und spielte mit ihr „Ich sehe was, was du nicht siehst". Dazu gab es reichlich Anregungen in der Umgebung. Aber die Mutter wusste es so anzugeben, dass die Kleine auch rasch Erfolg beim Raten hatte. So verging der Weg bis zur Bahnstation wie im Fluge.

„Oh, ist das aber eine schöne Eisenbahn", gestand Lena ehrfurchtsvoll, als sie vor dem großen schwarzen Dampfross standen, das mit den Nüstern zu schnauben schien, denn Qualm stieg auf.

„So, meine Lieben, nun aber geschwind in den Zug. Er wird gleich abfahren wollen", drängte Alexander und hob die Töchter über die steilen Stufen nach oben. Drinnen suchte sich die Familie ein Abteil in der urigen Holzklasse eines bis in jedes Detail liebevoll gepflegten historischen Wagens jener typisch preußischen Kleinbahn. Alexander ergriff irgendwann die

Hand seiner Frau, Olga blickte nur kurz auf und ließ es mit sich geschehen. Die Mädchen drückten sich die Nasen am Fenster platt-zufrieden und glücklich.

„Schau mal, Papa, das sind aber zwei große Vögel", verwunderte sich Lena, und Alexander blickte ebenfalls aus dem Fenster.

„Ach ja, Störche. Von denen gibt es hier auch jede Menge. Gleich eine ganze Storchenroute, die man mit dem Auto oder Fahrrad abfahren kann. Hier leben auch ganz engagierte Leute, die sich in einer Aktion ‚Rettet die Weißstörche im Kreis Minden-Lübbecke' um unsere gefiederten Freunde kümmern."

„Du kennst dich aber schon gut aus", nickte Olga anerkennend.

„Ich interessiere mich eben sehr für meine Umgebung. Und wo die doch so sagenhaft schön ist, nehme ich alles mit auf. Jedenfalls wurde auf dem Schornstein der Alten Brennerei im Hiller Ortskern eine Kamera installiert. Und mit der kann man direkt ins dortige Storchennest schauen. Ostermontag wird die Kamera wohl in Betrieb genommen, wenn ich das jetzt richtig in Erinnerung habe. Da sollten wir unbedingt hin."

„Au ja, Papa, Storchennest klingt prima." Lena wandte sich wieder dem Blick nach draußen zu. Die Störche waren lange vorüber.

An diesem Abend fanden alle ganz wunderbar in den Schlaf. Die Gutenachtgeschichte fiel nur sehr kurz aus, denn schon nach wenigen Minuten waren beide Mädchen entschlummert. Und Alexander legte sich ganz eng an Olga, die seine Zärtlichkeiten erwiderte.

Ostermontag frühstückte die Familie ganz gemütlich. „Und nun machen wir unseren kleinen Ausflug zur Storchennest-Direktübertragung, ehe sich die Mama wieder auf den Heimweg begibt", schlug Alexander vor und Olga nickte bestätigend. „Da soll es einen Bildschirm im WEZ-Supermarkt geben, der hat ja leider heute zu. Aber einen zweiten hat der Heimat- und Gartenbauverein Hille neben der Eingangstür zur Brennerei hinter einer dicken Glasscheibe installiert", tat Alexander sein Wissen aus dem Mindener Tageblatt kund, das gerade in diesen Tagen von der Aktion berichtet hatte. Eine Seite aus dem „Willem", einem kleinen Extrablatt, hatte er sich deshalb herausgerissen.

Die vier standen nicht allein vor dem Bildschirm. Eine größere Menschenmenge hatte sich eingefunden, es herrschte ein reger Wechsel von kommenden und gehenden Passanten. Alexander hob seine Große ein Stück weit hoch, damit sie besser sehen konnte.

„Nun zähl mal, wie viele Eier in dem Nest liegen", forderte er seine Tochter auf.

Lena rümpfte konzentriert die Nase und zählte rasch durch. „Das ist doch kinderleicht. Sieben Stück! So weit kann doch sogar Tina schon zählen."

„Das heißt aber, die Storchenfamilie bekommt sieben Kinder", belehrte Olga. „Stellt euch mal noch fünf weitere Geschwister vor. Also eine ziemlich große Rasselbande."

„Ach nee, Tina reicht mir völlig aus. Ich will nicht noch mehr Geschwister", gab Lena von sich.

Olga und Alexander schauten sich an und prusteten halblaut vor sich hin.

„Oh, Mama, sieh doch nur, jetzt dreht der eine Storch die Eier mit dem Schnabel um", berichtete Tina aufgeregt. Und Lena ergänzte: „Ah, und jetzt reiben sie die Schnäbel aneinander. Haben die sich lieb?"

„Na klar", antworteten Alexander und Olga im Chor.

„Die Auflösung des Rätsels passiert aber erst nach dem 26. April. Da endet die Brutzeit und erst da klärt es sich, wie viele kleine Störche auch ausschlüpfen", erläuterte Alexander. „Übrigens habe ich gelesen, dass es sich um ein unberingtes Paar aus dem Vorjahr handelt, das erneut überwintert hat. Muss wohl doch ganz gemütlich in Deutschland sein. Liegt wahrscheinlich am Klimawandel. Oder die beiden waren zu faul, nach Afrika zu fliegen. Jedenfalls lag das erste Ei am 26. März im Nest und das siebte am 7. April. Das ist ein absoluter Rekord im Kreis."

„Ach so", stellte Lena fest, „dann ist noch gar nicht sicher, dass es sieben Geschwister werden. Vielleicht ja doch nur zwei, wie bei uns?" Dabei hatte sie die Arme verschränkt und das Kinn auf eine Hand aufgestützt. Sie wirkte tiefsinnig grübelnd.

Olga mochte dieses Thema nicht ausweiten und blickte auf ihre Armbanduhr: „Ich glaube, wir sollten dann mal wieder nach Hause. So spät will ich mich nicht auf den Weg machen."

„Gut. Wir haben auch genug gesehen und können nun den anderen Leuten Platz lassen", entgegnete Alexander.

Und die Familie stieg in den Peugeot und fuhr wieder los.

„Ich habe alle Kolleginnen von Sven Kruse herbestellt. Ihr könnt sie dann nacheinander befragen. Aber wenn ihr meine Meinung hören wollt, so haben die mehr als ein kollegiales Verhältnis mit ihrem Vorgesetzten gehabt. Ich habe schon einmal eine Reihenfolge festgelegt. Die letzte in der Reihe scheint mir am wichtigsten zu sein."

Janine Hacker griff sich ein paar Unterlagen und ließ Alexander und Wolfhard nun allein. Als sich die Tür kurz öffnete, sahen die Männer eine Damenriege aufgereiht nebeneinander im Flur sitzen.

„Na, dann mal ran an die Buletten", sagte Alexander.

Wolfhard musste lachen. „Toller Ausdruck. Es geht doch nichts über den Berliner Humor. Und wenn ich dran denke, dass ich schuld an deinem doppelten Morgengruß in der Dienststelle bin, dann könnte ich mich heute noch kringeln. ‚Moin, Moin' ist nun wirklich eher meiner ostfriesischen Heimat geschuldet. Wobei das schon einige Kollegen aufgegriffen haben, anfangs scherzhaft. Aber einmal ‚Moin' reicht hier allemal und ein Hallo ist völlig o. k.!"

„Ja, ich weiß. Musst du mich denn immer noch mit dieser alten Kamelle aufziehen", Alexander tat ein wenig eingeschnappt, obwohl er seinem Kollegen deshalb nun überhaupt nicht böse war.

Samantha Riegenring wurde als Erste aufgerufen. Janine hatte sie auf den Spitzenplatz gesetzt. Hinter dem Nachnamen stand der Arbeitsbereich: „Finanzielle Hilfen".

Alexander begrüßte die Frau und bat sie, sich zu setzen. Dann fragte er die üblichen Formalien ab: Vorname, Zuname, Alter, Wohnort. Elsa Kupfer saß in einer Ecke des Raumes und protokollierte wieder die Aussagen. Wolfhard hielt sich im Hintergrund.

„Sie wissen ja, dass es um den Todesfall von Sven Kruse geht."

„Ja", antworte Samantha mit einem unterdrückten Schluchzer.

Alexander belehrte die Frau noch über ihr Aussageverweigerungsrecht und blickte konzentrierter.

„Wie nahe standen Sie sich denn?"

„Er war mein Vorgesetzter und ein außerordentlich guter sogar", antwortete Samantha und rückte unruhig auf ihrem Stuhl hin und her. Sie hielt die Augen niedergeschlagen. Als sie irgendwann aufblickte, fiel Alexander sofort Janine ein. Ebenso leuchtendgrüne Augen hatte sie. Wie Smaragde.

Elsa Kupfer verhielt sich absolut diskret, zuckte nicht mit der Wimper und schien fast nicht anwesend zu sein. Nur einmal hatte sie kurz ihren Rock ein wenig tiefer über die Knie gezogen, nachdem er eine Spur hochgerutscht war.

Alexander tauschte mit ihr während des Gesprächs nur kurze verständigende Blicke aus. Aber er wusste bei Elsa, dass er sich auf ihre absolute Gründlichkeit verlassen konnte. Als ob sie für so einen Beruf geboren war. Merkwürdig.

Aber das gab es schon im Leben. Eben fiel ihm ein, dass Elsa ja mit der kleinen Frieda verwandt war, an der sich der Sexualtäter im vorigen Jahr auch vergangen hatte. Vielleicht konnte er sich bei passender Gelegenheit geschickt erkundigen, wie es dem Mädchen ging.

Alexander Rosenbaum schaute nun wieder seinem Gegenüber in die schönen grünen Augen, die ihn so abgelenkt hatten. Er stellte noch ein paar allgemeine Fragen und beendete dann das Gespräch.

„Ich danke Ihnen für die Zeit, die Sie sich für uns genommen haben."

„Gern geschehen", antwortete Samantha Riegenring und ergänzte noch: „Finden Sie unbedingt den Täter. So ein grausames Verbrechen muss gesühnt werden."

„Ja, Morde klären wir schon in aller Regel auf", rutschte es Alexander heraus. Zu spät biss er sich auf die Zunge. So ein Kommentar von ihm gehörte hier überhaupt nicht her. Wolfhard sah ihn auch etwas vorwurfsvoll an und schüttelte leicht den Kopf.

Isolde Schimmelpfeng betrat als Nächste den Raum und grüßte freundlich in die Runde. Eine sehr elegante Erscheinung, das fiel Alexander sofort auf. Allerdings schienen die roten Haare nicht ganz echt zu sein. Irgendwie passten die blauen Augen nicht so richtig dazu. Hinter dem Nachnamen von Isolde waren die „Bereiche Behinderung, Pflege, Sozialpsychiatrie" eingeklammert.

Wolfhard kümmerte sich um dieses Gespräch und Alexander spielte die untergeordnete Rolle.

Bei Renate Müller, die für Wohnungsprobleme und Schulden zuständig war, mussten sich dann beide Männer abwechseln. Nur sehr schwerfällig und kurz angebunden beantwortete sie die Fragen. Radka Germanowa oblag der Bereich Flüchtlinge und Asylanten. Alexander näherte sich ihr über das Thema Fremdsprachen, von denen sie mehrere beherrschen sollte, wie Janine notiert hatte.

„Ich bewundere das immer, wenn jemand perfekt so verschiedene Sprachen spricht", brach Alexander das Eis, denn danach lächelte Radka ihn ein wenig verlegen an und erzählte dann locker von der guten Zusammenarbeit mit Sven Kruse. Hier bemerkte Alexander ein Leuchten in ihren Augen, so wie es auch bei den anderen Damen zuvor erschienen war. Doch auf eine direkte sehr indiskrete Frage schüttelte sie nur den Kopf. Ein harter Brocken. Vielleicht brachte eine von den anderen Frauen mehr Licht in die Angelegenheit.

Einen etwas burschikosen Eindruck machte Bärbel Westphal, zuständig für Sozialhilfe in Heimen. Sicher war ihr Äußeres auch der besonderen Klientel geschuldet, dachte Alexander bei sich. Sie trug Jeans und ein doch sehr hochwertiges Sweatshirt.

Jetzt saßen noch zwei Damen in Warteposition vor der Tür. Merkwürdigerweise wechselten sie kaum ein Wort miteinander. Jede hing ihren Gedanken nach. Unter Kolleginnen musste es aber doch mehr Austausch geben. Darauf hatte auch Wolfhard hingewiesen, als er und Alex kurz im Nebenraum verschwanden, um sich abzustimmen.

„Komisch, so viele Frauen auf einem Haufen und dann fast völlige Stille. Das geht eigentlich gar nicht. Schließlich kennen die sich alle", sagte Wolfhard.

„Das stimmt. Ist mir auch schon aufgefallen. Irgendwas scheint alle zu vereinen. Ich vermute mal, dass sie Sven Kruse näher standen, als sie es zugeben", ergänzte Alexander.

Dann betraten beide den Raum, in dem Elsa Kupfer nicht einen Zentimeter von ihrem Arbeitsplatz gewichen war.

„Dann wollen wir mal die beiden letzten Damen befragen", nickte ihr Alexander freundlich zu. Und Elsa nickte ebenso nett zurück.

„Margarethe Baumeister", rief Alexander in den Flur und eine üppige Brünette erhob sich. „Ich habe mir sagen lassen, sie sind in der Ausbildungsförderung tätig und für den Freiwilligen Wehrdienst spezialisiert? Das letztere klingt ja spannend, gibt es auch noch nicht so lange. Erzählen sie doch einmal ein wenig darüber."

Und schon strahlte Margarethe über das ganze Gesicht und plauderte über ihr Tätigkeitsfeld, in allen Einzelheiten. Bis Wolfhard sie bremste: „Das ist alles hoch interessant. Aber letztlich wollen wir ja etwas zu Ihrem Verhältnis zu Sven Kruse erfahren."

Jetzt bekam die Frau hektische rote Flecken am Hals: „Verhältnis? Also, so eine Anschuldigung ist ja ungeheuerlich. Wie kommen Sie denn überhaupt darauf. Da gab es kein Verhältnis ..."

„Entschuldigung, da müssen Sie mich missverstanden haben. Ich sagte Verhältnis *zu*, nicht *mit* Sven Kruse!" Wolfhard rieb sich unter dem Tisch die Hände.

Als allerletzte Kollegin von Sven Kruse wartete noch Selma Döring im Flur. Die anderen Damen hatten sich peu à peu wieder auf den Weg gemacht, nachdem sie die Protokolle unterschrieben hatten. Janine hatte den Namen mit einem roten Textmarker unterstrichen. Der Hinweis darauf, dass sie sich offensichtlich bei dieser Frau mehr versprach. In den Klammern hinter dem Nachnamen stand: Bereich Lastenausgleich, Vertriebene und Aussiedler. Sie passte vom Äußeren her so gar nicht in das Beuteschema eines Sven Kruse. Die anderen Frauen waren zwar auch äußerst unterschiedlich vom Typ her, aber doch immer irgendwie als schöne oder aparte Erscheinung zu beschreiben.

Selma Döring - deutlich über dem Body-Mass-Index - setzte sich auf die vorderste Stuhlkante und hielt ihre schon etwas brüchige Handtasche auf den Knien mit beiden Händen fest umschlossen, so als könne an diesem Ort etwas damit geschehen. Aber vielleicht suchte sie auch nur den Halt an diesem vertrauten Stück. Sie trug einen selbstgestrickten, fliederfarbenen Pullover, der die Speckrollen deutlich markierte. Ihre großblumige Leinenjacke hatte sie hinter sich über den Stuhl gehängt. Es war ganz offensichtlich, dass sie schwitzte.

„Tja, Frau Döring, Sie sind heute die letzte Mitarbeiterin von Herrn Kruse, die wir befragen. Hat Sie denn sein Tod betroffen gemacht?"

„Doch, ja, natürlich", kam es bröckchenweise als Antwort.

„Wir wissen über Herrn Kruse, dass er insgesamt ein recht unstetes Leben geführt hat. Dazu gehörten auch die verschiedensten Liebschaften. Können Sie uns dazu Näheres erzählen?" Alexander war jetzt direkt auf den Punkt gekommen. Er hielt es für fair und so langsam mussten sie auch einmal ein Ergebnis vorweisen können. Der Tag war schon deutlich vorangeschritten.

Selma Döring zückte ein blütenweißes Taschentuch mit einem gehäkelten Rand und schnaubte kräftig hinein, wie um Zeit zu gewinnen. Doch dann setzte sie an und war für längere Augenblicke nicht mehr zu stoppen:

„Der war so ein Arschloch. Nicht dass ich ihm den Tod gewünscht hätte. Aber im Grunde ist es um so einen nicht schade. Über alles, was nicht bei drei auf dem Baum war, ist der gesprungen. Jede im Büro hat er flachgelegt. Natürlich nur die, die in seine engere Wahl kamen. Ab einem gewissen Alter und figürlichen Problemchen ..." Jetzt sah die Frau zweifelnd an sich herunter. „... kam man eigentlich nicht mehr infrage. Aber ansonsten: Jeder Auszubildenden habe ich geraten, sich vor Sven Kruse in Acht zu nehmen. Und bei mir …", Selma Döring stockte.

„Ja, bei Ihnen war es auch der Fall", schloss Alexander Rosenbaum an.

Die Frau setzte sich jetzt tiefer in den Stuhl hinein, hängte ihre Handtasche über eine Lehne und griff rechts und links auf ihre drallen Oberschenkel.

„Ach, was soll das alles. Natürlich. Auch mit mir hatte er Erfolg. Beim Betriebsvergnügen im Amt. Dass ich nicht lache. Ich dämliche Kuh war von dem vielen Sekt so in Stimmung, dass ich offensichtlich überhaupt nicht mehr klargesehen habe. Und er war den ganzen Abend um eine Neue herumgeturtelt, die ihn ziemlich direkt abblitzen ließ. Ich war schon richtig schadenfroh, aber dann saß er plötzlich neben mir und blickte aus so tieftraurigen Bernhardineraugen. Da konnte ich ihm überhaupt nicht böse sein und schloss ihn tröstend in meine Arme. Der Alkohol tat ein Übriges. In der Kaffeeküche ist er dann zudringlich geworden und ich habe das alles geschehen lassen …" Jetzt zitterte Selma Döring am ganzen Körper.

„Wie ich dieses Schwein gehasst habe. Nachher hat er mich keines Blickes mehr gewürdigt. Ich war wohl bei Lichte besehen nicht seine Kragenweite. Und jeder Gang in die besagte Kaffeeküche brachte und bringt mir einen tüchtigen Schweißausbruch. Ich bin immer noch nicht darüber hinweg."

„Und ansonsten, gab es da eventuell auch intime Kontakte mit Kunden?", fragte Wolfhard.

Auf der anderen Seite des Tisches herrschte Stille und auch Elsa Kupfer schaute jetzt herüber.

„Sie wären uns eine große Hilfe, wenn Sie uns alles berichten, was Sie wissen", betonte Wolfhard und Alexander nickte dazu.

„Also, ja“, atmete Selma durch. „Es gab da durchaus das eine oder andere Geplänkel. Alles hat man ja auch wieder nicht mitbekommen. Aber diese Russin, die kam häufig zu ihm und blieb immer auffallend lange in seinem Büro. Eine aufgetakelte, arrogante Gans. Mit Silberfuchs um den Hals. Wer trägt schon so was?!“

„Können Sie uns vielleicht mit dem Namen weiterhelfen?“, fragte Alexander.

„Das war irgend so ein Jungsname und dann ‚owa‘ am Ende, wie immer. Aber Radka Germanowa kann Ihnen das bestimmt genauer beantworten. Ich glaube, es ging da auch um Asylanten, wenn ich das richtig mitbekommen habe. Ist ja nicht mein Arbeitsgebiet.“

„Aber Sie betreuen doch ebenfalls Aussiedler. Ich könnte mir jetzt vorstellen, dass es bei so einem Hintergrund genau um diese Zielgruppe ging.“

Selma Döring rutschte unruhig auf ihrem Stuhl hin und her. Schließlich rückte sie mit der Sprache heraus. „Ich wollte den Sven, den Herrn Kruse, jetzt nicht so direkt in die Pfanne hauen. Man soll schließlich Toten nichts Übles nachreden. Ja, ich erinnere mich doch an den Namen: Anna Andrejewna Maximowa. Und Herr Kruse gab mir dann nach den Treffen mit dieser Person immer die Order für irgendwelche Anträge. Die mussten dann besonders schnell auf den Weg gebracht und genehmigt werden. Aber das ist doch nicht strafbar, wenn man rascher arbeitet?!“

Selma Döring glühte jetzt wie ein Backofen.

„Könnte ich vielleicht ein Glas Wasser bekommen? Bei Ihnen ist es ganz schön warm!“, bat die Frau.

Wolfhard erhob sich und holte aus dem Nebenraum eine Flasche Mineralwasser und ein Glas. Er goss es halbvoll und hielt es Selma Döring hin.

„Danke", hauchte sie, trank es in einem Zug leer und schenkte sich den Rest der Flasche ein.

„Tja, liebe Frau Döring. Ich glaube, wir müssen uns zu einem späteren Zeitpunkt noch einmal unterhalten", beendete Alexander das Gespräch. „Für heute soll es genügen. Vielen Dank für Ihre Offenheit. Warten Sie bitte draußen noch einen Augenblick, dann können Sie das Protokoll unterschreiben und heimfahren."

Die Frau griff nach ihrer Handtasche und der Leinenjacke und lief raschen Schrittes aus dem Raum.

Elsa Kupfer räumte ihre Unterlagen zusammen, als sich Alexander in der Tür noch einmal umdrehte. Ihm war eingefallen, dass er doch eine Frage loswerden wollte, die ihm auf der Seele lag.

„Darf ich Sie etwas fragen, Frau Kupfer?"

„Aber ja. Worum geht es denn?"

„Ich habe im vorigen Jahr in dem Fall von Kindesmissbrauch und -tötung ermittelt. Da war die kleine Frieda zum Opfer geworden. Sie sind miteinander verwandt, wenn ich mich recht entsinne ..."

„Ja, das ist meine kleine Nichte", sagte Elsa Kupfer kaum hörbar.

„Und, wie geht es dem Mädchen? Die Sprache hatte doch zunächst ausgesetzt?"

Elsa Kupfer schluckte und schaute gerade in die Augen von Alexander.

„Frieda kann wieder sprechen. Aber sie geht nicht mehr allein aus dem Haus. Die Familie will das auch nicht. Wir haben alle Angst seitdem."

Alexander spürte einen Kloß im Hals.

„Ich wollte Sie jetzt nicht weiter beunruhigen. Wenn Sie noch Hilfe brauchen. Es gibt da den Opferschutzbund ‚Weißer Ring'. Die Mitarbeiter stehen auch Ihnen zur Seite, kümmern sich beispielsweise um psychologische Betreuung. Vielleicht kann man da noch etwas machen. Ich gebe Ihnen nachher die Kontaktadresse."

Alexander legte Elsa eine Hand auf die Schulter.

„Und vielen Dank für Ihre gute Arbeit. Das machen Sie immer ganz hervorragend. Ihre Protokolle sind mir eine unheimliche Hilfe im Nachhinein. Wir sind ein tolles Team."

Jetzt legte sich doch ein Lächeln auf Elsas Gesicht und sie blickte etwas verschämt auf den Boden.

„Ich arbeite auch gern mit Ihnen", nahm sie noch allen Mut zusammen. „Ich muss dann aber los."

„Oh, ich habe völlig die Zeit aus den Augen verloren. Sie haben ja längst Feierabend. Ich wünsche Ihnen einen schönen solchen. Bis demnächst wieder."

Alexander griff sich sämtliche Unterlagen und machte sich auf den Weg in sein Arbeitszimmer. Das war ein guter Ansatz, ein verdammt guter, dachte er bei sich. Dieser Sven Kruse hatte also mehrere Liebschaften und es liefen ein paar krumme Dinge in seinem Amt. Möglicherweise war das endlich die heiße Spur in der Angelegenheit.

Ein Kollege vom Verkehrskommissariat wohnte unweit von Alexander. Irgendwann hatten die beiden Männer beim Schießen festgestellt, dass sie nur einen Steinwurf voneinander entfernt zu Hause waren.

„Aber ich wohne eben in Oberlübbe", hatte Gernot Schindler augenzwinkernd erklärt und mitten ins Ziel getroffen.

„Und wieso betonst du das so?", erkundigte sich Alexander und platzierte seinen Schuss ebenfalls perfekt.

„Na, weil du in Unterlübbe wohnst. Ich halt direkt am Berg und du im bäuerlichen Bereich etliche Meter tiefer."

„Also, ich sehe da keinen Unterschied", bemerkte Alexander. Doch dann fiel ihm eine ältere Nachbarin ein paar Häuser weiter ein, die im Gespräch mal gemeint hatte, sie hätte ja nur von Oberlübbe nach Unterlübbe eingeheiratet und das „nur" dabei heftigst betont. Das waren ja Sorgen, dachte Alexander Rosenbaum bei sich.

„Und sonst habt ihr keine Probleme?"

„Ach, Quatsch. Wir haben sogar einen gemeinsamen Heimatverein ‚Zwischen Berg und Bruch' Oberlübbe/Unterlübbe. Kannst ja gern mal vorbeischauen. Ich gehöre auch dazu."

„Heimatverein? Bin ich da nicht zu jung für?"

„Das denken leider so viele. Insofern mangelt es uns immer an Nachwuchs. Aber da gibt es immer spannende Aktionen."

„Die da wären?" Alexander reinigte gründlich seine Waffe und blickte jetzt zu Gernot hoch.

„Also, unlängst gab es bei unserer Jahreshauptversammlung Hasenkohl mit Pinkel. Äußerst lecker!"

„Jetzt willst du mich wohl verarschen?"

Gernot zog die Stirn kraus. „Keineswegs. Aber klar, du kommst ja aus Berlin und bist etwas unbedarft, was solche regionalen Feinheiten angeht. Hasenkohl ist Grünkohl, der heißt gelegentlich deshalb so, weil er früher in der Fruchtfolge mit Kartoffeln wechselte, um den Boden effektiv auszunutzen. Später wurde er direkt am Haus gelagert, um den Frost abzuwarten, den er noch benötigte, um auch gut zu schmecken. Und da kamen eben die Hasen bis ans Haus, um an dem Grünkohl zu knabbern."

„Aha. Und Pinkel. Kenne ich nur als feiner Pinkel."

„Nein, kein Vornehmtuer, sondern eine geräucherte, grobkörnige Grützwurst."

„Es lebe die deutsche Sprache."

Alexander und Gernot sahen sich an und mussten jetzt lachen.

„Na ja, so eine Versammlung wäre vielleicht nicht der allerbeste Einstieg gewesen. Aber da gibt es noch den Baumschnitt im Frühjahr oder den Schnatgang zu den unterschiedlichsten Anwesen."

„Halt, Stopp. Baumschnitt klingt mir geläufig. Das wäre was für mich. Habe ja auch ein paar Obstbäume im Garten. Aber Schnatgang?"

„Also, da geht es bei einem Spaziergang zu ein paar besonders interessanten Ecken und einer, der Ahnung hat, erzählt was aus der Geschichte."

„Klingt spannend. Und was macht ihr sonst noch so?"

„Pizzaessen am Backhaus."

„Das nenn ich doch mal eine gute Idee, musst du auch gar nicht weiter erklären."

Gelegentlich unternahmen die beiden Kollegen Fahrrad- oder Lauftouren miteinander. Gern ins Wiehengebirge.

„Mensch, ihr habt ja hier sogar einen kristallklaren Bergsee", hatte Alexander lobend festgestellt, als beide mit ihren Mountainbikes am Anfang einmal in der Höhe stoppten.

„Tja, kannst du mal sehen. Nichts von wegen plattes Land. Wie sieht es denn da in der Hauptstadt aus?"

„Müggelberge", fiel Alexander spontan ein. Doch, die waren auch schon recht schön, allerdings zumeist ziemlich überlaufen, was man von dieser Gegend im Nordrhein-Westfälischen nun nicht behaupten konnte.

Als Alexander von einer dieser Touren mit Gernot wieder nach Hause kam, ließ er sich die Ellernstraße hinunterrollen. Das war nun keine große Herausforderung. Aber die beiden Männer hatten tagsüber schon 60 Kilometer bewältigt.

Nach einer erfrischenden Dusche suchte Alexander seinen Kater Albert im Haus. Komisch, vorhin hatte er sich noch den Wanst vollgeschlagen, und nun war er verschwunden. Alexander blickte ins Arbeitszimmer. Da saß sein Vierbeiner auf dem Drucker, rekelte sich in vollendeter Schönheit, knabberte die Stifte an, holte einen heraus, legte ihn beiseite, spielte damit, packte schließlich den Kopf in den Zettelkasten und schien nachzudenken.

„Na ja, dann kannst du eigentlich auch meine Mails abrufen", meinte Alex zu Albert. Der blickte ihn mit erstaunten Augen an, so als ob das gar kein Thema sei, er hätte eben nur eher was sagen müssen … „Lass mal lieber, mein Dicker, ich kümmere mich schon. Wäre gut, wenn du dir einen anderen Platz suchst." Jetzt stand der Kater auf, formte einen ordentlichen Buckel, sprang auf den Schreibtischsessel und machte es sich dort bequem. „Okay, dann eben gemeinsam“, seufzte Alexander und hockte sich auf den vorderen Teil des Sitzes. Diesmal mit Nierenwärmer, dachte er bei sich und konnte sich ein Lachen nicht verkneifen. Kater Albert ließ sich nicht aus der Ruhe bringen.

Alexander hatte sich für diesen Tag eine weitere Recherche in der Familiengeschichte vorgenommen. Er war inzwischen schon auf die Artikelserie im Mindener Tageblatt gestoßen. Da hatten zwei Autoren über einen längeren Zeitraum über die Judenverfolgung auch in Minden geschrieben. Alexander las sich fest. Das Internet bot außerordentlich gute Möglichkeiten, um an Informationen zu gelangen. Aber leider nicht nur im positiven Sinne. Eben fiel Alexander ein, wie der Bereich in der Dienststelle gerade wieder verstärkt worden war. Kriminelle Aktivitäten verlegten sich zunehmend in die Anonymität des Netzes.

Vor Alexanders Augen tanzten die Buchstaben, Wortbrocken setzten sich fest: Halbjuden, Ausreise, Buchenwald. Da und dort Namen, verbunden mit Orten in der Stadt, die er nun schon ein wenig kannte. Wie um alles in der Welt konnten nur so viele Menschen die Verfolgung der Juden mittragen, grübelte er am Bildschirm, blickte zwischendurch aus dem Fenster des Arbeitszimmers über die Büsche hinweg bis zum Wiehengebirge am Horizont. Hinter seinem Rücken schnurrte Albert. Alexander konzentrierte sich wieder auf seine Suche. Er hatte ein nächstes Stichwort eingegeben. Da war ein neuer Anhaltspunkt zum Thema Nationalsozialismus. Fremdenhass, Neid und blinder Gehorsam hatten geherrscht, las er auf einer der Seiten. Einiges davon kam ihm sehr bekannt vor.

Irgendwie bestand ja Geschichte auch lediglich aus Wiederholungen. Alexander wischte sich Schweiß von der Stirn. Rassenideologischer Antisemitismus, auch so ein Formulierung, die ihm Beklemmungen verursachte. Man gönnte jüdischen Mitbürgern nicht die Spur von Erfolg. Geschickt wurden sie mittels einer staatstragenden Ideologie zu Untermenschen abgestempelt, die es nur noch loszuwerden galt. So wie bei seiner Familie. Alexander schluckte und beendete vorerst die Suche am Computer.

In der Zwischenzeit war schon die Nacht hereingebrochen. Er hatte Raum und Zeit vergessen. Selbst die Gutenachtgeschichte für die Mädchen. Dafür war es heute zu spät. Das durfte ihm nicht noch einmal passieren, schalt er sich. Sonst konnten sie sich auf ihren Papa immer verlassen. Im Bett wälzte er sich unruhig hin und her, träumte und sah sich in Minden, wie die Stolpersteine aus dem Boden zu wachsen schienen und sich zu unüberwindbaren Bergen auftürmten. Er dazwischen, immer kleiner und kleiner …

Ein paar Tage später hatte sich Alexander Rosenbaum einen Termin im Kommunalarchiv Minden organisiert. Wolfhard hatte ihn schon einmal bei einem Spaziergang von der Schiffmühle kommend auf das ehemalige Kreishaus des Altkreises Minden hingewiesen. Die unmittelbare Nähe zur Weser muss die Bauherren bestimmt gereizt haben, hatte er damals gemeint und erklärt, das Objekt würde heute unter Denkmalschutz stehen.

Das alles fiel Alexander ein, als er es sich im Lesesaal bequem machte. Schon die Möblierung des alten Sitzungssaales gefiel ihm außerordentlich. Dann die Seidentapeten an den Wänden, der Stuck an der Decke und der einmalige Blick aus den Fenstern mit ihrer Bleiverglasung. Ideal für historische Forschung, nur wäre ihm lieber gewesen, er hätte andere Akten vor sich liegen, als die, die er jetzt durchforsten wollte.

Eine freundliche Angestellte hatte ihm zuvor noch erzählt: „Wir sind hier quasi das Gedächtnis der Stadt Minden, des Kreises Minden-Lübbecke, der Altkreise Minden und Lübbecke/Rahden."

„Gedächtnis klingt gut", hatte Alexander kommentiert.

„Ja", hatte die Frau dazu gelächelt. „Wir bewahren Schriftgut aus der Stadt- und Kreisverwaltung und für die Region bedeutsame Dokumente. Das können Amtsbücher, Urkunden, Plakate, Drucksachen, Zeitungen, Fotos sein, auch von privaten Personen, von Vereinen und Verbänden. Sie finden hier zum Beispiel das Gutsarchiv vom Haus Neuhof, den Nachlass des Mindener Verlegers und Literaten Max Bruns sowie der Fotografen Eva Kramer und Hans Pape."

„Ist ja interessant. Bruns habe ich hier schon öfter gelesen. Der Name ist bei mir hängen geblieben", betonte Alexander.

Die Frau blickte etwas verwundert. „Sie sind wohl nicht von hier?"

„Nein, ich komme ursprünglich aus Berlin."

„Aha, deshalb. Also, das Mindener Tageblatt wird beim Verlagshaus Bruns herausgegeben."

„Ach, deshalb. Das habe ich abonniert!"

„Ist ja auch die Tageszeitung hier vor Ort. Doch ich wollte Ihnen noch etwas zu unserem Haus erzählen. Wir verfügen hier über fast 50.000 Bände zur Städte- und Regionalgeschichte allgemein, zur Stadt Minden speziell und zum Kreis. Außerdem finden Sie an diesem Ort die Mindener Gymnasialbibliothek und darin etwa 10.000 Bände, wovon die ältesten Werke aus dem 16. Jahrhundert stammen."

„So weit zurück wollte ich gar nicht. Mir reicht das, was ich jetzt hier erst einmal liegen habe. Vielen Dank auch."

„Melden Sie sich, junger Mann, wenn Sie noch etwas benötigen. Ich bin Ihnen gern behilflich. Es ist ja unsere Aufgabe, nicht nur die Archivalien aufzubewahren, sondern sie zugleich der Öffentlichkeit zugänglich zu machen."

„Dann bin ich jetzt also die Öffentlichkeit."

„Ja, genau. Viel Erfolg bei Ihren Recherchen."

Alexander blickte auf seine Uhr und auf den Stapel an Unterlagen, den er sich vorgenommen hatte. Es war fünfzehn Uhr durch, bis siebzehn Uhr nur blieb ihm. Sonst müsste er an einem anderen Tag wiederkommen. Da war es fraglich, wann sich wieder tagsüber die rechte Zeit für solche Aktionen finden würde.

Er sah jetzt vor seinem inneren Auge seine Mutter, gerade vierjährig, nicht viel jünger als seine kleine Tochter Tina. Dann hörte er es an einer Tür klingeln, sah ein bezopftes Mädchen durch den Flur springen, ein Lied auf den Lippen, das sich offensichtlich auf Besuch freute. Endlich mal wieder eine Abwechslung, wo so lange niemand gekommen war. Und dann die Uniformierten, die in die Wohnung stürmten. Der Vater, sein Großvater, der sich schützend vor seine Frau und seine Eltern stellte. Dann die Schläge, einfach so, wieder und wieder.

Alexander sah die Buchstaben nicht mehr auf dem Papier. Reiß dich zusammen, forderte er sich innerlich auf. Aber es klappte nicht. Immer wieder tauchten die Bilder auf, mit seiner Mutter als kleinem, verängstigtem Kind in einer schönen, großen Wohnung, mit einem dunklen Flur. Die Männer, die grölten und pöbelten und einfach nur auf den Vater am Boden einschlugen, auch als er sich nicht mehr rührte und das Leben aus ihm gewichen war. Die Mutter, seine Großmutter, hatte noch gebettelt und gefleht: „Bitte, lassen Sie ihn in Ruhe. Er hat doch nichts getan." Aber da kam nur höhnisches Gelächter und die Antwort: „Doch, er ist Jude." Und sie schlugen auch auf die Frau ein. Die alten Eltern standen an der Seite, erstarrt im Augenblick, fassungs- und hilflos. Alexander sah jeden Moment dieser Situation vor sich. So, genauso musste es gewesen sein. Aber wie war es dazu gekommen. Man prügelte doch nicht einfach auf Nachbarn ein, die man kannte, mit denen man zur Schule und in den Sportverein gegangen war. Alexander rieb sich mit Zeige- und Mittelfingern beider Hände kreisend an den Schläfen.

„Wir schließen gleich", riss ihn die Angestellte aus seinen Gedanken.

„Oh, dann muss ich doch an einem anderen Tag noch einmal wiederkommen", sagte Alexander, holte schwer Luft und erhob sich.

Die Spargelzeit hatte wieder begonnen. Alexander Rosenbaum nahm das wahr, als er wiederholt die kleinen Verkaufshäuschen am Straßenrand sah. Schade, so für sich allein lohnte das den Aufwand nicht wirklich. Aber er liebte dieses Gemüse jetzt als Erwachsener. Die Mädchen konnten ihm ja nichts abgewinnen. Und wenn er sich recht entsann, dann hatte er es als Kind auch nicht gemocht. Das waren damals so lange, zadderige Stangen, die bitter schmeckten, und bei denen man immer etwas im Mund behielt. Wo man sich nicht traute, es auszuspucken. Wahrscheinlich hatte seine Mutter aus Sparsamkeitsgründen zu wenig von dem Gemüse abgeschält.

Als er jetzt jedenfalls an einem Wochenende mit Wolfhard und dessen Frau Rita in die Spargel-Diele von Winkelmann nach Rahden-Tonnenheide fuhr und sich alle das Essen schmecken ließen, da zergingen die Spargelstücke wie Butter im Mund. Wolfhard hatte einen Gutschein für ein Essen gewonnen, und weil er davon stolz bei der Arbeit berichtete, lud sich Alex quasi ein. „Ach ja, Spargel, den könnt ich auch mal wieder essen", sagte er vor sich hin. „Dann komm mit uns", hatte ihn Wolfhard eingeladen. „Meine Rita wird sich freuen, dich kennenzulernen."

Während nun Alexander lange Referate über Orchideen halten konnte, kannte sich Wolfhard bei seinen Kakteen, seinem Garten und allen Gemüsepflanzen aus.

Während die drei im voll besetzten Restaurant auf der Terrasse unter Vogelgezwitscher und Menschengemurmel auf die gemeinsame Zeit anstießen, freute sich Alexander schon vor allem auch auf die Sauce hollandaise. Für ihn kam Spargel überhaupt nur in dieser Kombination auf den Tisch.

Alexander ließ sich ein alkoholfreies Barre schmecken, Rita hatte ein Mineralwasser genommen und auch Wolfhard trank ein Bier.

„Meine bessere Hälfte übernimmt ja heute den Shuttle-Service. Da kann ich ganz gemütlich ein, zwei, drei Bierchen zischen", sagte Wolfhard entspannt und Rita ergänzte: „Mir schmeckt zum Essen sowieso ein neutrales Wasser besser."

Dann studierten die drei in Ruhe die Speisekarte. „Gerichte ohne Spargel", las Alexander und grinste in sich hinein. Schon etwas abartig, in ein Spargelrestaurant zu gehen und dann nicht dieses wunderbare Gemüse zu mögen. Na ja, alles Geschmackssache. Er entschied sich für Spargel satt. Da waren auf jeden Fall seine geliebte Sauce dabei und Kartoffeln. Rita und Wolfhard hatten jeweils Spargel mit Schweinemedaillons und mit Lachsfilet ausgewählt.

„Ich stehe ja unbedingt auf zerlassene Butter und Semmelbrösel", schwärmte Wolfhard und stellte sein leeres Glas auf den Tisch. Sie gaben ihre Bestellung auf und es dauerte nicht lange, bis alles vor ihnen stand.

„Der deutsche Spargel ist in diesem Jahr früher auf dem Markt als üblich. Aber kein Wunder", Wolfhard kaute an den ersten Bissen, „die Spargelbauern haben die Felder mit Folie abgedeckt und damit die Sonne eingefangen. Schafft günstige Wachstumsbedingungen. Und auch die Erdbeeren sind ziemlich zeitig dran. Eine geniale Verbindung."

„Aha", brachte Alexander zwischen zwei Spargelstücken hervor und genoss das Essen.

„Für uns ist das immer ein kulinarischer Höhepunkt und wir essen Spargel satt, bis nichts mehr geht, nicht wahr, Rita, mein Goldstück", fragte Wolfhard. Seine Frau nickte bestätigend und ergänzte: „Da kommt nichts anderes auf den Tisch. Ist ja auch so gesund."

„Wenn man mal von den Beilagen absieht. Der Spargel selbst ist ja klasse, aber solo eben recht fad. Dazu gehört schon ein leckeres Filetsteak oder Schinken oder Lachs und natürlich reichlich Sauce", erläuterte Wolfhard weiter.

„Na ja, bei meiner Hollandaise will ich gar nicht nach den Kalorien fragen", schmunzelte Alexander.

„Brauchst du ja wohl auch nicht, bei deiner Figur! Übrigens verzehrt jeder Bundesbürger zwei Kilogramm Spargel im Jahr und wir hier in NRW zählen zu den bedeutenden Anbaugebieten. Wobei wir zwei auf jeden Fall für etliche weitere Einwohner mitverzehren … Ich liebe dieses königliche Gemüse. Geht ja leider nur bis zum 24. Juni."

„Wieso?", erkundigte sich Alexander.

„Na, dann ist Feierabend und es wird nicht mehr gestochen. Schließlich brauchen die Pflanzen ihre Ruhe bis zum nächsten Jahr."

„Aha, aber man könnte ja auch auf anderen zurückgreifen."

„Um Himmels willen, doch nicht etwa von sonst wo. Nein, Spargel nur von hier. Basta."

Selten hatte Alexander seinen Kollegen so energisch erlebt. Und auch dessen Frau Rita nickte wiederum sehr bestätigend dazu.

„Na, noch Platz für ein Dessert?", erkundigte sich Rita bei den Männern. Beide nickten mit breitem Grinsen einstimmig und griffen flugs erneut nach der Speisekarte.

„Ihr habt doch hier bestimmt schon alles ausprobiert“, betonte Alexander und blätterte.

„Alles nicht, aber fast“, lächelte Rita. „Obwohl wir uns das im Grunde nicht leisten dürften. Aber es ist Sonntag. Also, was soll's.“

„Recht hast du, mein Mädchen“, sagte Wolfhard, „außerdem liebe ich dich so, wie du bist. Eben jedes Kilo an dir.“ Er zwickte sie in die Seite.

Alexander musste sich das Lachen verkneifen und Rita nahm es nach einem kurzen skeptischen Blick auf ihren Mann ebenfalls mit einem Strahlen hin.

„Immerhin sind da überall die leckeren Erdbeeren drin. Die schlagen ja kalorienmäßig so gut wie gar nicht zu Buche. Ich würde dir mal das Spaghetti-Eis empfehlen“, erklärte Rita.

Alexander fand das Dessert. „Hmm, Vanilleeis mit hausgemachter Erdbeersauce, weißer Schokolade und Sahne. Mir läuft schon beim Lesen das Wasser im Mund zusammen.“

„Genau. Wird dir schmecken. Ich nehme Erdbeeren in Tempurateig. Die sind knusprig gebacken und dazu gibt es auch Vanilleeis. Und du, Wolfhard?“ Rita schaute fragend zu ihrem Mann.

„Tja, gar nicht so einfach. Alles irgendwie sehr lecker. Aber dann für mich gepfefferte Erdbeeren mit Vanilleeis, Sahne und weißer Schokolade“, traf jetzt Wolfhard seine Wahl.

Als der Kellner auftauchte, bestellten alle den Nachtisch und dazu noch jeder einen Espresso als Abrundung.

Nach dem Wochenende stand plötzlich Heike im Büro von Alexander. Sie waren sich einige Zeit aus dem Wege gegangen. Aber auf Dauer hätte sie das nicht ausgehalten. Zu sehr lag ihr auch an einem kollegialen Umgang und an seiner Freundschaft.

„Na, wie geht's, kommst du voran mit dem Toten im Mittellandkanal?"

Alexander wog den Kopf hin und her: „Na ja, es geht so, ein paar Spuren sind heiß. Das muss sich in der nächsten Zeit ergeben. Wir hatten jetzt ein paar echt gute Befragungen. Wenn wir da nachhaken, dann sind wir bestimmt auf dem richtigen Wege."

„Ich bin ja eigentlich wegen einer anderen Geschichte da", erklärte Heike. „Ostern war ich zum Osterfeuer."

„Osterfeuer?" Über Alexander stand wieder ein großes Fragezeichen.

„Na, hast du das denn nicht mitbekommen? Überall in der Region werden da vorneweg Holzhaufen errichtet. Die Leute tragen die Abschnitte von ihren Bäumen und Hecken zusammen. Und dann wird bei Bier und Grillwurst eben ein Osterfeuer abgefackelt. Ist so Brauch."

„Ja, ich habe da schon was gesehen. Aber als an unterschiedlichen Stellen Rauchschwaden durch die Gegend zogen, dachte ich eher an Umweltbelastung. Sah so aus, als ob sie ihre alten Socken qualmend abfackeln."

„So kann man das auch sehen. Aber darum geht es jetzt nicht. Ich hatte da eine Idee."

„Nun sag schon. Du spannst mich ja auf die Folter."

„Kurt Torgelow ist doch verschwunden. Und ihr konntet bis jetzt nichts finden. Auch keine Leiche."

„Genau. Aber worauf willst du hinaus?"

„Als ich so ins leuchtende Osterfeuer blickte, habe ich bei mir gedacht, das wäre eine ideale Möglichkeit, um jemanden ziemlich perfekt zu entsorgen."

Alexander schlug sich an die Stirn. „Das könnte es tatsächlich sein. Gute Idee. Weißt du was, wir befragen jetzt das Ehepaar noch einmal und konfrontieren sie genau mit dieser Variante. Ich glaube, die Frau könnte schon einbrechen, wenn man ihr so eine Tat auf den Kopf zusagt."

„Tja, immer wir Frauen. Leicht, gefühlvoll, wie ein Blatt im Wind."

„Nimmst du mir das immer noch übel, was passiert ist?", fragte Alexander mit einem schuldbewussten Blick.

„Nein, ist schon gut. Ich wollte darauf auch überhaupt nicht hinaus", entgegnete Heike. „Mir war jetzt wichtig, dass du von meinem Einfall hörst. Das könnte ja eventuell des Pudels Kern sein. Wobei ich denke, dass wir mit der Spurensicherung nicht mehr viel anstellen können. Die Asche dürfte vom Winde verweht sein. Ein gutes Geständnis wäre schon die halbe Miete."

„Ich kümmere mich darum", lächelte Alexander und betätigte sein Telefon, nachdem Heike hinter sich die Tür geschlossen hatte. Es war die Nummer von Staatsanwalt Marc Oberländer. Kurz schilderte er die Situation zum verschwundenen Kurt Torgelow und erklärte, dass es durchaus Sinn machen würde, das Ehepaar zur Vernehmung zu laden.

„Verrennen Sie sich da auch nicht?", fragte Marc Oberländer.

„Nein", erwiderte Alexander, „es spricht alles dafür, dass die beiden etwas mit dem Verschwinden des Vaters der Frau zu tun haben."

„Gut, dann wollen wir das Risiko eingehen. Ich baue da auf Ihr psychologisches Fingerspitzengefühl."

„Aber selbstverständlich."

„Ich komme dann übrigens mit dazu. Dann sind wir auf der sicheren Seite. Geben Sie mir Bescheid, wenn der Termin steht."

Alexander Rosenbaum hatte sich verabschiedet und den Hörer wieder auf die Station gelegt. Dann zog er sich die inzwischen recht umfangreichen Unterlagen zum Fall von Kurt Torgelow auf den Tisch. Es gab jede Menge Befragungen der Nachbarn, Recherchen beim Geldinstitut, Kontakte mit den spanischen Behörden. Ab einem bestimmten Zeitpunkt verdichtete sich der Ansatz, dass der Mann nicht mehr existierte. Was auch immer mit ihm geschehen sein mochte. Aber ein klares Motiv hätten Tochter und Schwiegersohn schon. Die recht stattliche Rente des alten Herrn von fast dreitausend Euro im Monat war schon ein überzeugendes Argument für eine Bluttat. Nur gab es von eben dieser bis auf den heutigen Tag keine Spur. Und auch für einen Durchsuchungsbeschluss hatte es deshalb noch nicht gereicht. Den hatte der Staatsanwalt bislang verweigert.

Als Roswitha den Briefkasten öffnete, lag das Schreiben der Behörde mit der Ladung darin. Über ihr zog ein Storchenpaar seine Kreise. Sie bekam weiche Knie und fasste sich ans Herz. Die ganze Zeit hatte sie gewusst, dass die Sache nicht gut gehen konnte. Als plötzlich der alte Freund des Vaters zu Weihnachten vor der Tür gestanden hatte, war es der Anfang vom Ende. Wilhelm Winkler hatte sie sofort durchschaut. Aber was hätte sie schon tun können. Die Idee mit Menorca und der plötzlichen Abreise des Vaters sowie der Kontaktsperre schien ihr genial. Aber vielleicht auch nur für den Augenblick. Irgendwas daran war Wilhelm Winkler aufgestoßen, denn er hatte bei dem

Namen der Insel so merkwürdig geschaut und es dann auch noch kommentiert.

Ach was, dachte sich Roswitha, wir müssen jetzt einfach stark sein und die Nerven behalten. Nichts, aber auch rein gar nichts lässt sich beweisen. Die Spuren sind längst verschwunden und überall ist Gras darüber gewachsen.

Die Frau trat ins Haus. „Herbert. Wir haben einen Termin in der Marienstraße, bei der Polizei. Wir sollen befragt werden."

„Ach was", meinte Herbert und schüttelte den Kopf. „Gib mal her."

Sie reichte das Schreiben herüber und ihr Mann las es Zeile für Zeile überaus gründlich. Dann ließ er das Blatt sinken.

„Dann bleibt uns wohl nichts anderes übrig. Wir müssen uns nur einen Plan machen und dürfen uns in unseren Aussagen nicht widersprechen. Lass uns alles noch einmal bis ins kleinste Detail durchgehen, wie das mit deinem Vater gelaufen ist."

„Ja, Herbert, sicher hast du recht."

„Es darf einfach nicht schiefgehen. Mit dem bisschen Geld, was ich jetzt über die Zeitarbeitsfirma bekomme, rechnet sich das vorn und hinten nicht. Da hat man nun seinen Ingenieur gemacht und wird wie ein Hilfsarbeiter abgespeist. Und du mit deinem 400-Euro-Job trägst ja auch nicht gerade zum Lebensunterhalt bei. Verdammter Mist." Herbert schlug mit der Faust auf den Tisch. Die Blumenvase kam ins Wanken, fiel um und das Wasser ergoss sich über die Tischdecke und das Schreiben der Behörde. Eine der Tulpen hatte alle Blütenblätter verloren.

„Ach Herbert, pass doch auf", entrüstete sich Roswitha und fing an, das Malheur zu beseitigen.

„Halt die Klappe", brauste Herbert auf und lief erzürnt aus dem Zimmer.

Roswitha stand verloren da. In einer Hand die leere Vase, in der anderen die Tulpenblüten, die jetzt noch mehr Blätter auf dem Boden verloren. In zwei Tagen würde der angesetzte Termin stattfinden und sie mit Sicherheit keinen Schlaf finden. Woher auch. Sie hätten das nicht tun dürfen. Diese unehrenhafte Bestattung.

Staatsanwalt Marc Oberländer stand an jenem Morgen plötzlich im Zimmer von Alexander Rosenbaum.

„Guten Morgen. Haben Sie mich gar nicht bemerkt?"

Alexander erhob sich von den Knien hinter seinem Schreibtisch. Eben hatte er eine Bonbontüte öffnen wollen. Die war so stark zugeschweißt, dass er einfach nicht an ihren Inhalt gelangen konnte. Und dabei hatte er so einen Heißhunger. Mit aller Kraft hatte er mit beiden Händen die Tüte nach rechts und links auseinander gezogen. Daraufhin war der gesamte Inhalt in die Gegend gestreut und auf den Boden gefallen. Klasse, fluchte Alexander innerlich, und suchte die Süßigkeiten wieder zusammen.

„Nein, nicht wirklich", sagte Alexander und stopfte die Bonbons verlegen in eine Schreibtischschublade.

„Da mussten Sie wohl dringend an die Nervennahrung?", fragte Marc Oberländer und grinste breit.

Jetzt lachte Alexander auf: „Ja, ohne die geht zwischendurch gar nichts."

„Kenne ich, keine Frage. Bei mir ist es meist Lakritze. Die soll sogar gesund sein. Jedenfalls rede ich mir das immer ein." Mit einem Blick auf die Uhr setzte Marc Oberländer fort: „Ich bin extra ein wenig eher aus Bielefeld gekommen, damit wir uns noch abstimmen können, was die bevorstehende Vernehmung angeht."

Er setzte sich und die beiden beratschlagten die sinnvollste Vorgehensweise.

„Ich denke schon, die Frau ist am ehesten zu einer Aussage zu bringen", meinte Alexander Rosenbaum.

„Gut, dann fangen wir doch am besten mit ihr an."

Diesmal saß eine andere Kollegin im Vernehmungszimmer, als Alexander Rosenbaum und Marc Oberländer eintraten.

„Nanu", fragte Alexander. „Ist die Kollegin Kupfer heute nicht da?"

„Sie hat einen Tag freigenommen in einer persönlichen Angelegenheit", erklärte die Angestellte.

„Dann wollen wir mal beginnen. Als Erstes mit Roswitha Krämer."

Alexander drehte sich um, öffnete die Tür und blickte schon auf die Frau in einem Kostüm mit Rüschenbluse, so als wolle sie auf eine Feier gehen. Komisch, was die Menschen sich so anziehen, wenn sie zur Polizei kommen, dachte Alex kurz bei sich.

„Frau Krämer?!"

Roswitha Krämer nickte und erhob sich. Herbert blickte noch zu ihr hoch, mit energischem Ausdruck im Gesicht.

„Dann will ich mal", flüsterte sie mehr zu sich.

Alexander stellte im Raum kurz die anwesenden Personen vor und dann ließ er zunächst die Personalien aufnehmen.

„Wir glauben nicht an das plötzliche Verschwinden Ihres Vaters. Alle Indizien sprechen dagegen. Es erscheint uns sehr unwahrscheinlich, dass er sich ins

Ausland abgesetzt hat. In dem Alter und bei dem Krankheitsbild. Wir haben seinen behandelnden Arzt befragt. Der meinte, es stünde ziemlich schlecht mit ihm. Eine heftige Demenzerkrankung. Kurzum: Wir beschuldigen Sie, Ihren Vater getötet und beiseite gebracht zu haben, um über seine Renteneinnahmen verfügen zu können. Schließlich sieht Ihre finanzielle Lage auch nicht sonderlich rosig aus. Es steht Ihnen nach dem Gesetz frei, sich zu den Beschuldigungen zu äußern oder nichts zu sagen."

Roswitha schluckte und blickte zu Boden.

„Sie können sich auch einen Anwalt nehmen", lenkte Marc Oberländer ein.

„Einen Anwalt, wieso, das brauche ich doch aber nicht", stammelte Roswitha.

Alexander ergänzte noch die nötigen Belehrungen. Nur keinen Formfehler machen, vor allem auch jetzt nicht in Anwesenheit des Staatsanwalts, der ihn sicher mit Argusaugen beobachtete. Dann breitete er die gesamten Untersuchungsergebnisse aus, alle Fakten, die sich wie ein Puzzle aneinanderreihten und bis zu einem Stichtag die Anwesenheit von Kurt Torgelow bestätigten.

„Und dann verliert sich mit diesem Tag die Spur Ihres Vaters. Er ist niemals in Spanien angekommen. Sämtliche Recherchen vor Ort ergaben keine Anhaltspunkte. Und auch die von Ihnen angegebene Familie, die angeblich das Rentengeld an Ihren Vater ausgezahlt bekommen haben soll, ließ sich nicht auftreiben. Was ist geschehen? Sagen Sie uns einfach die Wahrheit."

Alexander war im Raum auf und ab gelaufen, immer aus dem Augenwinkel die Frau beobachtend, deren Nervosität sichtlich stieg.

Nach einer Stunde machten sie eine Pause, weil Roswitha Krämer um ein Glas Wasser gebeten hatte. Alexander Rosenbaum und Marc Oberländer gingen so lange ins Nebenzimmer.

„Schade, dass es hier keine Möglichkeit gibt, in den Vernehmungsraum zu schauen. Das war in Berlin schon immer recht hilfreich, wenn man die Beschuldigten weiter beobachten konnte. Allein die Körpersprache spricht ja schon immer Bände."

„Tja, aber wir sind hier nicht in Berlin", kommentierte Marc Oberländer und trank einen großen Schluck Kaffee aus dem Becher. Alexander hatte sich diesmal einen Tee eingeschenkt.

„Das war jetzt nicht so gemeint. Ist ja auch egal. Ich glaube jedenfalls, dass die Frau ihren Vater beiseite geschafft hat. Ob nun sie direkt oder ihr Mann oder beide gemeinsam, das wird noch der weitere Verlauf der Vernehmung bringen."

„Sind Sie sicher?", fragte Marc Oberländer. „Mir kommt die Frau so gar nicht wie eine Mörderin vor. Ich habe ja schon viele, auch ganz ausgekochte, Zeitgenossen erlebt. Aber hier bin ich mir einfach unschlüssig."

„Na, wir werden sehen", meinte Alexander, öffnete die Tür und beide traten wieder in den Raum mit der Protokollantin und Roswitha Krämer.

„Ich möchte eine Aussage machen", hub Roswitha an.

„Sind Sie sicher, dass Sie keinen Anwalt haben wollen?", fragte Alexander erneut.

„Nein, das muss jetzt raus und duldet keinen Aufschub mehr. Zu lange habe ich gewartet. Viel zu lange. Sie können sich das alles gar nicht vorstellen. Er baute immer mehr ab. Ich musste ihn mit einem Wannenlift ins Bad setzen. Und wenn ich ihm dann die Haare gewaschen habe, hat er geschrieen und geweint und gezappelt - wie ein widerborstiges Kind. Wenn ich ihn im Rollstuhl in den Garten gesetzt habe, dann hat er gejammert, die Russen würden kommen, um ihn zu holen." Roswitha hielt kurz inne und holte tief Luft.

„Mein Vater ist ganz elend gestorben. Nachdem er sich Woche um Woche, Tag um Tag gequält hatte. Keine Nahrung ist mehr in seinem ausgemergelten Leib geblieben. Sein Geist hat versagt, sein Körper wollte nicht mehr. Und irgendwann war er tot, einfach tot. Ist im Bett gestorben, hat mich ein letztes Mal erkannt und war nicht mehr. So ein Ende hatte er nicht verdient."

Jetzt schluchzte Roswitha Krämer. Alexander Rosenbaum und der Staatsanwalt schauten sich etwas ungläubig an.

„Nun gut", fuhr Alexander fort. „Sie sagen, Ihr Vater ist einfach gestorben. Und dann. Was ist dann geschehen?"

Roswitha nestelte ein Taschentuch aus ihrer Handtasche und schnäuzte sich die Nase.

„Wir waren in Panik. Die Geldsorgen. Mein Mann hatte gerade seine Arbeit verloren und ich war ja sowieso schon zur Pflege meines Vaters zu Hause ..."

„Sie hätten einen Notarzt rufen müssen, der dann den Tod festgestellt und einen Totenschein ausgestellt hätte."

„Nein, aber das ging ja gar nicht. Wir waren doch auf das Geld von meinem Vater angewiesen."

Alexander runzelte die Stirn und die Sekretärin blickte fragend herüber.

„Was ist dann geschehen?", fragte jetzt ganz sachlich der Staatsanwalt, nachdem er auf seine Armbanduhr geschaut hatte.

„Dann ... dann stand direkt das Osterfeuer bevor. Wir hatten hinten auf der Wiese schon einen großen Berg an Ästen und Reisig zusammengetragen. Das wollten wir alles abbrennen."

Die Frau atmete heftig und zuckte zusammen, so als ob sie frieren würde. Dabei war ihr Gesicht hochrot. Dann griff sie noch einmal zum Wasserglas und trank einen Schluck.

„Wir haben meinen Vater auf die Schubkarre gelegt und zum Holzhaufen gefahren. Das ist eine Ecke, die niemand einsehen kann. Wir mussten uns gar nicht vorsehen. Es war ziemlich windig an diesem Tag und sehr kalt. Wir haben meinen Vater abgeladen und die Äste dann um ihn herumdrapiert."

„Sie sprechen immer von wir", fragte Alexander dazwischen.

„Na, mein Mann und ich. Er hat dann auch den Haufen angezündet. Es wollte nicht gleich brennen. Das ging dann erst mit Brennspiritus."

Roswitha Krämer seufzte tief auf.

„Und was haben Sie dann gemacht?", erkundigte sich Marc Oberländer.

„Wir haben das Feuer immer abwechselnd kontrolliert, damit auch alles gut verbrannte. Wobei ich zuletzt nicht mehr konnte. Mein Mann hat den Rest übernommen und auch später alles glatt beiseite geharkt."

„Aber Sie konnten doch nicht einfach Ihren Vater auf einem Scheiterhaufen verbrennen", entrüstete sich jetzt doch Alexander.

„Was hätten Sie denn an meiner Stelle getan. Sie wissen bestimmt nicht, wie es ist, wenn man einen Pflegefall zu Hause hat. Jemanden, den man einmal sehr geliebt hat und der dahinsiecht. Bis auch der letzte Lebenshauch qualvoll aus ihm gewichen ist. Er wäre sowieso verbrannt worden. Sein letzter Wunsch war eine Einäscherung." Roswitha Krämer blickte wieder auf den Boden.

„Und dann sind wir irgendwann wieder zur Tagesordnung übergegangen. Wir wollten alles vergessen und ungeschehen machen. Aber das war ja nicht mehr möglich."

„Nun gut. Wir haben das jetzt alles zu Protokoll genommen. Aufgrund Ihrer Aussage und unseres nach wie vor vorhandenen Mordverdachtes müssen wir Sie natürlich erst einmal in Untersuchungshaft nehmen. Gleich bei uns im Hause gibt es im Keller die Gewahrsamzellen. Morgen werden Sie dann dem Untersuchungsrichter vorgestellt, der weiter entscheidet." Alexander stand auf, öffnete die Tür zum Nebenraum und wechselte ein paar Worte mit einem Uniformierten, der nur nickte und dann sofort verschwand. Kurz darauf stand eine Polizistin vor der Tür und nahm Roswitha Krämer in Empfang.

Herbert Krämer hatte bis dahin im Flur gesessen und gewartet. Ihm war die ganze Zeit schon klar, dass seine Frau das nicht durchstehen würde. Nicht bei dem schwachen Nervenkostüm, das sie hatte. Er wischte sich wieder und wieder die Schweißperlen von der Stirn. Das nutzte jetzt alles nichts. Da mussten sie wohl durch. Aber welchen Vorwurf hatten sie sich eigentlich zu machen? Getötet hatten sie jedenfalls niemanden.

Alexander Rosenbaum trat jetzt auf Herbert Krämer zu und forderte ihn auf, mit in das Vernehmungszimmer zu kommen. Er blickte noch hinter seiner Frau her, aber die wandte sich nicht mehr zu ihm um.

„Herr Krämer, wir nehmen zunächst Ihre Personalien auf", erklärte Alexander und die Protokollantin notierte alle Angaben.

„Ihre Frau hat eben ein Geständnis im Fall ihres Vaters Kurt Torgelow gemacht. Wir möchten auch Sie dazu befragen. Natürlich können Sie die Aussage verweigern und auf jeden Fall können Sie einen Anwalt hinzuziehen."

„Ja, das möchte ich dann auch", sagte Herbert Krämer und sackte in sich zusammen.

„Haben Sie da jemanden, den Sie anrufen können", erkundigte sich Marc Oberländer.

Herbert Krämer sann kurz nach. Dann fiel ihm ein guter Freund aus der Nachbarschaft ein.

„Kai Wenzel, Dr. Kai Wenzel. Der wohnt allerdings in Münster. Und die Nummer habe ich jetzt auch nicht bei der Hand."

„Kein Problem. Die Kollegin wird sich darum kümmern. Aufgrund der Sachlage müssen wir Sie jetzt allerdings vorerst in Gewahrsam nehmen."

Herbert Krämer nickte geistesabwesend.

Alexander plagte ein schlechtes Gewissen. Da saß er jetzt wieder an seinem Schreibtisch. Er hatte zwar ein Geständnis, worüber er sich schon freute. Aber so wirklich wollte er das auch nicht wahrhaben. Sie hatten keinerlei Handhabe bislang. Nur, dass Kurt Torgelow verschwunden war. Vielleicht war es ja doch ein Kapitalverbrechen. Aber wenn nicht, wenn alles so stimmte, wie in der Vernehmung geschildert, dann tat ihm die Frau einfach leid. So gefangen in ihren Umständen, aus denen sie offensichtlich keinen Ausweg wusste. Sie würde ja selbst nie wieder von dieser Geschichte innerlich loskommen.

Was man den beiden später vor Gericht vorzuwerfen hatte, war keine große Sache, wenn man mal von dem Drama an sich absah. Das Ehepaar hatte auf eine nicht zulässige Art und Weise einen Toten eingeäschert. Alexander grübelte. Da herrschten schon Spielregeln, Gesetze und Verordnungen. Störung der Totenruhe? Der Tatbestand traf es wohl nicht korrekt. Auf jeden Fall eine Ordnungswidrigkeit. Doch was sollte er sich darum Gedanken machen, das war letztlich nicht mehr seine Aufgabe. Aber natürlich hatten die beiden die ganze Zeit die Rente weiter kassiert. Also ein Betrugsdelikt mit der Vorspiegelung falscher Tatsachen und der Erlangung eines Vermögensvorteils. Das konnte schon eine Freiheitsstrafe bis fünf Jahre bedeuten. Es war die Frage, wie der Richter die Angelegenheit sah. In so einem Fall konnte man schon auf Milde hoffen. Wahrscheinlich kamen beide mit wenigen Jahren, aufgrund der Umstände vielleicht auch nur auf Bewährung, davon, zumal sie nicht vorbestraft waren. Aber ob die beiden wieder in ein normales Leben finden könnten, das war die Frage. Vor allem die Frau würde das bestimmt nicht packen.

Alexander stierte aus dem Fenster und verfluchte einmal mehr seine Sensibilität. Er hätte vielleicht doch einen anderen Beruf ergreifen sollen, der nicht so an die Nieren ging. Vielleicht Fahrkartenverkäufer bei der Bahn, wobei das auch schon stressig sein konnte, wenn er sich da an die kleinen Berliner Erlebnisse am Rande erinnerte, wenn gerade mal wieder gestreikt wurde und Fahrgäste ihren Zorn am Personal abließen. Oder besser noch Tierpfleger im Zoo und dann solche Gesellen wie den Eisbären Knut als Zögling haben. Jetzt geriet er ins Träumen und bastelte insgeheim schon an seiner nächsten Gutenachtgeschichte für die Mädchen.

Dann ertönte das Telefon. Er erkannte den Staatsanwalt als Anrufer. Gut, das musste jetzt sein. Gleich nach der zweiten, nur kurzen Vernehmung von Herbert Krämer war er wieder nach Bielefeld gefahren, weil dort andere Termine drängten.

„Nun, was meinen Sie zu der Angelegenheit? Können Sie das hieb- und stichfest für eine Anklage vorbereiten? Ist das mit der Untersuchungshaft nicht in Anbetracht der Sachlage zu heftig?"

„Wir können ja aus aktueller Sicht einen Mord noch nicht ausschließen. Ich denke mal, die Spurensicherung sollte sich doch noch einmal vor Ort umschauen. Vielleicht finden sich ein paar Fakten, die alles untermauern."

„Nach so langer Zeit? Ziemlich schwierig", wog Marc Oberländer ab.

„Ich denke schon, mit Heike Langenkämpfer haben wir die richtige Person. Die findet jedes Haar in der Suppe, auch wenn es nur eine klitzekleine Wimper war."

„Na dann. Ich baue auf Sie und Ihr Team. Kümmere mich rasch um den Durchsuchungsbeschluss. Alles Gute."

„Auf Wiederhören."

Alexander legte den Hörer wieder hin, um ihn gleich erneut ans Ohr zu drücken und die eingespeicherte Nummer von Heike zu betätigen.

„Ja, Alex, was gibt's?", fragte Heike am anderen Ende.

„Einen kniffligen Fall. Der Tote ist vor längerer Zeit bei einem Osterfeuer verbrannt worden. Genauso, wie du es schon mal vermutet hattest. Aber wir brauchen noch ein paar überzeugende Argumente für die Anklage."

„Kein Problem. Knifflige Fälle löse ich besonders gern. Ich komm dann mal hoch zu dir."

„Bis gleich, Heike."

Alexander drehte sich mit seinem Schreibtischstuhl Richtung Fenster und blickte in den blauen Himmel, durch den ein paar wohlgeformte Wolken zogen.

Heike hatte den Weg über die Marienstraße, dann Todtenhauser und Bremer Straße gewählt, die schließlich in die Forststraße überging. Rechts und links dichter Wald. In Petershagen beschloss sie über die Weserbrücke zu fahren und dann die B 482 zu nehmen, direkt am Kraftwerk vorbei. Na ja, es gab schon landschaftlich schönere Bauwerke, fuhr es Heike durch den Kopf, aber ohne ging es nun auch wieder nicht. Wobei sich die Schlossbesitzer von Petershagen wohl einst einen solchen Ausblick nicht erträumt hatten. Der Fluss lag friedlich in der Niederung. Kiesgruben teilten sich mit Seen die Landschaft. Heike ließ nun Windheim links liegen. Hinter Seelenfeld nahm sie eine Abzweigung, die direkt nach Heimsen führte. Sie benötigte ihr Navi im Grunde nicht. Heike Langenkämpfer kannte Minden und Umgebung wie ihre Westen- oder besser Hosentasche.

Sie parkte ihr Fahrzeug mit Sicht auf die Weser, auf der anderen Seite des Flusses lag Schlüsselburg. Eine idyllische Ecke, seufzte Heike auf, als sie direkt vor dem Haus der Familie Krämer geparkt hatte. Und dann so ein Elend. Sie umrundete das alte Backsteinhaus und ließ ihre Blicke schweifen. Wo konnte das Brennholz fürs Osterfeuer gelagert haben, ohne dass es die Nachbarschaft mitbekam. Ein paar Schritte noch und sie entdeckte eine Ecke auf dem weiträumigen Areal, die infrage kam. Auch stimmte es mit der Beschreibung während der Vernehmung überein. Sie hatte sich in Gedanken schon einen genauen Lageplan vom Objekt gemacht. Heike stemmte die Fäuste in die

Hüfte und atmete die frische Luft tief ein. Alles beiseite gekehrt, fiel ihr zwischendurch ein. Das war das Stichwort. Der Mann musste die Reste vom Aschehaufen in eine Ecke geharkt haben. Oh nein, fluchte Heike innerlich. Denn was sie nun entdeckte, war ein ganzer Misthaufen. Aber Job war Job, also Augen auf und durch, zwang sie sich zur Konzentration. Stück um Stück fing sie an, den Haufen sorgsam zu zerlegen. Es war zwar schon längere Zeit her, dass der alte Mann verbrannt worden war, aber kein Mensch geht so spurlos von dieser Welt.

Eben fuhr es ihr durch den Kopf: Die verbrannte Leiche ist vermutlich im wahrsten Sinne des Wortes vom Winde verweht. Und sie murmelte vor sich hin: „Wech is eben wech!" Aber sie gab noch nicht auf. Konnte ja sein, dass ein Wunder geschah und irgendwo in diesen Misthaufenresten noch ein Knöchelchen mit Knochenmark steckte.

Irgendwann stieß sie tatsächlich auf etwas, das einem Knochen ähnelte, aber schon sehr vergammelt und schwarz aussah. Vielleicht auch Abfall von einem Mittagessen? Vorsichtshalber tat Heike das Stück in eine Plastiktüte, die sie sorgfältig verschloss. Da war doch gleich wieder alles offen, zumindest hinsichtlich der Identität der Leiche des ehemaligen In(ne)habers des Knochens. Die Formulierung gefiel Heike und sie beschloss, sich den Begriff „In(ne)haber" gut zu merken. Der war echt witzig.

Während Heike Langenkämpfer sich immer noch durch den Boden wühlte, traf ein weiteres Fahrzeug ein. Alexander und Wolfhard stiegen aus. Sie hatten die Schlüssel zum Haus dabei. Alexander trat in den Garten.

„Na, Heike, schon fündig geworden?"

Heike wies auf die Tüte mit dem Knochenstück in ihrem offenen Koffer. „Das könnte schon was ergeben. Wenn sich darin noch etwas Knochenmark befindet, könnte es die Identität des Mannes gegebenenfalls belegen. Oder auch nicht. Lass mich mal weitersuchen."

„Keine Frage. Wir schauen uns in der Zwischenzeit im Haus um. Hat rasch mit dem Durchsuchungsbeschluss geklappt. Mal sehen, ob wir Anhaltspunkte zum letzten Verbleib von Kurt Torgelow finden. Die Kollegen müssen auch gleich kommen. Das schaffen wir allein ja gar nicht."

Alexander drehte sich um und lief wieder zum Haus. In der Nähe spazierte ein Storch und schien das Geschehen zu beobachten. Wenn du könntest, würdest du mir vielleicht erzählen, was hier abgegangen ist, dachte Alex bei sich und musste lächeln. Der Vogel sah auch gar zu faszinierend aus, wie er da würdevoll durch das Gras stakste. Immer mit einem Seitenblick auf die Menschen nebenan und gewissermaßen auf dem Sprung, falls Gefahr drohen sollte. Alexander dachte wieder an die Bildschirme in Hille, mit direktem Blick ins Storchennest auf dem Brauereischornstein. Da musste er beim nächsten Einkauf mal wieder schauen, wie es weiterging.

„Kommst du?", rief Wolfhard aus einer Seitentür des Hauses. „Ich glaube, ich habe da was."

Wolfhard hatte sich gleich um den Dachboden gekümmert. Wenn man etwas außer Sichtweite haben wollte, dann war das ein verdammt guter Ort, das wusste er aus Erfahrung. Einmal Sachen an dieser Stelle deponiert und sie blieben oft ein Leben lang dort unberührt liegen. Schließlich haderte er selbst mit seiner extremen Sammelleidenschaft. Von nichts konnte er sich trennen. Doch immer gab es das Ausweichquartier auf dem Dachboden. Seine Frau Rita zog schon immer die Stirn kraus, wenn er wieder mit einem Paket in den Händen die Stiege erklomm.

Er hatte die Klappleiter zum Dach nach unten ausgezogen und war die knarrenden Stufen nach oben gestiegen. Ich sollte wohl doch etwas abnehmen, dachte er bei sich, als er sich durch die Luke nach oben zwängte. Ein Lichtschalter befand sich gleich direkt neben dem Einstieg. Die Lampen erleuchteten das große Areal nur schwach. Stück um Stück ging Wolfhard Schmidt vor. Und schon, als er den Bereich in der zweiten Dachschräge inspizierte, stieß er auf einen alten Lederkoffer, ziemlich aus der Mode. Er kniete sich nieder und kroch ein wenig zu dem Behältnis hin. Aufrecht war das nicht machbar, der Raum verlor extrem an Höhe. Es knackte in seinen Knien. Das wird Zeit, dass die Pension kommt, fiel ihm spontan ein. Für solche Aktionen bin ich gar nicht mehr gemacht. Dann streckte er die Hand aus und zog den Koffer zu sich heran. Er öffnete ihn und sah jede Menge Fotos und Dokumente und ganz obenauf Ausweise. Selbst im Dämmerlicht erkannte er den Personalausweis von Kurt Torgelow.

Jetzt präsentierte Wolfhard sein Fundstück. Alexander nickte nur wortlos.

„Also, ohne seinen Ausweis wird der alte Herr wohl kaum verreist sein. Und all diese anderen Erinnerungsstücke. Sicher auch Fotos der Frau dabei. Das nimmt man doch mit, wenn man auswandert."

„Ich denke mal, Heike sollte sich weiter um die Details kümmern und die Kollegen natürlich. Wir beide haben jetzt erst einmal genug gesehen. Lass uns wieder ins Büro fahren."

„Du gönnst einem aber nicht die kleinste Abwechslung. So etwas Bewegung war jetzt nicht verkehrt. Vorrangig Schreibtischtäter ist auch keine Idee. Meine Gelenke lassen das deutlich erkennen!“

„Nun könnte ich ja das Thema Sport und gesunde Ernährung anschneiden“, stichelte Alexander.

Der Wagen, in dem beide wieder saßen, hatte in der Zwischenzeit an Tempo gewonnen.

„Darum habe ich mich in deinem Alter auch gekümmert. Aber irgendwie wird der freie Zeitfond immer geringer, der einem für solche Extras bleibt. Ich bin abends auch einfach fix und fertig, wenn ich nach Hause komme.“

„Lass mal, Wolfhard, das kenne ich ebenfalls.“

„Du junger Spund?!“

„Doch, du wirst es nicht glauben. Ich musste mir hier ja vor einiger Zeit zwangsweise einen Arzt suchen, weil ich extreme Rückenprobleme hatte. Hat mich bei der Gelegenheit mal zum Orthopäden überwiesen. Da war ich dann im Ärztehaus gleich neben dem Klinikum. Und Tatsache stellte der einen Bandscheibenschaden fest. Ich solle mich mehr bewegen, hat er gemeint.“

„Und das zu dir, das ist ein Witz!“

„Als er nach der Arbeit fragte, habe ich was von Büro erzählt. Man muss ja nicht immer gleich mit der Polizei rausrücken. Das verstört die Leute gelegentlich. Aber so hatte er offensichtlich gleich einen Anhaltspunkt, von wegen Bewegungsmangel und falsche Körperhaltung und Stress. Du kennst die Leier.“

„Hat er dir denn irgendwas verordnet?“

„Ich habe ihn einfach drauf angesprochen. Ob da nicht mal Moorpackungen gingen. Wo ich doch sonst die Krankenkasse nicht weiter belaste. Und da hat er sechs Anwendungen aufgeschrieben. Immerhin.“

„Nun musstest du nur noch die Zeit dafür finden", grinste Wolfhard vor sich hin und hielt an einer roten Ampel.

„Ich gehe ja in den Nachbarort ins Kurhaus Pivittskrug in die Sauna und die bieten so was an. Sonst wäre ich gar nicht auf so eine irrwitzige Idee gekommen. Moorpackung – ist nicht gerade ein Berliner Renner. War dann allerdings etwas gewöhnungsbedürftig, wenngleich sehr wohltuend. Aber da wird so ein Wassereimer voll dicker, müffelnder, schwarzer Pampe auf einer Liege ausgebreitet. Darunter natürlich Folie. Und dann musste ich mich darauf legen, um in Tücher und Decken eingewickelt zu werden. Bin beim ersten Mal richtig hochgeschreckt, weil das Zeug so heiß im Lendenbereich brannte. Aber die nette Physiotherapeutin hat mich gleich beruhigt und wieder in die Horizontale befohlen."

„Da hörst du also doch auf das Kommando von Frauen", frotzelte Wolfhard.

Alexander schüttelte den Kopf: „Nein, nicht wirklich. Aber wenn es so charmant daherkommt und man keine andere Wahl hat …"

Wolfhard fuhr jetzt durch die Schranke zum Parkbereich der Dienststelle. Um diese Tageszeit konnten sie Glück haben. Und tatsächlich fand er gleich in der Nähe der Gewahrsamzellen einen Platz.

An jenem Morgen, als der Porsche aus dem Mittellandkanal gefischt wurde, dauerte es nicht allzu lange, bis die Identität des Fahrzeughalters geklärt war. Zwar waren die beiden Kennzeichen abmontiert worden, aber die Fahrgestellnummer führte rasch weiter. Das Auto war auf Sven Kruse, wohnhaft in Minden, zugelassen. Stellte sich nur die Frage, ob der Tote auf der Rückbank auch dieser Mann war. Vom Bild her hätte er es möglicherweise sein können, aber die Leiche war doch von deutlichen Bissspuren gerade im Gesicht gekennzeichnet. Indizien für eine Zuordnung fanden sich nicht. Keinerlei Papiere. Weder in den Sachen des Toten noch eventuell im Handschuhfach, unterhalb der Sonnenblende oder im Kasten unter dem Beifahrersitz. Nicht einmal ein paar Taschentücher oder Bonbons. Es schien so, als ob jemand akribisch alle Hinweise vorsichtshalber entfernt hatte. Keinerlei persönliche Dinge im Auto, bis auf das hochwertige goldene Feuerzeug. Alexander sortierte alle Details zum aktuellen Fall und entschied dann, zunächst bei Sven Kruse anzurufen. Die Aufgabe übergab er allerdings Janine, die auch wenig später zum Hörer griff.

„Hallo, hier Kruse", ertönte eine weibliche Stimme am anderen Ende.

Janine Hacker stellte sich vor, erklärte, es würde um eine sachdienliche Information gehen und sie wolle Sven Kruse sprechen.

„Ach, meinen Mann", kam es mit leichter Verzögerung vom anderen Ende. „Also, der hat jetzt Urlaub und ist zum Tauchen in Ägypten."

„Allein?", fragte erstaunt Janine.

„Nein, er ist mit einem Freund unterwegs. Ich kann nicht tauchen, vertrage das gesundheitlich nicht." Dann herrschte kurze Stille, ehe Irene fortfuhr: „Und außerdem muss ich mich um meine Mutter kümmern. Die ist gerade gestürzt und liegt im Krankenhaus. Worum geht es denn überhaupt?"

„Nur Routine. Aber dann hat es sich erst einmal erledigt." Janine verabschiedete sich höflich mit den besten Genesungswünschen für die kranke Mutter. Aber ihr kam die Angelegenheit nicht geheuer vor. Irene Kruse hatte merkwürdig geklungen. Für solche Tonlagen und Schwingungen hatte Janine ein Gespür. Ehe sie die Information an Alexander weitergab, entschied sie, noch ein kleines Stück weiter zu recherchieren. Name und Anschrift der Mutter waren über das Einwohnermelderegister schnell besorgt. Janine hatte überall ihre Kontakte und Netzwerke.

„Kannst du mir mal eben rasch helfen", fragte sie Margot von der Stadtverwaltung und schilderte den Fall.

„Kein Problem. Ein Griff, und die Suche beginnt", scherzte Margot am anderen Ende und ließ ihre Finger über die Tastatur des Computers gleiten. „Warte mal, gleich habe ich es … Hier: Irene Kruse, geborene Wagner. Da habe ich auch sofort die Eltern. Irma Wagner. Die Familie wohnt in Minden-Meißen. Willst du noch die Telefonnummer?"

„Aber klar, danke", entgegnete Janine und lächelte. Es ging doch nichts über diese freundschaftlichen Beziehungen.

„So, dann notiere mal", sagte Margot nun eine Telefonnummer an.

„Lass uns demnächst mal wieder auf einen Kaffee am Markt treffen, und dann shoppen wir noch eine

Runde in der Bäckerstraße", verabschiedete sich Janine.

„Prima Idee. Ich maile dir einen Vorschlag, wann es mir passen könnte", antwortete Margot.

Janine hatte die Zahlen auf ihrer Schreibtischunterlage notiert. Auf dem großen Papierbogen war kaum noch Platz zu finden für einen Stichpunkt. Janine stand auf und lief ein paar Schritte durch das Büro. Dann öffnete sie das Fenster, um zu lüften. Doch der Wind drückte mit solcher Stärke dagegen, dass sie es gleich wieder – diesmal mit einiger Mühe – verschloss. Gut, dann eben nicht, dachte sie bei sich, dann eben kurz im Klinikum und anschließend direkt bei den Eltern anrufen.

„Nein", erklärte die Dame in der Aufnahme. „Irma Wagner liegt aktuell nicht bei uns. Das ist schon acht Wochen her, als sie nach einem Sturz eingeliefert wurde. Aber alles wieder in Ordnung. Wir haben sie nach vierzehn Tagen entlassen."

Janine bedankte sich, drückte auf die Taste zum Beenden des Gespräches und nickte vor sich hin. Es schien wohl doch so, wie es ihr vorkam …

„Ja, Irene, mein Kind, bist du das?", erklang eine deutlich ältere Frauenstimme.

Janine entschuldigte sich: „Oh, Verzeihung, da muss ich mich wohl verwählt haben."

„Ach, das macht doch gar nichts. Kann passieren. Einen schönen Tag noch."

„Danke, gleichfalls", entgegnete Janine. Das war klar. Irene Kruse hatte gleich zu Beginn gelogen. Kein guter Einstieg.

Als Janine ihre Information überbrachte, hatte Alexander Rosenbaum schon die Sonderkommission im

Porsche-Fall aktiviert. Der Staatsanwalt hatte ihm freie Hand gegeben.

„Und, was ist“, erhob er seinen Kopf und sah die Assistentin fragend an.

„Also, daheim ist Sven Kruse nicht. Seine Frau meinte, er wäre in Ägypten zum Tauchurlaub. Und da habe ich mich gleich mal erkundigt, warum sie nun nicht mitgefahren ist.“

„Prima“, schob Alexander ein.

„Sie hat was von gesundheitlichen Problemen erzählt, weshalb sie nicht tauchen würde, und vor allem, dass sie sich um ihre kranke Mutter kümmern müsse, die im Klinikum liegt.“

„Aha. Na, das ist doch ein Argument.“

„Generell schon. Aber ich habe daraufhin im Klinikum nachgefragt. Bei denen war die Mutter vor ein paar Wochen tatsächlich stationär in Behandlung. Und als ich zu Hause anrief, ging sie gleich ans Telefon und hielt mich für ihre Tochter.“

„Nun gut“, griff sich Alexander ans Kinn und stützte den Ellbogen auf den Tisch. „Warum auch immer Irene Kruse sich so verhalten hat, das bekommen wir raus. Fest steht aber, dass wir bei ihr vorbeischauen müssen. Mit großer Wahrscheinlichkeit handelt es sich um Sven Kruse. Ich werde mal selbst mit Wolfhard bei ihr vorbeifahren, um sie zur Identifizierung zu bitten.“

Janine nickte. „Ich bin dann wieder an meinem Schreibtisch, wenn ihr mich braucht.“

Alexander stimmte sich mit Wolfhard ab und beide machten sich nach einer halben Stunde auf den Weg.

Als der Wagen vor dem Anwesen von Familie Kruse hielt, wurde in dem Augenblick eine Gardine an einem

Fenster vorgezogen. Das konnte Zufall sein. Wolfhard klingelte und stand dabei direkt neben Alexander, als Irene die Tür öffnete.

„Sie wünschen?"

Alexander stellte sich und seinen Kollegen vor.

„Dürfen wir ins Haus kommen? Wir möchten gern mit Ihnen reden."

„Aber ja", erwiderte Irene und trat einen Schritt zurück, um den Weg freizumachen. „Gerade durch den Flur und dann links ins Wohnzimmer."

Alexander warf einen prüfenden Blick in die Umgebung und auch Wolfhard tastete alles musternd ab.

„Hier meine Herren, nehmen Sie doch Platz. Kann ich Ihnen etwas anbieten? Und worum geht es denn überhaupt?"

„Nein danke. Wir möchten nichts", antwortete Alexander für beide.

„Bitte setzen Sie sich doch auch."

Irene schaute ernst und nahm auf einem Sessel gegenüber vom Sofa Platz.

„Wir haben heute früh ein Fahrzeug im Mittellandkanal gefunden. Es handelt sich um den Porsche Ihres Mannes. Und darin hat ein Toter gelegen."

Irene sprang auf und lief durch das Zimmer. „Das kann gar nicht sein. Sven ist doch in Ägypten. Mit seinem Freund, auf einem Tauchurlaub. Den Wagen hat mein Mann wie immer im Parkhaus am Flughafen in Hannover abgestellt."

„Und da sind Sie sicher?", warf Wolfhard ein.

„So sicher, wie es nur irgend geht. Er hat doch gerade noch gemailt. Alles prima. Wasser glasklar. Jede Menge toller Fische und Wracks."

„Können wir die E-Mail mal sehen", erkundigte sich Alexander.

„Aber natürlich. Keine Frage." Irene lief ins daneben gelegene Arbeitszimmer und fuhr den Computer hoch. „Kommen Sie einfach hierher", rief sie die Männer herüber.

Alexander und Wolfhard schauten sich an, nickten sich zu und erhoben sich zeitgleich.

„Und telefoniert haben Sie natürlich auch?", fragte Alexander.

„Ach nein, das ging ja leider nicht. Noch am Flughafen ist ihm sein Handy gestohlen worden. Aber zum Glück hatte er seinen kleinen Laptop im Handgepäck. Damit kann man ja auch wunderbar kommunizieren." Irene lächelte.

„Warum sind Sie eigentlich nicht mit nach Ägypten gefahren?", erkundigte sich Wolfhard.

„Ich habe einen Tinnitus im linken Ohr. Sobald ich etwas tiefer unter Wasser komme, wird mir schwindelig. Deshalb ist dieses Hobby meines Mannes einfach nichts für mich. Eigentlich schade. Die Unterwasserwelt ist so faszinierend."

„Na gut, aber Sie hätten auch etwas anderes unternehmen können", hakte Alexander nach.

„Ansonsten verbringen wir ja auch jede freie Minute miteinander. Aber da ist noch meine Mutter, die hat derzeit gesundheitliche Probleme …"

„… und liegt im Krankenhaus", ergänzte Alexander.

„Nein, da rief doch heute schon eine Kollegin von Ihnen an. Wegen irgendeines sachdienlichen Hinweises wollte die meinen Mann sprechen. Und da habe ich wohl was von Krankenhaus erzählt. Nein. Da ist sie schon wieder raus. Aber sie war schwer gestürzt und braucht eben jetzt immer noch meine Unterstützung. Ich war wohl etwas durcheinander, als sich am anderen Ende der Leitung vorhin die Polizei zu erkennen gab. Und das bin ich jetzt natürlich umso mehr", Irene hatte inzwischen das E-Mail-Programm geöffnet und die letzte Botschaft von Sven auf dem Bildschirm.

„Hallo, mein Schatz, es geht uns blendend. Und den Fischen auch. Super Anblicke, wie immer. Hänge mal ein paar Aufnahmen an, damit Du auch was davon hast. War eine super Idee, die Tour bei SAMreisen aus Neuwied im Internet zu buchen. Unser Führer ist ja ein Unterwasser-Fotograf und Buchautor. Mit dem erleben wir die besten Großfischspots, die das Rote Meer zu bieten hat. Ich sage nur als Stichpunkte: Marineparktour Brothers Islands, Daedalus, Elphinstone. Weißspitzen-Hochseehaie am Big Brother, Fuchshaie am Little Brother und Hammerhaie an den Daedalus-Riffen ... Mit einem Handykauf lasse ich es hier lieber. Die Angebote sind mir nicht seriös genug. Wir haben schon einiges versucht. Aber es klappt ja auch so bestens. Fredi lässt grüßen. Sei umarmt. Einen dicken Kuss. Dein Sven." Datum und Uhrzeit waren einige Tage her.

Alexander und Wolfhard hatten von beiden Seiten über die Schultern der Frau geschaut. Irene wandte sich jetzt Alexander zu: „Aber was ist denn nun mit dem Auto und dem Mann darin. Das muss eine Verwechslung sein."

Alexander stellte sich grade hin: „Wir bitten Sie, uns in die Pathologie des Klinikums zu begleiten. Möglicherweise können Sie den Toten identifizieren. Oder eben auch nicht."

„Tja, dann will ich mich nur kurz umziehen." Irene verschwand ins Obergeschoss und die beiden Kollegen schauten sich an.

„Was meinst du?", fragte Wolfhard.

„Nicht hier", entgegnete Alexander.

Wolfhard nickte und beide standen schweigend im Raum, als Irene in einem anthrazitfarbenen Seidenkostüm zu ihnen trat.

„Wegen mir könnten wir dann."

Alle drei verließen das Haus, stiegen in den Polizeiwagen und fuhren ins Johannes-Wesling-Klinikum.

Als sie die Räume der Pathologie betraten, stand Professor Eberhard Engelbrecht vor einem Kasten mit Röntgenaufnahmen. Er wandte sich um und grüßte. Alexander legte Irene sanft eine Hand auf die Schulter.

„Das ist jetzt kein schöner Anblick. Vielleicht ist es auch gar nicht Ihr Mann. Aber Sie helfen uns sehr."

Professor Engelbrecht winkte in den hinteren Teil der Pathologie. Dort lag ein Toter, bis zum Bauchnabel mit einem weißen Tuch zugedeckt.

Irene trat ein paar Schritte näher, dann noch ein Stück, bis sie schließlich direkt neben der Leiche stand. Sie hielt sich die Hand vor den Mund.

„Oh Gott, das ist ja ein schauderhafter Anblick. Da kann man doch reineweg gar nichts mehr erkennen." Sie drehte den Kopf beiseite.

„Hatte Ihr Mann vielleicht ein besonderes Kennzeichen, ein Muttermal, eine Tätowierung?", fragte Alexander.

„Ja", schluckte Irene. „Einen kleinen Delphin, wegen seiner Tauchleidenschaft. Recht diskret am linken Oberarm."

Der Gerichtsmediziner schaute auf diese Seite und nickte bestätigend. Auch Alexander und Wolfhard hatten auf der schrumpeligen Haut deutlich einen Delphin erkennen können.

„Und dann habe ich hier soeben die Aufnahmen vom Zahnarzt bekommen. Das Gebiss ist eindeutig.

Fast ohne Füllungen, nur ein gezogener Weisheitszahn. Hier." Und er wies auf die Röntgenaufnahmen an der Wand.

„Dann muss er es wohl sein", schluchzte Irene auf und hielt sich an Alexander fest. Der stützte die Frau und geleitete sie nach draußen.

„Wollen Sie sich erst einmal setzen? Und ein Glas Wasser vielleicht?", fragte er. Doch da sank Irene schon auf einen der Stühle.

„Nein, das ist ja furchtbar", entrang es sich ihr. „Mein Mann, mein einziger. Mein geliebter Sven. Wer tut denn so was?"

„Das werden wir herausbekommen", erwiderte Alexander. „Dafür sind wir schließlich da."

Irene öffnete ihre Handtasche und holte sich ein neues Zellstofftaschentuch heraus. Sie schnaubte und schluckte derweil. Ein Zucken ging durch ihren Körper.

Alexander blickte sie aufmerksam an. Nein, das sah schon sehr echt aus, was die Ehefrau hier an Emotionen zeigte. Offensichtlich hatte sie der Anblick stark mitgenommen. Das konnte man nicht so ohne Weiteres vortäuschen. Oder vielleicht doch? Alex dachte ganz kurz an seine Frau und die vielen Lügengebäude, die sie errichtet hatte, rings um Gregor und die kleine Tochter Tina, die nicht sein Fleisch und Blut war.

In der Folgezeit orientierten sich die Ermittlungen eher in die Richtung der zwielichtigen Verhältnisse von Sven Kruse. Die Befragungen der Kolleginnen waren recht ergebnisreich. Im Zuge dessen konnten Alexander Rosenbaum und sein Team einiges aufdecken. Beispielsweise die Geschichte um die Schmiergelder, die der Beamte eingesteckt hatte. Da waren Summen geflossen, von denen ein Normalsterblicher höchstens zu träumen wagte. Und all das, um die leichten Mädchen in den verschiedenen Etablissements von Dmitrij Fjodorowitsch Maximow immer häufiger wechseln zu lassen. Damit auch die interessierte Kundschaft am Ball blieb. In Bielefeld direkt ließ Alexander die dortigen Kollegen aktiv werden. Zu den Berichten, die Alexander vorlagen, gesellten sich die Informationen per Telefon.

„Du kannst dir nicht vorstellen, was das für ein abgebrühter Typ ist und aalglatt", sagte Berndt Ackmann am anderen Ende der Leitung an einem jener Tage.

„Doch. Nachdem, was du da notiert hast, schon", antwortete Alexander. „Haben wir denn eine Chance, ihm das Handwerk zu legen."

„Also, das wird schon schwieriger. Die Mädchen haben alle gültige Dokumente und sind über achtzehn. Da kann man nichts machen. Wir haben einige von ihnen befragt. Aber aus denen bekommst du nichts raus. Die sind offensichtlich froh, jetzt diesen Luxus genießen zu dürfen, nachdem sie vorher vielleicht in einer Lehmhütte gehaust haben."

„Na ja, ganz so schlimm wird es doch wohl nicht gewesen sein", warf Alexander ein.

„Oh doch. In vielen Fällen schon. Brauchst du bloß die Kollegen von der Sitte fragen. Schicke Klamotten, Schmuck, tolle Frisuren, nach viel mehr steht denen meist nicht der Sinn. Da nehmen sie glatt die Freier in Kauf, selbst wenn ihnen vorher eine Beschäftigung als Au-pair-Mädchen vorgegaukelt worden war. Wobei, wenn man das wörtlich nimmt, dann ist es auch nur ein Job ohne Bezahlung, für lediglich Unterkunft und Verpflegung. Ach, schon verflixt die ganze Angelegenheit."

„Und wie sieht es mit den Drogen aus, von denen ich auch gelesen habe?", fragte Alexander weiter.

„So ein Leben im Puff ist wahrscheinlich nur mit entsprechenden Mittelchen zu ertragen, die das Leben in einem rosigen Licht erscheinen lassen", sagte Berndt Ackmann.

„Ich weiß, was du meinst. Das kenne ich aus Berlin. Ein leidiges Dauerthema. Da hast du Ecken, bei denen du selbst tagsüber einen großen Bogen drum machen solltest. Und selbst wenn du gar nicht willst, wird dir Stoff angeboten."

„Aber es nimmt ja immer größere Ausmaße an", stellte Berndt Ackmann fest und wechselte das Thema. „Sorry, ich sehe, der Chef will was von mir. Alles andere steht ja im Bericht. Wenn du Fragen haben solltest, melde dich einfach. Aber so leicht wird das mit Herrn Maximow nicht werden. Der hat außerdem ein Alibi für die Zeit, wo die Tat geschehen sein muss. Da war er tatsächlich außer Landes, um neue Mädels heranzuschaffen. Für einen Studentinnen-Austausch, wie der gute Herr sich auszudrücken pflegte. Na denn, Alex, ich muss", verabschiedete sich Berndt.

Alexander saß versonnen an seinem Schreibtisch. Also ein Alibi für diese Zeit. Das musste allerdings gar nichts heißen. Solche Leute pflegten sich ja ihre Hände nicht schmutzig zu machen. Die hatten für alles ihre Handlanger.

Gerade pladderte der Regen an die Fensterscheiben. Alexander stand auf und rekelte sich. Da dürfte die geplante Radtour zum Feierabend hin wohl ins Wasser fallen. Er war erst neulich eine längere Tour durchs Wiehengebirge gefahren und bei regennassen Waldwegen erwies sich das auch nicht gerade als Geniestreich. Die Forstfahrzeuge hatten tiefe Spuren hinterlassen, in denen sich das Wasser sammelte. Gut, dann vielleicht eher der Hometrainer im heimischen Schlafzimmer?

Alexander musste leicht auflachen. Da hatte er dann auch die Gesellschaft von Kater Albert, der beständig um das Rad kreiste und um Fressen bettelte.

Jetzt griff er zum Telefon und wählte die Nummer von Heike.

„Was war noch mal mit dem goldenen Feuerzeug?", fiel er mit der Tür ins Haus.

„Wie wär's erstmal mit: Hallo?", entrüstete sich Heike.

„Entschuldigung. War nicht so gemeint. Aber ich bin ganz in Gedanken und die kreisen immer wieder um den Fall."

„Schon gut", lenkte Heike ein. „Also, das waren kyrillische Buchstaben, die wir entziffert haben. ‚In Liebe Annuschka' stand da."

„Na klar, Sven Kruse hatte eine Liebesbeziehung zur Frau von Dmitrij Fjodorowitsch Maximow, und die heißt Anna. Annuschka ist der Kosename. Aber das bringt uns ja auch nicht weiter. Wahrscheinlich hat sie ihm das nach einem Schäferstündchen geschenkt."

„Oder dem Täter ist es aus der Jacke gerutscht", schlug Heike vor.

„Also, ich weiß nicht", entgegnete Alexander. „Das wäre mir einfach zu lapidar. So leicht lösen sich die Dinge doch nicht."

„Na ja, manchmal schon."

„Ich weiß Heike, mitunter muss man nicht um die Ecke denken, da liegt alles glasklar vor einem. Aber hier?"

„Du, Alex, ich muss dann auch wieder. Da wartet jemand auf eine erkennungsdienstliche Erfassung. Im

Übrigen gab es keinerlei Spuren auf dem Feuerzeug. Der lange Aufenthalt im Wasser hat alles verschwinden lassen."

„Okay. Bis dahin."

Alexander drehte seinen Schreibtischstuhl erneut Richtung Fenster und blickte nachdenklich in die verregnete Ferne. Was hatten sie nur übersehen. Warum entwirrten sich die Fäden nicht. Das musste doch alles logisch zusammenhängen. Die Zeit arbeitete gegen sie. Jeder Tag ohne Ergebnis war einer zu viel.

Er griff sich die einzelnen Akten. Vielleicht sollte er doch noch einmal die Telefonlisten durchgehen. Wobei sie alles schon überprüft hatten. In sämtliche Richtungen.

Natürlich war Sven Kruse nie nach Ägypten geflogen. Aber das konnte ebenso alles eine verdammt gute Tarnung sein, um die Frau zunächst in Sicherheit zu wiegen. Sie war ja zumindest darauf hereingefallen. In seinem Amt nahm auch keiner wahr, dass der Angestellte nicht mehr auftauchte. Wobei, auftauchen war schon ein witziger Begriff im Zusammenhang mit einer Wasserleiche. Alexander kicherte verlegen. Nein, das war jetzt nicht wirklich in Ordnung, rief er sich innerlich zur Räson. Er sollte einfach nicht immer mit seinen Gedanken dermaßen abschweifen.

Beim Blick in den Spiegel war Alexander aufgefallen, dass die grauen Haare in seinem Blond deutlich überwogen. Das ging ja gar nicht. Er beugte sich über das Waschbecken und fuhr sich mit den Fingern über den Kopf. Überall heftiges Grau. Dabei fiel ihm die Fernsehreklame von dem gut aussehenden Herrn ein, der sich so einsfixdrei die Haare wieder in ihre Normalfarbe katapultierte. Warum nicht. Olga färbte sich schließlich auch die Haare, gern gelegentlich mal in einem völlig anderen Ton. Das musste ja nun beileibe nicht den Damen vorbehalten bleiben. Aber zum Friseur deshalb? Alexander blickte sich tief in die Augen. Nein! Er schüttelte den Kopf. Bei der Drogeriekette gab es doch allerlei entsprechendes Basismaterial. Kostengünstig und sehr effektiv, wie die Werbung versprach.

Gedacht, getan. Am nächsten Tag schon hatte er sich eine Packung gekauft. Eine von der ganz preiswerten Sorte, denn zu viel Geld wollte er dafür nun auch wieder nicht ausgeben. Er positionierte die Haarfarbe inmitten verschiedenster Leckereien für Albert, sodass sie nicht so sehr ins Auge fiel. Die Kassiererin berührte alles emotionslos mit dem Scannergerät. Da hätte er sich die Mühe eigentlich sparen können.

Daheim machte sich Alexander gleich ans Werk, bei dem ihm der Kater vom Toilettendeckel aus interessiert zusah.

„Na, mein Dicker, willst du auch mal eine Farbveränderung? Wobei du ja keine Sorgen hast. Dein Fell bleibt schwarz-weiß. Immer schön, nur mal etwas dicker im Winter oder leichter im Sommer. Du hast es gut."

Der Kater putzte sich ausgiebig und als Alexander ihn zwischendurch streichelte, erwiderte er die Zärtlichkeit, indem er mit seiner kratzigen Zunge dessen Hand ableckte.

„Eh, das kitzelt. Lass den Blödsinn. Ich muss mich jetzt auch konzentrieren."

Alexander las den Beipackzettel. Eigentlich ganz einfach. Er befolgte die Angaben Schritt für Schritt. Im Grunde ließ sich alles recht zügig erledigen. Bei einem späteren Blick in den Spiegel schien alles in Ordnung. Alex fuhr noch ein paar Kilometer auf seinem Hometrainer, erzählte den Mädchen die übliche Gutenachtgeschichte und schaute irgendwann beim Zähneputzen erneut auf sich.

„Nein!", entfuhr es Alexander. Er hatte nur die etwas funzelige Deckenlampe angemacht und ergänzte nun das spärliche Licht durch den Strahler direkt über dem Spiegelschrank. „Ach, du meine Güte. Wie sieht das denn aus. Ich gleiche ja einer Tüpfelhyäne." Wobei sich Alexander nicht ganz sicher war, wie diese Tiere wohl in Wirklichkeit aussehen mochten. Aber auf jeden Fall war er auf dem Kopf mit heftigen Flecken gesegnet. Wenn er am nächsten Tag so in den Dienst kommen würde, wäre er für die folgende Zeit das angesagte Gesprächsthema bei den Kollegen. Das musste er verhindern. Also rief er noch Wolfhard an.

„So spät, Alex, was ist denn los. Wir sehen uns doch morgen. Hätte das nicht Zeit gehabt?"

„Nein, Wolfhard, tut mir leid. Aber mir ist eben eingefallen, dass ich morgen früh doch noch einen Untersuchungstermin beim Arzt habe. Erst Labor und dann noch einen Test wegen so einer blöden Allergie."

„Hast du mir noch gar nicht von erzählt! Das ist ja ein Ding. Immer mehr Menschen werden davon geplagt. Hängt bestimmt mit der ganzen belasteten Umwelt und den hochgeputschten Lebensmitteln zusammen. Na, dann. Wenn du kommst, bist du da. Bei deinen vielen Überstunden ist das gar kein Problem. Ich sage Bescheid, falls einer nachfragen sollte."

In Alexander rotierten die Gedanken. Hoffentlich bekam er für den morgigen Tag gleich in der Frühe einen Friseurtermin. Und hoffentlich würde das alles nicht allzu lange dauern.

Am nächsten Morgen stand Alexander Rosenbaum als erster Kunde vor dem Friseurgeschäft in der Mindener Straße. Er hatte diesen Laden gewählt, weil er ihm noch von den Besuchen am Storchennest auf dem Schornstein der Alten Brennerei in Erinnerung geblieben war. Auf keinen Fall wollte er zu der Friseurin in Minden, bei der er sonst Kunde war. Die Angelegenheit war ihm einfach viel zu peinlich.

„Guten Morgen", begrüßte ihn eine freundliche Stimme. „Ich bin Tatjana, womit kann ich Ihnen helfen."

„Hallo. Mir ist da ein Malheur passiert."

„Ja, das sehe ich wohl auch. Dann setzen Sie sich erst einmal."

„Kann ich denn gleich drankommen?"

„Sie haben Glück, meine erste Kundin hat eben telefonisch abgesagt. Da kann ich mich Ihnen widmen. Und nun erzählen Sie mal."

„Also, ich wollte mein erstes Grau etwas übertönen und das Blond wieder erscheinen lassen. Sollte alles so einfach sein, stand auf der Packung." Alexander leuchtete jetzt im Spiegel des Salons wie ein Feuermelder. Vor allem die ein klein wenig abstehenden Ohren brannten knallrot.

„Keine Sorge. Das kriegen wir wieder hin", beruhigte ihn Tatjana.

„Es gibt eben Dinge, die man nicht allein versuchen sollte, für die es Fachleute gibt."

„Sie haben ja so was von recht", entfuhr es erleichtert Alexander, der sich entspannt in dem Stuhl zurücklehnte und alles mit sich geschehen ließ.

Tatjana legte ihm den Friseurumhang um und plauderte locker.

„Also, blond soll es auf jeden Fall sein?"

„Ja, das ist meine Ursprungsfarbe. Nur durch dieses Mittel wirke ich jetzt irgendwie ziemlich entstellt." Alexander seufzte auf.

„Ach, na ja, zum Fasching könnten Sie damit schon gehen."

Jetzt musste Alex lachen. „Aber bis dahin ist noch zu viel Zeit und ich kann mir das auch beruflich gar nicht leisten."

„Arbeiten Sie in der Computerbranche?", fragte Tatjana.

„So was Ähnliches", gab Alexander zu und dachte bei sich, dass das ja im Grunde schon stimmte. Bei den vielen Arbeiten, die am und mit dem Kollegen Computer zu erledigen waren.

Als Alexander nach anderthalb Stunden den Friseurladen wieder verließ, war er gut gelaunt und sein Haar hatte einen einheitlichen Farbton angenommen.

„Da bist du ja, Alex", begrüßte ihn Wolfhard schon im Flur. „Und, alles klar mit deinem Allergietest?"

„Ja, ich habe wohl ein Problem mit Pollen. Aber die Details werde ich noch später erfahren."

Wolfhard blickte genauer auf seinen Vorgesetzten. „Ich weiß nicht, Alex, irgendwie wirkst du heute so jugendlich frisch. Solltest öfter mal zu Beginn des Tages einen Abstecher zum Arzt machen. Die hatten wohl eine schicke Sprechstundenhilfe?"

Jetzt grinste Alexander und verschwand kommentarlos in seinem Zimmer.

Alexander hatte am Abend die Freisprechanlage für sein Handy angestellt, um sich besser mit seiner Mutter unterhalten zu können und dabei noch freie Hand zu haben.

„Ja, Mutti, ich habe mir das Wochenende mit einem Tag verlängert. Kann ein paar Überstunden abbummeln. Dann komme ich zu euch und wir unternehmen zusammen was."

„Ach, Junge, das ist ja wunderbar. Ich habe auch schon ein paar Ideen, was wir machen könnten. Zum Beispiel würde ich gar zu gern mal wieder in ein abendliches Konzert. Aber das ist hier mit den öffentlichen Verkehrsmitteln eben nicht zu bewerkstelligen. Alles nur für Autofahrer konzipiert. Dein Vater hätte den Wagen vielleicht doch nicht an dich abgeben sollen. Aber was sag ich da ... Ich schau gleich mal ins aktuelle Kulturprogramm. Und dann kann dein Vater ja Karten bestellen."

Alexander verdrehte die Augen. Das ging ihm schon wieder ein wenig zu heftig zu. Sicherlich wollte er zu seinen Eltern fahren und ein wenig Zeit mit ihnen verbringen. Aber gleich wieder volles Programm? Im selben Augenblick befiel ihn jedoch Nachsicht.

„Klar, Mutti, so machen wir das. Ich fahre Donnerstag noch nach dem Dienst los. Dann kann ich spätabends bei euch sein, wenn alles klappt. Bleibt ihr denn noch so lange munter."

„Na, du kannst Fragen stellen, mein Sohn. Selbstverständlich. Wenn ich dich auf der Autobahn weiß, dann bekomme ich sowieso kein Auge zu und bin erst beruhigt, wenn du angekommen bist."

Alexander grinste in sich hinein. Es war schon erheiternd, dass man Zeit seines Lebens für die Eltern das Kind blieb, das nie erwachsen wurde. Fehlte nur noch die Frage, ob er auch warm genug angezogen war …

„Und denk dran, dass hier immer eine steife Brise weht, und bring dir eine dicke Jacke mit."

Jetzt konnte sich Alexander ein Lachen nicht mehr verkneifen.

„Logisch, Mutti. Liegt schon alles parat. Ich freue mich auf euch."

„Und wir uns erst auf dich. So selten, wie man dich sieht."

Als Alexander das Telefongespräch beendet hatte, blickte er nachdenklich durch das Haus. Dann lief er ins Arbeitszimmer und holte die Geschenke für seine Mutter und die Mitbringsel für den Vater aus einem Schrank. Gut, dass er schon neulich daran gedacht hatte. Da musste er sich jetzt nichts mehr einfallen lassen. Unterwegs vielleicht in Wolgast noch bei einem Blumenladen anhalten und einen schönen Strauß mitnehmen? Er schlug sich vor die Stirn. Blödsinn, um diese Tageszeit war das wohl eher unmöglich. Dann sollte sich seine Mutter lieber direkt in Karlshagen einen Strauß oder besser noch eine Pflanze bei dem wohlsortierten Eckladen Gärtnerei & Floristik in der Strandstraße aussuchen.

Alexander packte die Sachen zusammen und schaute zwischendurch aus dem Fenster im Badezimmer. Da stand Kater Albert auf dem Fensterbrett und hauchte an die Scheibe. Bei jedem vorwurfsvollen Laut hinterließ er eine kleine Atemspur. Das wäre mal wieder was für Heike, ging es Alex durch den Sinn, als der Vierbeiner jetzt noch mit seiner Pfote einen breiten Strich hinterließ. Zum Glück hatte sich ihrer beider Verhältnis wieder normalisiert. Sie begegnete ihm so unverkrampft freundlich wie eh und je.

Als er bei der Nachbarin Hertha Jendritzky klingelte, um sie für die Obhut des Hauses und vor allem des Katers zu gewinnen, öffnete sich die Tür schon beim Ansatz des ersten Klingelzeichens.

„Oh, hatten Sie mich etwa erwartet?“, fragte Alexander freundlich.

„Ach, nein, überhaupt nicht. Ich bin nur gerade durch die Deele gelaufen und da sah ich Sie rein zufällig durch die Gardine vor der Tür stehen. Wo brennt's denn?“

„Keine Panik. Kein Brand, nur eine ganz herzliche Bitte. Ob Sie wohl wieder auf meinen Albert aufpassen, ihm ein wenig Futter hinstellen und auch nach der Post und dem Mindener Tageblatt schauen, damit der Briefkasten nicht überquillt?“

„Sehr gern. Wo soll's denn hingehen?“

„Diesmal zu meinen Eltern an die Ostsee, auf die Insel Usedom.“

„Ach, Usedom. Da gibt es doch die bezaubernden Kaiserbäder. Da war ich mal vor Jahren mit einem Seniorenbusausflug. Ganz wunderbar. Ich denke noch heute gern daran zurück. An Ahlbeck und Heringsdorf und Bansin. Jetzt rieche ich doch förmlich die würzige Seeluft. Und der frisch geräucherte Fisch. Ich schmecke das jetzt regelrecht. Da könnte ich alles für hergeben …“

„Soll ich Ihnen denn vielleicht etwas Räucherfisch mitbringen?“, erkundigte sich Alexander.

„Das würden Sie tun?"

„Natürlich. Sehr gern. Was soll's denn sein?"

„Am allerliebsten esse ich ja Sprotten. Und dann noch ein bisschen Heilbutt und Schillerlocken und eine nette Flunder. Mir läuft jetzt schon das Wasser im Mund zusammen."

„Also, einen kleinen Augenblick werden Sie sich noch gedulden müssen. Ich bin dann Sonntagabend wieder zurück."

„Sie können auch noch sehr spät bei mir klingeln. Solange Licht an ist, bin ich noch munter. Dann kann ich mir ein kleines Nachtmahl gönnen."

Alexander dachte nur kurz daran, wie schwer Fisch dann wohl im Magen liegen mochte. Aber das sollte nicht sein Problem sein. Er drückte der Nachbarin den Hausschlüssel in die Hand und verabschiedete sich.

Am nächsten Morgen nahm er den Weg über die Lübbecker Straße. Ein paar Häuser weiter sah er zwei bildschöne Pfauen mit langem, farbenfroh schillerndem Gefieder vor einem Gehöft daherstolzieren und neugierig in eine Garage blicken. Jetzt langt es aber, ich sollte mehr schlafen, grübelte er verwirrt bei sich. Halluzinationen schon am helllichten Tage!

Alexander fuhr auf dem Weg zur Arbeit bei seiner Lieblingstankstelle in Rothenuffeln vorbei. Bei der Anzeige der Preise allerdings schüttelte er den Kopf. Wolfhard hatte ihm neulich beim gemeinsamen Mittagessen in der Kotelett-Schmiede am Mitteldamm das Lied vom Sänger Markus vorgesungen, von wegen „Ich will Spaß".

Das war zwar nicht so ganz seine Generation, aber bei den Oldies hatte er das schon mehrfach gehört und fand es ganz witzig.

„Stell dir vor, damals waren dem Sänger drei Mark zehn für den Liter Benzin egal, Hauptsache Spaß!", hatte Wolfhard gesagt. „Da schrieben wir das Jahr 1982 und haben uns köstlich über diesen Song der Neuen Deutschen Welle amüsiert. Von wegen, Benzin so teuer. Das wäre nicht auszudenken gewesen. Und dreißig Jahre später haben wir uns eben mal so mit den Preisen hochgeschaukelt."

„Obwohl ja in der Zwischenzeit der Euro kam und die Zahlen eigentlich halbiert wurden beziehungsweise nichts teurer werden sollte. Ach ja, Politiker und ihre Versprechen. Aber das Wort liegt ja wohl nicht umsonst ganz nahe am Begriff Versprecher", hatte Alexander noch ergänzend im Ohr.

1,72 Euro der Liter Super bleifrei, stellte Alexander fest und seufzte vor sich hin. Aber ihm blieb nichts weiter übrig. Mit einem halbvollen Tank wäre er nie bis Usedom durchgekommen. Und dann legte sich ihm doch ein Lächeln aufs Gesicht. Der Vater würde sicher wieder großzügig ein paar Scheine herüberschieben. „Ist ja schließlich mein altes Auto, da muss ich auch für das Futter sorgen", war sein klassischer Spruch dazu.

Der Tag im Dienst verlief zügig. Einige Kolleginnen schauten ihn intensiver als sonst an. Das war sicher dem einheitlichen Blond zuzuschreiben. Aber keine fragte nach. Dazu waren alle viel zu höflich. Ein paar Telefonate noch mit dem Staatsanwalt Marc Oberländer in Bielefeld und dem Gerichtsmediziner Eberhard Engelbrecht in Münster und auch mit der Pathologie im Mindener Klinikum. Die Todesursache im Fall von Sven Kruse stand fest. Es war eindeutig nicht die Kopfverletzung. Doch immer noch stellte sich die Frage, wie der Mann zu dieser gelangt war.

Aber nicht mehr heute, dachte Alexander bei sich, schloss die Akte, die er sich gerade aus dem Stapel gezogen hatte, und legte sie wieder obenauf. Er blickte auf seine Armbanduhr. Heute wollte er wirklich einmal pünktlich Feierabend machen, damit er noch zu einer halbwegs christlichen Zeit bei den Eltern ankam. Kurz nach 16 Uhr startete er den Peugeot und setzte sich in Bewegung.

Da der Wagen nicht über eine Freisprechanlage verfügte, hatte er sich vorsichtshalber den Ohrstecker aktiviert. Und er war erst kurz vor Hannover, noch nicht beim Abzweig Richtung Hamburg, den er nehmen wollte, als sich am anderen Ende sein Freund Andreas meldete.

„Hallo, Alex, stör ich? Bist du noch im Dienst?"

„Nein, Andreas, überhaupt nicht. Leg los. Ich sitze gemütlich hinter dem Lenkrad und fahre zu meinen Eltern nach Usedom. Gönne mir ein verlängertes Wochenende."

„Oh, du kannst es gut haben. Dann freie Fahrt und genieße die Zeit. Ostseewellen, Brandungsrauschen, Möwengekreisch, Sonnencreme, Sandburgen bauen mit den Kindern, frische Fischbrötchen …"

„Darf ich dich mal bremsen. Warum rufst du eigentlich an?"

„Ach ja, Denise hat jetzt zum Geburtstag mehrere Orchideen von Nachbarn und Freunden geschenkt bekommen. Und da du doch der Fachmann bist, hat sie mich beauftragt, mal nachzuhaken, wie denn das mit der notwendigen Pflege ist. Soll eigentlich ganz einfach sein. Also gib mir mal ein paar kurze Stichpunkte, damit ich die notieren und weiterreichen kann. Ich habe schon einen Stift und einen Notizblock vor mir liegen."

„Super Idee mit den Orchideen. Sehr schönes Geschenk. Ach du meine Güte. Jetzt habe ich doch glatt den Geburtstag deiner Frau vergessen. Tut mir so leid!" Alexander kniff den Mund zusammen.

„Macht nichts. Ich kann mir doch den von deiner Olga auch nicht wirklich merken. Außerdem sind Frauen für die Terminpflege im Verwandten- und Bekanntenkreis zuständig und da du von der deinigen so weit weg bist, sei es dir verziehen."

„Dann richte Denise aber bitte nachträglich die allerbesten Glückwünsche aus. Ich werde ihr einfach mal noch einen Gruß von Fleurop zukommen lassen."

„Aber vielleicht nicht noch mehr Orchideen. Davon steht jetzt schon die eine Fensterbank voll …"

Alex lachte. „Von diesen wunderbaren Pflanzen kann man eigentlich gar nicht genug haben. Aber ich werde es mir merken. Und nun zu den gewünschten Stichpunkten."

Alexander verließ die A 2 und fuhr jetzt auf die Autobahn Richtung Hamburg. Die Sonne schien tief über das Land.

„Bist du bereit zur Informationsaufnahme?", fragte Alexander.

„Na logo, sitze schon und bin gespannt wie ein Flitzbogen!"

„Also, zunächst mögen Orchideen einen dauerhaften Standort. Entscheidet euch, wo sie platziert werden sollen. Wenn man sie laufend umstellt, werfen sie ihre Knospen wieder ab."

„Wir haben sie schon auf die Fensterbank am Südfenster gestellt."

„Um Gottes willen, doch nicht in die pralle Sonne. Die verbrennt ihre porzellanartigen Blüten und bleicht die Blätter aus. Ein Fensterplatz im Halbschatten ist ideal, am besten nach Osten. Und die Raumtemperatur sollte nicht unter 15 Grad rutschen."

„Darf ich dich mal bremsen?", erkundigte sich Andreas.

„Warum?", fragte Alexander und schaute auf sein Navi. Noch gut vier Stunden Fahrtzeit bis Karlshagen. Da konnte er ruhig ein weiteres Weilchen mit seinem Freund plaudern und sich die Zeit vertreiben.

„Hast du nicht was von pflegeleicht und einfach in der Handhabung gesagt?"

„Deinen Einwand verstehe ich jetzt nicht. Das sind sie doch. Einmal pro Woche ein Schnapsgläschen voll Regenwasser, die Blätter ab und an mit Wasser besprühen. Nicht so oft, aber dafür regelmäßig düngen. So alle vierzehn Tage mit speziellem Orchideendünger."

„Halt", warf Andreas ein, „ich komme nicht mit. Spezieller Orchideendünger ..."

„Luftwurzeln, die zu üppig aus dem Topf treiben, können entfernt werden. Aber ein Drittel vom Wurzelwerk muss immer bleiben. Grüne Stängel ohne Blüten kannst du stehen lassen, sind sie braun und vertrocknet, dann oberhalb des vierten Fruchtknotens abschneiden."

„Ach nee, das ist ja doch eine Wissenschaft für sich."

„Bin gleich am Ende", betonte Alexander. „Alle zwei Jahre sollte man umtopfen, in neues Spezialsubstrat. Und wenn ihr euch neue Pflanzen zulegt, dann achtet unbedingt auf die Qualität. Braune Spitzen gehen gar nicht. Die Blätter sollten schön fest und das Grün ziemlich dunkel sein. Momentan gibt es ja so tolle Sorten in Dunkelviolett-Weiß oder Gelb oder Violett pur." Alexander geriet ins Schwärmen.

„Können wir jetzt mal das Thema wechseln?", erkundigte sich Andreas.

„Wieso?"

„Habe alles notiert und leite es an Denise weiter. Blumen sind nicht so wirklich mein Ding. Wie läuft's denn im Dienst? Was macht die Wasserleiche?"

„Ach, na ja. Geht so. Langsam entwirren sich die Fäden und wir haben schon einige der Spurenakten schließen können, die keine weitere Aussicht auf Erfolg boten. Es konzentriert sich ziemlich aufs Milieu."

„War auch nicht anders zu erwarten, nachdem, was du bislang berichtet hast. Im Grunde ziemlich eindeutige Sachlage. Wobei man da auch immer vorsichtig sein sollte."

„Inzwischen gab's schon wieder einen nächsten Fall. Von wegen Ruhe in der ländlichen Idylle. Das habe ich mir auch anders vorgestellt, als ich mich von Berlin versetzen ließ."

„Und, was ist passiert?"

„Stell dir vor, direkt in meinem Dorf gab es gerade eine Messerstecherei. Vermutlich aus Eifersucht hat ein Mann den Inhaber eines Restaurants mit einem Küchenmesser niedergestochen. Die Familie hat uns dann alarmiert. Logischerweise ermittelt momentan die Staatsanwaltschaft Bielefeld wegen Mordversuchs. Ich bin eher weniger damit befasst. Habe ja noch mit dem anderen Fall zu tun. Das Opfer hat übrigens überlebt und der Täter stellte sich. Ließ sich widerstandslos festnehmen und kam dann zu uns in Polizeigewahrsam. Unsere Spurensicherung war vor Ort. Vom ermittelnden Staatsanwalt erfolgte der Haftbefehl wegen versuchten Mordes in Tateinheit mit gefährlicher Körperverletzung. Und weil das Opfer zuvor in den Keller gelockt worden war, kommt noch Heimtücke als Mordmerkmal dazu. Der Richter hat den Mann inzwischen in Untersuchungshaft geschickt. In unserer gemeinsamen Presseerklärung mit der Staatsanwaltschaft haben wir Eheprobleme als mögliches Motiv für die Messerattacke angegeben."

„Tja, die Leute werden immer aggressiver! Stichwort: Eifersucht. Das ist ja immer wieder ein klasse Motiv. Habt ihr bei eurem Toten im Mittellandkanal auch in der Richtung ermittelt?"

„Schon, aber im Grunde kam das nicht weiter infrage. Die Familienverhältnisse sind in Ordnung. Bis jetzt haben wir da überhaupt keine Anhaltspunkte gefunden."

„Tja, Alex, ich glaube, ich muss dann auch mal wieder. Denise ist gerade eingetroffen. Wir wollen heute noch zu unseren Nachbarn rüber. Benita und Ingo haben uns eingeladen. Du kennst die beiden ja von deinem Besuch neulich."

„Ja, sehr nettes Pärchen. Dann wünsche ich euch einen schönen Abend. Grüß Denise herzlich und denk an meine nachträglichen Glückwünsche."

„Wird gemacht, Alex. Tschüss dann."

„Tschüss, bis demnächst."

Die Abenddämmerung legte sich über die Landschaft und Alexander betätigte die Nummer von Olga in Berlin.

„Ja, hallo."

„Ich bin's, Alex. Wollte den Kindern nur noch eine Geschichte erzählen."

„Und, was machst du so gerade?"

„Ich bin immer noch auf der Autobahn, Richtung Usedom. Hab mich ja gleich nach der Arbeit auf den Weg gemacht."

„Ach ja, Ostsee. Das wär auch mal wieder was für die Kinder. Sollten wir demnächst gemeinsam ins Auge fassen. Wenn es etwas wärmer ist. Vielleicht in den Schulferien der Großen, ehe die Kleine eingeschult wird."

„Wie aber die Zeit auch dahinrast. Ich kann es gar nicht glauben, dass Tina schon in die Schule kommen soll."

Olga war jetzt leiser zu vernehmen und sprach offensichtlich in den Raum und zwischendurch nicht in den Hörer.

„Ja, Lena, ich habe den Papa am Apparat. Und ja, er will euch gleich die Gutenachtgeschichte erzählen. Warte mal Alex, ich muss die Kinder erst noch zum Zähneputzen schicken ... So, ihr Krabben, wenn das erledigt ist, dann ab ins Bett und noch eine Geschichte für euch. Ich verabschiede mich schon mal, Alex. Muss noch für morgen fürs Büro was vorbereiten."

„Geht klar. Schlaf schön."

„Du auch. Und grüße deine Eltern."

„Mach ich." Der Telefonhörer wurde nun übergeben.

„Hallo, Papa, endlich. Mama hat gesagt, du fährst an die Ostsee, zu See-Oma und See-Opa. Ohne uns!!!" Alexander sah förmlich seine Große vor sich, wie sie eine Schnute zog.

„Aber, Schneckchen, du musst doch in die Schule. Und Oma und Opa brauchen mal kurz meine Hilfe im Haushalt. Deshalb fahre ich bei ihnen vorbei."

„Aber mir könntest du auch helfen, Papa. Zum Beispiel beim Malen oder Rechnen oder Schreiben. Mama ist immer so ungeduldig mit mir. Du machst das viel besser."

„Wir sind ja bald wieder zusammen", lenkte Alexander ein.

„Das sagst du nur so und dann fährst du immer wieder weg und musst arbeiten und erzählst die Gutenachtgeschichten am Telefon."

„Siehst du, mein Schnuckelchen, das war jetzt das Stichwort. Stell mal das Telefon auf ‚laut' und dann erzähle ich dir und deiner Schwester die übliche Geschichte. Welche wollt ihr denn hören?"

„Die von der Stadt- und der Feldmaus", krähte es aus dem Hintergrund. Lena hatte das Telefon zum Mithören eingestellt und Tina meldete sich sofort zu Wort.

„Liegt ihr denn beide schon ordentlich im Bettchen?", erkundigte sich der Vater.

„Aber klar, Papa. Wie immer. Und Tina schläft sowieso wieder mitten im Text ein."

„Ist gar nicht wahr."

„Doch."

„Alte Petze."

„Selber."

„Also, wenn ihr euch jetzt streiten wollt, dann muss ich aber keine Geschichte erzählen."

„Natürlich, Papa, die muss unbedingt sein", lenkte Lena ein. „Tina liegt auch schon ganz artig neben mir und wir sind jetzt beide mucksmäuschenstill."

„Nun gut", hob Alexander an und erzählte seine Geschichte, in die er den Hasen einflocht, den er dieser Tage im Garten gesehen hatte. Der sprang in die Höhe, als hätte er ein Trampolin unter sich. Und der putzte sich, als wäre er der Kater Albert höchstderoselbst. Irgendwann herrschte Ruhe am anderen Ende der Leitung und Alexander beendete das Gespräch. Er fuhr schon lange durch den Osten Deutschlands.

Noch in Wolgast betankte er den Wagen voll, damit er die nächsten Tage mit seinen Eltern nicht deshalb Station machen musste. Auch hier 1,72 Euro – da hatte sich die deutsche Einheit wohl doch gelohnt, fuhr es Alexander durch den Kopf. Ein Preis für alle Bundesbürger. Er genoss die Landschaft und die schmalen Landstraßen, rechts und links mit mächtigen Bäumen eingesäumt. So ein Glück aber auch, dass noch nicht überall Kahlschlag gemacht worden war, um die Strecken zu erweitern. Manchmal nervte zwar ein langsameres Fahrzeug, meist ein Trecker, weil auch Überholmanöver in der kurvenreichen Wegeführung nicht immer möglich waren. Aber was störte ihn das. Alexander lehnte sich im Sitz seines Fahrzeugs zurück und pfiff vor sich hin. Er wollte die kommenden Stunden einfach mal genießen und sich in die Arme der Eltern fallen lassen …

In der Straße der Freundschaft winkte seine Mutter schon aus dem Obergeschoss und machte ihm Zeichen, als Alexander den Wagen vor der Haustür kurz parkte. Das sollte wohl heißen, der Vater würde herunterkommen und ihm etwas vom Gepäck abnehmen. Dass er den Parkplatz der Nachbarn direkt vor der Haustür nutzen durfte, hatte die Mutter vorhin schon am Telefon erklärt, als Alex von Wolgast aus sein nahes Kommen ankündigte.

„Junge, die Nachbarn sind wieder auf ihrem Grundstück. Da kannst du die nächsten Tage stehen. Ist das nicht prima?“

„Aber ja doch. Den Service nehme ich gern an.“

Alexander hatte noch bei sich gegrübelt, wie unkompliziert die Parkerei auf der Insel war, zumindest in den nicht so ganz zentralen Ecken. In den Kaiserbädern gab es da natürlich auch Schwierigkeiten und überall wurde kassiert. Aber er fühlte sich halbwegs sicher und hatte noch nie Ärger mit seinem Fahrzeug gehabt. Ganz anders als in Berlin. Da hatten sie doch seiner Frau in einer Nacht- und Nebelaktion auf einem

Parkplatz hinter einer Schranke die Scheibe der Fahrertür eingeschlagen, das Radio geklaut und dann die beiden Türen der Beifahrerseite sorgfältig abmontiert. Am nächsten Morgen stand kein Auto auf dem Parkplatz. Das hatten die lieben Kollegen abtransportieren lassen, nachdem ein aufmerksamer Passant Alarm geschlagen hatte. Erst nach einigem Herumtelefonieren hatte Alexander herausgefunden, wo sich der Wagen befand. Zunächst im Freien auf einem Sicherungsparkplatz und dann unter einem Dach. Aber da war es schon zu spät. Es war ja ausklingender Winter und das seitlich offene Auto nahm die Witterungsunbilden übel auf. Totalschaden. Und dann die Rennerei und der Ärger, auch mit der Versicherung. Schließlich kaufte ein polnischer Händler den Schrottwagen auf. Dabei munkelte man, es handle sich um Diebesbanden aus dem Nachbarland, die gezielt auf Autoteileklau gingen. Wohl erst die Türen mitgehen lassen und dann den Wagen billig erworben, hatte Alexander wütend von sich gegeben, um sich Luft zu machen. Aber die Kollegen vom Diebstahl waren auch total unterbesetzt und konnten immer nur die Spitze vom Eisberg abtragen. Und das musste alles ihm passieren beziehungsweise seiner Familie.

Aber jetzt war er in Karlshagen gelandet. Die Luft duftete würzig nach Sand und Meer. Eine absolute Ruhe hing über dem Land. Vater und Sohn lagen sich vor der Haustür in den Armen.

„Gut, Junge, dass du mal wieder da bist. Deine Mutter vermisst dich sehr. Und ich natürlich auch. Machst dich ganz schön rar."

Alexander wollte etwas erwidern, doch der Vater lenkte gleich ein.

„Ich weiß, was du sagen willst. Keine Zeit. Das ist wohl alles den heutigen Umständen geschuldet. Alle sind immer im Stress und in Hektik. Wo soll das nur hinführen? Man muss doch auch einmal füreinander da sein!"

„Ach, Vati. Das stimmt schon. Aber irgendwie kommt man auch aus dem Hamsterrad nicht raus."

„Was soll ich denn hochtragen?", erkundigte sich der Vater.

Alexander schüttelte den Kopf.

„Lass mal, das schaffe ich schon allein."

„Na, und wieso bin ich dann die vier Treppen runtergestiefelt?"

„Dann nimmst du halt die Tasche hier. Da sind ein paar Sachen für euch drin." Alexander hob das Gepäckstück aus dem Kofferraum und verschloss den Wagen.

Schließlich liefen beide Männer schweigsam die Treppen nach oben.

In der offenen Wohnungseingangstür stand schon die Mutter: „Ach, Alex, lass dich umarmen. Oder, komm lieber erst einmal rein."

Sie verschwand im Hintergrund in die Wohnung und Alexander folgte ihr, nachdem er die Schuhe im Treppenhaus ausgezogen und auf einen Abtreter gestellt hatte.

„Junge, ich habe noch etwas Suppe auf dem Herd. Du musst doch hungrig von der Reise sein."

Alexander unterdrückte ein Lachen. Genauso fand er die Situation jedes Mal vor. Immer war seine Mutter besorgt um ihn und darum, dass er auch ja genug zu essen bekam. Eigentlich war das nicht mehr seine Uhrzeit, um Suppe zu sich zu nehmen. Aber abschlagen konnte er das Angebot natürlich auch nicht. Da wäre seine Mutter beleidigt gewesen. Das wollte er nicht riskieren.

„Dann mach mir mal einen Schlag auf einen Teller drauf. Ich geh mir in der Zwischenzeit die Hände waschen."

Alexander verschwand im Badezimmer und die Mutter lief lächelnd in die Küche, um die Vorbereitungen zu treffen.

Am nächsten Morgen hatte der Vater in der Küche das Frühstück vorbereitet und alle drei genossen das Beisammensein.

„Was wollen wir denn heute mit dem angebrochenen Tag anfangen?", erkundigte sich Alexander. „Ihr habt doch bestimmt ein paar Ideen oder Wünsche. Sagt nur, was ihr wollt. Ich fahre überall mit euch hin."

„Ach, eigentlich ganz gern zur Fleischerei Wollin und zu unserem Lieblingsbäcker Junge. Da kommen wir mit den öffentlichen Verkehrsmitteln so schlecht hin."

„Keine Frage", antwortete Alexander. „Und auf dem Rückweg können wir uns ja mal ans Achterwasser setzen und die Ruhe genießen. Ach so, ich soll für meine Nachbarin Räucherfisch mitbringen. Das dürfen wir nicht vergessen."

„Dann lass uns noch zum Hafen fahren und dort einkaufen. Da bekommst du alles, was das Herz begehrt."

„Ja, ich weiß, Vati."

Als die drei am späten Nachmittag auf einer ruhigen Bank am Achterwasser saßen, schien die Sonne immer wieder zwischen den zarten Wolken hindurch. Ein paar Reiher inspizierten gründlich das Areal am Schilfrand und eine Entenfamilie zog am Ufer entlang.

„Ich wollte euch eigentlich schon immer mal was sagen", hob Alexander nach einer längeren Gesprächspause an, in der alle einfach nur das Dasein genossen hatten.

„Was ist denn, Junge, gibt es Probleme?", schaute ihn die Mutter erschrocken an. „Brauchst du unsere Hilfe? Wir sind immer für dich da. Red nur frei von der Leber weg."

„Nein, nicht, was du denkst. Alles in Ordnung. Aber ich wollte euch einfach mal für all eure Liebe und Zuneigung danken, die ihr mir mein ganzes Leben lang entgegengebracht habt. Die Zeit, die ihr investiert habt, das Verständnis, das ihr gezeigt habt, und die Güte, die ihr mir mit auf den Weg gegeben habt." Alexander stockte die Stimme. Solche pathetischen Reden waren eher nicht sein Ding. Gunter Rosenbaum legte den Arm um seinen Sohn und drückte ihn fest.

Hella Lieselotte fingerte ein Tempotaschentuch aus der Jacke und schnäuzte sich heftig.

„Jetzt bin ich ganz gerührt, mein Kind. Da muss ich geradeso daran denken, wie ich dich zur Welt gebracht habe. Von Donnerstag bis Sonntag lag ich in den Wehen. Selbst die Putzfrauen hatten schon Mitleid mit mir und meinen Schmerzen. Und erst zum Kaffeeklatsch am Sonntag hast du dich entschieden, die Welt zu betreten … Aber du bist die beste Anschaffung meines Lebens", sagte die Mutter und schloss an: „unseres Lebens", woraufhin sie ihrem Mann tief in die Augen blickte. Und der konnte nur nicken. Dann schauten alle wieder stumm auf die kurzen Wellen des Wassers. Die Entenfamilie war inzwischen im Schilfdickicht verschwunden.

„Lasst uns dann mal wieder auf den Weg machen. Ich glaube, die Einkäufe müssen in den Keller und den

Kühlschrank", brach der Vater das Schweigen und alle drei erhoben sich.

An dem Abend erzählte Alexander auch von seinem Besuch beim Kommunalarchiv, wobei er beschloss, nicht alles zu berichten, sondern lieber Stück um Stück vorzugehen. Seine Eltern wollten inzwischen etwas über ihre Vergangenheit erfahren, also sollte das so sein. Aber er wollte sie auch nicht über Gebühr strapazieren.

„Ihr könnt euch nicht vorstellen, was das für ein Gefühl war, diese hellblaue Akte mit den Judenkennkarten in den Händen zu halten. Ein prall gefüllter Ordner mit einzelnen Blättern, die beidseitig akribisch ausgefüllt waren. Auf der zweiten Seite prangte links oben ein größeres Porträtfoto der Menschen, die da erfasst worden waren. Und an dieser Ecke war die Mappe auch aufgebläht, so als wollte sie aufspringen, als wollten all die Menschen wieder heraus aus ihrem Schicksal."

„Junge, das klingt richtig poetisch. Und doch ist es alles so furchtbar." Hella wischte sich ein paar Schweißperlen von der Stirn. „Hast du da auch schon Spuren von unserer Familie gefunden?"

Alexander schüttelte den Kopf. „Nein. Leider. Aber es sind auch nicht alle Informationsblätter erhalten geblieben. Das war nur ein Bruchteil. Jedes einzelne braungrau vergilbte Blatt sprach Bände, obwohl da nur das Alter, der Wohnort, die körperlichen Kennzeichen vermerkt waren. Und dann noch der Sondername, wie Israel bei den Männern und Sara bei den Frauen."

„Ja", seufzte der Vater, „wenn der eigentliche Name nicht deutlich genug auf die jüdische Herkunft hinwies …"

„Und dann habe ich in den Unterlagen auch Ausschnitte aus Briefen gelesen. Da sprang einem so viel Tragik entgegen. Wie sie nicht glauben mochten, was mit ihnen allen geschah, wie sie weiter hofften, wie aber Stück um Stück der Alltag zusammenbrach. Und sei es auch nur in noch so kleinen Details. Da durften die Juden nicht mehr auf dem Bürgersteig gehen, Parkbänke in öffentlichen Anlagen nicht mehr benutzen, keine Haustiere halten und am 6. Dezember kamen die kleinen Nikoläuse nicht mehr bettelnd zu ihnen, wie es sonst der Brauch der Kinder in der Region war, um Süßigkeiten aus der Nachbarschaft zusammenzutragen."

„Ach, Alex, es bricht mir schier das Herz", die Mutter griff nach den Händen ihres Sohnes, um sie zu drücken. „Was magst du da noch so alles zutage bringen. Hast du auch etwas über unser Haus herausfinden können?"

„Ja, da gibt es tatsächlich auch Aufzeichnungen vom Finanzamt über die Übergabe von Wohnungen oder Häusern von Juden in die Hände von Ariern. Da wurde dann ebenfalls akribisch Buch geführt. Typisch deutsch. Der Wechsel musste ja auch ins Grundbuch eingetragen werden und es flossen Grunderwerbsteuern beim Verkauf ... Da stand auch unser Familienname!" Alexander schluckte und hielt inne.

„Junge, das ist ein furchtbares Kapitel in der deutschen Geschichte. Eines, das uns allen besser erspart geblieben wäre", setzte der Vater ein.

„Umso wichtiger finde ich dieses Aufmerksam-Machen mit den Stolpersteinen. Da wird man beim Schlendern durch die Stadt in seinem Lauf ausgebremst und muss einmal darüber nachdenken. Also kein Schaufensterbummel, sondern ein Blick in die

Vergangenheit. Zu der muss man schließlich auch stehen."

Hella Lieselotte Rosenbaum blickte auf die Uhr im Wohnzimmer.

„Junge, es ist aber schon spät geworden. Lass uns jetzt einfach noch ein wenig das Thema wechseln und morgen darüber reden. Sonst verfolgen uns noch Albträume. Wie geht es den Mädchen und deiner Frau? Alle gesund und munter?"

„Ja, Mutti, die Kleinen wachsen und gedeihen. Steht ja bald die Einschulung von Tina vor der Tür. Da machen wir eine große Familienfeier."

„Na, hoffentlich wird die harmonischer als das Weihnachtsfest", murmelte die Mutter in sich hinein.

„Was hast du gesagt, Mutti, das habe ich jetzt nicht richtig mitbekommen", hakte Alex nach, obwohl er schon verstanden hatte.

„Äh, ich meine, hoffentlich haben wir dann auch allesamt ein richtig schönes Fest. Besonders für eure Jüngste ist das ja ein tolles Ereignis. Darauf sollten wir uns konzentrieren."

„Wie recht du hast, Mutti. Es geht einzig und allein um Tina. Und für die lassen wir eine Riesenparty steigen."

„Nun übernehmt euch mal nicht, Junge. So dicke habt ihr es auch wieder nicht. Wir unterstützen euch gern finanziell, was die Feier angeht. Nenn einfach eine Zahl", schlug der Vater vor.

Alexander erhob sich und legte seinen Arm um ihn. „Ach, Vati, das ist doch nicht nötig."

„Ich weiß", schaute ihn Gunter Rosenbaum an und lächelte breit. „So, und jetzt gehen wir nacheinander ins Bad. Willst du zuerst, Alex. Du hattest einen anstrengenden Tag mit uns."

Alexander nickte und ging ins Badezimmer, um sich für die Nacht zurecht zu machen. Die Eltern sahen sich an und lächelten.

„Gut, dass der Junge mal wieder hier ist. Da kann er ausspannen und morgen haben wir gemeinsam einen richtig schönen Tag. Ich freue mich so“, sagte Hella Rosenbaum.

„Ich mich aber auch“, ergänzte der Vater. Beide erhoben sich, um das Wohnzimmer zu verlassen. Die Mutter strich noch das bereits bezogene Bettzeug gerade.

„Gute Nacht allerseits“, erklang es wenig später durch die Wohnung und die Lichter verloschen. Hella Rosenbaum hatte noch das Radio mit einem Hörspiel an, weil sie so am besten in den Schlaf fand. Der Vater stand später ein weiteres Mal auf, lief in die Küche und kochte sich eine Tasse Kaffee. Auch ein Ritual, mit dem er wieder zur nötigen Ruhe kam.

Alexander streckte sich auf dem Sofa, zog die Bettdecke bis unters Kinn und gähnte heftig. Er war todmüde und beim Umdrehen auch schon entschlummert.

Er sah sich im Traum durch Minden spazieren. Vor jedem Haus ein eingelassener Stolperstein. Dann lief er plötzlich über das knarrende Holzparkett im Kommunalarchiv, blickte durch die kleinen Fenstergevierte auf den Schwanenteich und setzte sich schließlich auf einen Stuhl, auf dem in geschwungener Schrift Unterlübbe stand. Auf dem lederbespannten Arbeitstisch türmten sich die Aktenberge, die er durchsehen wollte. Das war nie und nimmer zu schaffen. Ein Angestellter schleppte nach und nach weitere Unterlagen heran, um sie aufzustapeln. Es schien Alexander wie die Geschichte vom süßen Brei, der auch überquoll und immer mehr wurde. „Kann ich Ihnen noch weiter zu Diensten sein?", hing eine Frage wie ein Echo in dem hohen Raum und erklang wieder und wieder. Alexander zog sich ein Buch heran mit der Aufschrift „Schicksale 1933 bis 1945, Verfolgung jüdischer Bürger in Minden, Petershagen, Lübbecke". Die Buchstaben darin tanzten. Ein Zehntel der jüdischen Gemeindemitglieder hat die Katastrophe überlebt, sprang ihn ein Satz an. Boykottaktionen ab dem April 1933, aber schon vorher eingeschlagene Schaufensterscheiben. Der Traumfaden riss ab und knüpfte sich neu. Er stand inmitten einer grölenden Schar von Passanten, die mitgebrachte Steine in die Fenster eines Stoffladens warfen. Aufhalten wollte er die anderen, aber es ging nicht. Er konnte nichts sagen, nichts tun. Stand wie angewurzelt mitten auf der Bäckerstraße. Ein Schutzmann hatte sich weggedreht und ignorierte das Geschehen. Plötzlich fand er sich wieder in einem Wirbel von Blättern. Rassengesetzgebung, Nürnberger Gesetze von 1935 und bis Kriegsbeginn mehr als 250 antijüdische Maßnahmen. Er konnte jedes Wort in der alten deutschen Schrift lesen, auch die handgeschriebenen Texte in Sütterlinschrift. Als hätte er diese einst in der Schule so erlernt. Reichskristallnacht vom 9. November 1938. Alexander wollte aus seinem Traum fliehen, aber es gelang ihm noch nicht. „Verordnung zur Ausschaltung der Juden aus dem deutschen Wirtschaftsleben" flatterte ein Dokument vom 12. November 1938 an ihm vorüber.

Und dann saß er plötzlich wieder an dem überfüllten Schreibtisch, und Bild um Bild aus jener Zeit drängte sich ihm auf. 13. Dezember 1941, erster Transport von Juden aus dem Regierungsbezirk Minden von Bielefeld nach Riga. „Und sehen wir uns nicht in dieser Welt, dann sehen wir uns in Bielefeld", klang ein Lied dahin. Zwei Zeilen von Udo Lindenberg oder doch schon aus jener Zeit, als man vermeinte, sich zumindest noch einmal in den Sammelunterkünften von Bielefeld zu begegnen …

Schweißgebadet wachte Alexander Rosenbaum auf und sprang vom Sofa. Er lief zum Balkon, ging nach draußen und atmete tief durch. Nein, warum hatte er nur zum Abend hin damit angefangen. Hoffentlich träumten seine Eltern nicht auch solche fürchterlichen Dinge. Leise schlich er durch die Wohnung in die Küche und holte sich ein Glas mit Mineralwasser. Dann saß er wieder auf der Couch und dachte nach. Er musste weiterforschen. Irgendwie war er sich das schuldig, auch wenn es an die Substanz ging. Aber vielleicht sollte er sich zwischendurch auch ein wenig mehr Zeit und Ruhe gönnen. Wobei er ja ohnehin nicht so oft in das Kommunalarchiv gehen konnte. Spuren gab es bestimmt auch an anderen Orten. Er musste sie nur finden. So wie in jedem Kriminalfall. Das war sein Metier. Da kannte er sich aus.

Alexander Rosenbaum stellte das leere Glas auf einen kleinen runden Tisch mit metallener Tischplatte und darin eingeschlagenen jüdischen Symbolen. Das war ihm noch nie bewusst geworden. Er legte sich erneut hin und versank nun in einen traumlosen Schlaf, aus dem er am nächsten Morgen wie gerädert erwachte.

Alexander saß an seinem Schreibtisch, vor sich die Akte zum Fall des Toten im Mittellandkanal. Gerade blickte er wieder auf die Fotos der Wasserleiche. Und sofort lag ihm dieser Desinfektionsgeschmack auf der Zunge. Das war fast wie ein Reflex. Er hatte schon alles Mögliche versucht, um ihn loszuwerden. War mit einem Eukalyptus-Bonbon im Mund in der Pathologie aufgetaucht, um eine andere Basis zu bekommen. Aber das war dann dermaßen ekelig, dass er die Süßigkeit nur diskret in einem Taschentuch verschwinden ließ. Nein, die Aufnahme von Lebensmitteln in diesem Umfeld verbot sich für ihn. Die Kollegen handhabten das durchaus sehr verschieden. Auch mit einem Pott Kaffee hatte er indes den einen oder anderen im Sezierraum stehen sehen. Aber so gern er den trank, so wenig mochte er ihn in solchen Augenblicken. Da war sie wieder, seine Sensibilität. Bestimmt von einem Ahnen vererbt bekommen.

Alexander rieb sich mit den Fingern beider Hände die Schläfen. Jetzt nervte auch wieder diese Migräne, die er seit einiger Zeit hatte. Doch als er neulich mal bei einem kurzen Arztbesuch darauf zu sprechen kam, fragte ihn der Mediziner, wie er dem begegnen würde. Na, mit Aspirin, womit sonst, hatte er erwidert. Also eine gewisse Medikamentenabhängigkeit und davon wahrscheinlich auch der Schmerz, hatte der Mann im weißen Kittel nur vor sich hin gemurmelt und etwas in den Computer eingegeben. Und seit wann es denn die Beschwerden geben würde? Ziemlich genau seit jener Zeit, als Alexander Olga und Gregor im heimischen Schlafzimmer erwischt hatte. Aber das konnte er ja niemandem als Ausgangspunkt und mögliche Ursache benennen.

Jetzt dachte er an seinen allerersten Besuch in der Pathologie des Mindener Klinikums und wie ihn da diese kleinen flachen Fahrzeuge erstaunt hatten, die völlig selbstständig an Linien mit blauen Punkten auf dem Fußboden entlang durch die Gegend fuhren. Einer davon schwer beladen mit allerlei Kästen. Der hielt dann vor einem Fahrstuhl, der sich von allein öffnete, der Transporter fuhr hinein und hinter ihm verschloss sich wieder die Tür. Merkwürdig, war es da Alexander durch den Kopf gefahren. Aber Wolfhard hatte ihn gleich aufgeklärt, als er die Skepsis im Blick von Alexander bemerkte.

„Toll, nicht wahr, was wir hier an Technik haben. Vom Allerfeinsten. Das Haus ist generell mit allerlei Raffinessen ausgestattet. Gibt es bestimmt nicht mal überall in der Hauptstadt!"

Alexander grübelte kurz und dachte an die wenigen Krankenhausbesuche seines bisherigen Lebens. Nein, so munter dahinfahrende Geräte ohne erkennbare menschliche Verursacher waren ihm noch nicht untergekommen.

„Dann klär mich doch mal auf, was das für futuristische Dinger sind."

Jetzt strahlte Wolfhard und lobte die Technik des Krankenhauses: „Also, die fahren das Essen auf die einzelnen Stationen. Vollautomatisch ist die ganze Geschichte. Einfach genial und perfekt."

„Na ja", gab Alexander von sich. „Klingt schon klasse. Wobei ich so eine nette, rundliche Stationshilfe, die einem auch noch Nachschlag gibt, auch nicht so verkehrt fand.“ Eben war ihm die Blinddarmoperation aus seinen frühen Kindertagen eingefallen und die freundliche menschliche Betreuung auf der Station.

„Also, so ein rückwärtiges Denken hätte ich dir jetzt aber nicht zugetraut“, konterte Wolfhard.

„Kannst du mal sehen, wie man sich in Menschen täuschen kann“, grinste Alex. „Aber Spaß beiseite. Wir wollten ja zur Pathologie und nicht die Auslieferung des Mittagessens begutachten.“

Die Erinnerung versank wieder, nachdem noch einmal der Aussegnungsraum mit seinen stimmungsvollberuhigenden Bildern an den Wänden und den Vorhängen aufgetaucht war, die die Türen in das Hinterland verbargen – mit dem Leichenkühlraum und dem Sektionsbereich. Schließlich kamen auch die Angehörigen derjenigen, die im Krankenhaus verstorben waren, hierher, um Abschied zu nehmen. Oder um sich schon an dieser Stelle um die Hinterlassenschaften des Toten zu streiten. Es gab da Geschichten, die die Kollegen aus der Pathologie erzählten, an die wollte er lieber gar nicht denken.

Grundsätzlich wurde versucht, die Identität eines Toten ohne die Angehörigen in der Pathologie zu klären. Hatte derjenige noch Ausweisdokumente in der Tasche, dann war das einfach. Bilder halfen oder Fingerabdrücke und schließlich ein DNA-Abgleich. In Ausnahmefällen konnte eine Identifikation in der Pathologie aber mal sein. So wie bei Irene Kruse.

Alexander konzentrierte sich auf die Fotos. Irgendetwas mussten sie übersehen haben. Einen Ansatzpunkt zur Lösung eines Falls gab es immer. Meist waren es nur unscheinbare Details, die dann die Lawine ins Rollen brachten. Vielleicht sollten sie doch noch einmal die Frau des Toten befragen. Wobei aktuell eher alles gegen diese Richtung sprach. Wenn sie etwas vom umtriebigen Leben ihres Mannes gewusst hatte, dann konnte es allerdings durchaus denkbar sein, dass Eifersucht eine Rolle spielte. Das klassische Motiv. Aber es passte einfach nicht. Wie hätte sie ihn allein so zugerichtet und drapiert in seinem Porsche im Mittellandkanal versenken lassen können. Dafür hätten schon einmal ihre körperlichen Kräfte nicht ausgereicht. Irene Kruse machte zwar einen ordentlich durchtrainierten Eindruck, aber so gut konnte der auch nicht sein, dass sie derartige Kraftakte vollbrachte.

Alexander fasste in die unterste Schublade und holte sich ein Sahnetoffee hervor. Lenas Lieblingssorte, die sie allerdings nur ganz selten bekam, weil so viel Zucker nun überhaupt nicht gut für die Zähne war. Die Tüte hier hatte er auch eigentlich für seine Große besorgt, konnte sich aber dann nicht zurückhalten. Das Bonbonpapier schnipste er in den Papierkorb und griff nun zum Telefon. Er drückte auf die eingespeicherte Nummer von Janine Hacker.

„Ja, Alex, was gibt's?"

„Gut, dass ich dich gleich erwische, Janine. Ob du bitte noch einmal für einen Termin mit Irene Kruse sorgen könntest. Lege das aber eher so als unverbindliches Gespräch an, damit sie keinen Verdacht schöpft und unruhig wird. Ich bin mir auch nicht wirklich sicher, ob ich mit meiner Vermutung überhaupt richtig liege."

„Also, wenn du mich fragst, dann sagt mir mein Gefühl, mit der Dame stimmt irgendwas nicht. Sie macht mir einen zu aalglatten Eindruck."

„Da sollte ich wohl mal wieder auf dein sprichwörtliches Gefühl hören. Wahrscheinlich hast du recht."

„Ich kümmere mich, Alex. Bis später."
„Bis später."
Alexander legte das Telefon wieder auf die Station und dachte nach.

Tags darauf stand Alexander vor der Tür des Anwesens der Familie Kruse. Was man sich doch so alles von einem Beamtensalär leisten konnte, fuhr es ihm durch den Kopf und machte gleich wieder den Tatsachen Platz, dass das alles ja gar nicht von dem monatlichen Einkommen aus der Behörde finanziert worden war. Aber schön war es doch, musste Alexander sich neidvoll eingestehen, als ihm jetzt Irene Kruse in einem dezenten, schwarzgemusterten Kleid die Haustür öffnete. Keine ausbeulten Sachen für daheim, sondern ein Auftritt, der inklusive Frisur perfekt war. Vom Scheitel bis zur Sohle. Nicht einmal Hausschuhe trug die Frau, sondern elegante schwarze Pumps. Na ja, über die würde Alexander schon streiten wollen. Das Geklapper ging ihm auf die Nerven. Seine Frau Olga lief ja auch gelegentlich mit den Hochhackigen durch die Wohnung.

In der Zwischenzeit hatte Irene Kruse den Kommissar hereingebeten. Der Anruf gestern hatte sie etwas aufgewühlt. Immerhin war das Ereignis nun schon ein paar Wochen her. Was konnte es jetzt noch an Fragen geben? Die Leiche war doch zur Bestattung freigegeben worden und sie hatte eine richtig große Trauerfeier inszeniert. Mehr als 200 Gäste waren erschienen, auch von der Mindener Stadtverwaltung und natürlich aus Bielefeld. Sie hatte einen größeren Saal mieten müssen, um für alle im Anschluss einen angemessenen Imbiss anzubieten. Aber das war sie Sven schuldig. Das erwarteten alle von ihr.

Schwarz stand ihr unheimlich gut, hatten ihr die Freundinnen bestätigt, und beim Blick in den Spiegel gefiel sie sich auch in diesem Outfit. Das wollte sie wohl so für ein Jahr etwa beibehalten.

Am Grab des Mannes, als alle Verwandten und Freunde an ihr vorbeizogen, ihr Beileid bekundeten und ein paar Rosenblätter oder etwas Erde auf den Sarg warfen, da schüttelte sie ein heftiges Schluchzen. Ihre Mutter nahm sie in den Arm und gab ihr Halt dabei.

„Setzen Sie sich doch, Herr Kriminalhauptkommissar", bot Irene Alexander einen Platz an.

„Danke, gern."

„Wie wäre es mit einem Espresso, einem Caffè Latte, einem Cappuccino …?"

Alexander stoppte die Frau bei der Aufzählung ihrer verschiedenen Angebote. Ihm stand der Sinn eher nach Antworten auf seine bohrenden Fragen.

„Ein ganz normaler Kaffee wäre mir lieb", antwortete er.

„Gern. Dann verlasse ich Sie einen Augenblick. Ich bin gleich wieder zurück."

Alexander blickte der Frau hinterher und musterte den Raum. Es gab keine Hinweise auf die aktuelle Anwesenheit eines zweiten Menschen. Im Flur hatte er nur ein weiteres Paar ihrer Schuhe bemerkt, an der Garderobe hing ein Blazer – eindeutig für Frauen. Als Irene zurückkam, stellte sie ein Tablett auf den Tisch und rückte eine gefüllte Kaffeetasse zu Alexander hin. Dann schluchzte sie auf.

„Verzeihen Sie, Herr Rosenbaum, aber ich kann das alles nicht verwinden. Wie konnte das nur geschehen? Ich bin einfach nach wie vor sprachlos und hilflos.

Alles ist in diesem Haus plötzlich so leer. Wie in mir. Auch dort diese Leere."

„Es braucht sicherlich viel Zeit, um mit der Trauer um einen geliebten Menschen klarzukommen", entrang es sich Alexander. Er bedauerte jetzt, den Weg hierher gemacht zu haben. Das hätte er sich sparen können. Diese Frau trauerte sichtbar um ihren Mann und hätte von ihrer ganzen Statur und ihrem Wesen so eine Aktion auch nie durchziehen können.

Alexander stellte noch einmal ein paar der Standardfragen aus den vorherigen Vernehmungen, routiniert, immer im Hinterkopf die Reaktionen der Ehefrau von damals. Alles stimmte überein, bis auf wenige Kleinigkeiten, aber auch das war normal. Niemand erinnerte sich akribisch an Dinge von vor vielen Tagen. Selbst ihm geschah es, dass er sich nicht mehr bewusst machen konnte, wann er die Mädchen zuletzt gesehen hatte. Irgendwie zerrann ihm auch seine Familie unter den Fingern, wenngleich er sich um einen engen Kontakt bemühte, allabendlich seine Gutenachtgeschichten erzählte. Aber da konnte er Tina und Lena nicht umarmen, ihnen keinen Gutenachtkuss geben. Wenn sie tagsüber beim übermütigen Spiel gestürzt waren, nicht auf das aufgeschundene Knie pusten. Er riss sich aus seinen abschweifenden Gedanken.

„Wie weit sind Sie denn mit Ihren Ermittlungen?", wollte Irene jetzt wissen.

„Tut mir leid. Darüber darf ich Ihnen keine weiteren Auskünfte geben. Aber glauben Sie mir, Frau Kruse, wir finden den Täter. Bis jetzt habe ich noch jeden aufgespürt."

Ein leichtes Zucken ging durch die Mimik von Irene Kruse und sie antwortete verhalten aufatmend: „Das beruhigt mich ungemein."

Die Eisheiligen hielten in diesem Jahr, was sie generell versprachen. Noch Mitte Mai hatte Alexander zwischendurch den Ofen im Wohnzimmer eingeheizt. Er war eigentlich keine Frostbeule, das stand eher seiner Frau und den Töchtern zu, die sich selbst bei hohen Temperaturen noch in wärmende Decken wickelten. Aber bei 14 Grad Celsius wollte er sich auch keine Nachrichten vom Sofa aus anschauen. Also ein paar Holzstücke und die Öko-Zündwolle auf den Rost und angezündet. Auf die Holzwolle mit Wachs war er im Baumarkt gestoßen. Mit dem Stichwort Öko beruhigte er sein Gewissen, ebenso wie mit den Holzbriketts. Nachwachsender Rohstoff, fiel ihm der Wortbrocken dazu ein. Dazu war er erst unlängst bei den Heizholztagen im Entsorgungszentrum Pohlsche Heide gewesen, wo ihn besonders die Holzbildhauer mit ihren Kettensägen beeindruckt hatten. Wenn er mal ganz viel Freizeit übrig hatte, dann wollte er auch einen Lehrgang zum Umgang mit Kettensägen besuchen und anschließend eine grobe Eule aus einem Baumstamm zaubern. Damit würde er bestimmt seine beiden Töchter beeindrucken können.

Während Alexander auf dem Sofa lümmelte, das Feuer im Ofen wild loderte und das Thermometer langsam eine ansteigende Temperatur anzeigte, blätterte er durch den Weserspucker. Immer donnerstags steckte der zusätzlich in seinem Briefkasten. „Rehkitz bei Mäharbeiten am Ufer getötet", fiel ihm eine Überschrift ins Auge. Ach ja, da war doch was. Die Kollegen hatten von der Anzeige berichtet. Ein Jagdpächter war vorstellig geworden und hatte schwere Vorwürfe gegen den Wasserverband erhoben. Da ging es um Mäharbeiten an den Böschungen entlang eines Flusses sowie dessen Vorfluter. Dabei wäre das bis 1. Juli aufgrund der Brut und der Setzzeiten für das heimische Wild untersagt gewesen. Das scharfe Mähwerk hatte einem jungen Reh die Beine abgetrennt. Der Jagdpächter fand das tote Tier und nahm es mit heim. Und nun ermittelten die Kollegen wegen des Verdachts auf Verstöße gegen das Tierschutz- sowie das Bundesnaturschutzgesetz.

Also, einseitig ging es bei der Polizei nun wahrhaftig nicht zu, dachte Alexander bei sich und faltete die Zeitung wieder zusammen. Den Hinweis zum Tag der offenen Tür im Stadtmuseum an der Ritterstraße hatte er sich noch herausgerissen und beiseite gelegt. Wenn er es schaffte, dann wollte er vorbeischauen. Das sollten ganz urige, alte Gebäude gewesen sein, mit knarrenden Stiegen von einem Haus ins andere, die jetzt über einige Jahre hinweg eine gründliche Restaurierung erfahren hatten, wie Wolfhard mal beim Essen erzählte.

Beim Blick aus dem Fenster fielen ihm wieder die Pfauen auf der Dorfstraße ein. Zum Glück hatte sich des Rätsels Lösung ein paar Tage später gefunden, als er der Nachbarin den frischen Räucherfisch von der Küste übergab. Da erwähnte sie in einem Nebensatz etwas von einer Zucht dieser Tiere, die einfach so in der Gegend frei herumspazieren dürften, was nicht alle Anwohner begeisterte. So wie sie eben immer von einem Thema ins andere sprang.

„Ach, ich könnte Sie umarmen", bedankte sich Hertha Jendritzky dann für den Fisch.

Na, und ich erst, hatte Alexander bei sich gedacht. Dann waren die Halluzinationen also keine gewesen, sondern die edlen Vögel leibhaftig und echt.

Himmelfahrt ging der Kelch diesmal an ihm vorbei und er konnte zu Hause einmal gründlich klar Schiff machen. Hoffentlich nahmen ihm seine Orchideen die Kühle der Räume nicht übel. Unter 15 Grad war ihnen eigentlich zu wenig. Da bekamen sie schon kalte Füße, was gar nicht gut war. Aber dafür das gesamte Haus noch im Mai heizen? Das ging Alexander zu weit. Er hatte auch eine sparsame Ader. Der Ofen im Wohnzimmer war das einzige Zugeständnis, das er sich gelegentlich, auch nicht jeden Abend, leistete.

Die alkoholreichen und ausartenden Feiern zum Vatertag in Unterlübbe und diesmal auch in Südhemmern waren abgesagt worden. Die Vereine konnten die Last der Finanzierung nicht mehr tragen. So viel Security, das ging eben auch ins Geld. Alexander war es nur recht. Er würde vielleicht mit dem Rad eine kleine Tour unternehmen, wenn das Wetter mitspielte. Ansonsten kamen die Kollegen allerdings doch wieder verstärkt zum Einsatz. Man konnte ja nie wissen, wohin so etwas ausartete. In Bad Oeynhausen musste die Reiterstaffel im Sielpark eingreifen und da und dort gab es wieder einige Brückenspringer zu retten, denen der Alkohol zu Kopf gestiegen war, und die eben mal in den Mittellandkanal oder in die Werre sprangen, um sich abzukühlen. Dabei versagte gern mal dem einen oder anderen der Kreislauf. Und Heike hatte einen Sondereinsatz. Sie genoss in vollen Zügen die eskalierten Vatertagsumzüge im Keller der Dienststelle. Ihr lag es, die rauflustigen Angetrunkenen wieder zu besänftigen. Das wurde beim Dienstplan doch ganz gern ausgenutzt.

Tags zuvor hörte Alexander auf Radio Westfalica von der Sperrung der A 2. Da war es doch wohl ein Glück gewesen, dass er sich bei seiner Berufslaufbahn nicht für die Verkehrspolizei entschieden hatte. Verfolgungsjagden fand er höchstens im Fernsehen spannend. Und in diesem Fall handelte es sich um einen Mann, der in Köln das Auto gestohlen hatte und sich dann ein wildes Ausreißmanöver auf der Autobahn leistete, wobei er in der Höhe von Exter schließlich in den Leitplanken landete und aus dem zusammengeknautschten Auto schwer verletzt von der Feuerwehr herausgeschnitten werden musste. So viel Aufwand für diese Idiotie.

Alexander konnte sich des Eindrucks nicht erwehren, dass die Leute immer aggressiver wurden. Gerade waren die bundesweiten Statistikzahlen zur Kriminalität bekannt gegeben worden, und die besagten eine Steigerung, vor allem bei sexuellem Missbrauch von Kindern und im Drogenmilieu. Auf Schritt und Tritt wurde Alexander an seinen ersten Mindener Fall erinnert. Was mussten die kleinen Opfer wohl durchmachen, die solch eine Schandtat überlebten. Er wollte es sich nicht vorstellen, aber er zermarterte sich neuerlich das Gehirn.

Zum verlängerten Pfingstwochenende hatte sich Alexander wieder zu einer Tour nach Berlin eingerichtet.

„Ich komme dann übers Wochenende", hatte er Olga am Telefon ein paar Tage zuvor mitgeteilt.

„Gut, meine Eltern wollten auch vorbeischauen. Das stört ja sicher nicht."

Alexander verdrehte die Augen. Eigentlich passten ihm die Schwiegereltern überhaupt nicht an diesem Wochenende. Er wollte endlich einmal reinen Tisch machen und sich mit Olga aussprechen. Es war so ein ständiges Hin und Her mit den Gefühlen. Einerseits wollte er die Familie retten, andererseits schaute ihn immer wieder Gregor aus dem Gesicht von Tina an. Ob man so etwas jemals wegstecken konnte?

„Alex, bist du noch am Apparat?"

„Ja, entschuldige, ich musste mich mal kurz um Albert kümmern", log Alexander.

„Den Kater kannst du hoffentlich da lassen. Du hast doch von deiner netten Nachbarin erzählt. Wenn die sich kümmert, wäre das ideal. Meine Mutter reagiert in letzter Zeit auf alles Mögliche allergisch. Könnten auch Tierhaare dazugehören."

„Kein Problem", entgegnete Alexander. „Albert mag ja die Fahrerei ohnehin nicht so sonderlich. Da kann er sich hier im Freien tummeln, solange er lustig ist. Und seinen Hauptjob erledigen – Mäuse erlegen."

„Igitt. So was schleppt er bei dir an. Ist ja ekelig." Olga entrüstete sich.

„Na, das ist doch der Lauf der Natur. Ganz normal. Fressen und gefressen werden."

Natürlich hatten zu Pfingsten jede Menge Leute die super Idee, auf den Autobahnen durch die Gegend zu fahren, gern auch in ihren hochpreisigen Cabrios, um sich vom Wind die Frisur zerzausen zu lassen. Alexander verfluchte seinen Einfall, als er im Auto saß und sich bei Tempo sieben bis neun durch eine Baustelle quälte. Ein Glück nur, dass er den Kater nicht im Schlepptau hatte, der hätte ihm mit seiner Quäkerei die Nerven bloßgelegt. Zwischen Hannover und Braunschweig waren die sonst drei auf zwei Spuren eingeschränkt und führten zum Teil etwas unübersichtlich des Weges, was dazu führte, dass verwirrte Autofahrer eben mal auf die Bremse traten oder spontan die Seiten wechselten, ohne Rücksicht auf Verluste.

Alexander schob sich schon den dritten Drops in den Mund. Nein, das ist jetzt auch keine Idee, fuhr er sich innerlich an. Zu viel Süßes ist ungesund, das gilt auch für dich als Vater. Jetzt grinste er vor sich hin und suchte sich einen Radiosender, der etwas Ablenkung brachte. Schließlich blieb er wieder beim Deutschlandfunk hängen. Vorhin hatten sie auf seinen Stau hingewiesen und von sechs Kilometern Länge gesprochen. Bei den nächsten Nachrichten war er plötzlich weggefallen, aber da stand Alexander mittendrin. Auch kein Verlass auf den Rundfunk, dachte er bei sich. Statt der dreieinhalb bis vier Stunden Fahrtzeit brauchte er diesmal gute fünf Stunden. Es gab Schlimmeres, besänftigte sich Alexander selbst.

Als er vor dem Haus parkte, winkte Olga gerade aus dem Fenster. Und als er in die Wohnung trat, umschwirrten ihn zwei kleine Nachtschwärmer in Schlafanzügen mit Teddybären darauf.

„Oh, der Papa ist da. Das ist supi. Da kannst du uns ganz direkt die Gutenachtgeschichte erzählen“, bettelte Lena, und Tina nickte mit ernstem Gesicht.

„Ist es dafür nicht schon zu spät, meine Rangen“, lenkte der Vater ein.

„Für Geschichten ist es nie zu spät“, entgegnete Lena.

Alexander lachte.

„Na gut, aber nur eine klitzekleine. Die vom süßen Brei vielleicht?“

„Au fein. Süßer Brei ist prima. Und da wir den nicht essen, tut er unseren Zähnen auch nichts.“

„Da hast du mal völlig recht, meine Große“, lächelte Alexander und gab seiner Tochter einen Kuss auf die Wange. Dann schob er die beiden ins Kinderzimmer.

„Ich komm gleich. Muss mir nur mal die Hände waschen."

„Ach, Quatsch, Papa, du musst Pipi machen. Wo du doch so lange Auto gefahren bist. Hände waschen ist immer eine Lüge von den Erwachsenen."

„Na ja, nicht ganz. Erst das eine, dann das andere", grinste Alexander vor sich hin und verschwand im Bad.

Als die Kinder später nach der Geschichte eingeschlafen waren, ging Alex zu Olga, die es sich schon auf dem Sofa bequem gemacht hatte, gebannt auf den Fernseher starrte und gerade bei einem Verkaufssender hängengeblieben war.

„Das ist jetzt aber nicht dein Ernst", sagte er und zog die Stirn kraus.

„Wieso? Die haben auch sehr schöne, ökologisch vertretbare Dinge im Angebot. Und ich kann in Ruhe auswählen. Zum Shoppen komme ich ja mit den Mädchen eher nicht", entgegnete Olga vorwurfsvoll.

„Du bestellst tatsächlich dort?", entrüstete sich Alex und atmete tief durch. Das Gespräch entwickelte sich in eine Richtung, die ihm momentan gar nicht passte. Er hatte das Gefühl, heute könnte er endlich einmal mit seiner Frau über das ganz spezielle Thema reden, das er seit Monaten vor sich herschob.

„Lass uns eine Flasche Rotwein aufmachen und noch ein wenig reden."

„Na gut." Olga stellte den Fernseher ab und lief in die Küche.

„Was willst du? Den Bordeaux oder lieber den Pinot noir?"

„Ist mir im Grunde egal", entgegnete Alexander.

„Gut, dann entscheide ich mich für den Bordeaux. Der ist mir lieber", rief Olga aus dem Nachbarraum.

Alexander lief in der Zwischenzeit nervös auf und ab. Wieder und wieder hatte er sich in Gedanken die Auseinandersetzung ausgemalt. Wieder und wieder war er ein mögliches Gespräch Stück um Stück durchgegangen. Jetzt rieb er sich die linke Schläfe. Da war er erneut, dieser zermürbende Kopfschmerz. Jetzt vielleicht ein Aspirin, dachte er kurz und verwarf die Idee gleich wieder. Eventuell half auch ein Glas Wein.

Olga kam mit der geöffneten Rotweinflasche und zwei Gläsern ins Wohnzimmer. Dazu trug sie noch ein Schälchen mit gesalzenen Erdnüssen.

Oh, dachte Alex bei sich, wie aufmerksam, sie hat meine Lieblingsnascherei zum Wein nicht vergessen.

„So", sagte Olga, „der Herr hatte einen ‚Roten' bestellt. Hier ist er. Ich schenk dann schon mal ein, oder wollen Sie erst kosten?"

Jetzt musste Alexander grinsen. Manchmal hatte seine Frau so eine unschlagbar witzige Art an sich. Deshalb hatte er sich auch einst in sie verliebt.

„Ich muss mit dir reden", hob er nun an.

„Das sagtest du vorhin schon. Und wenn ich das recht sehe, so befinden wir uns mittendrin. Was ist denn so wichtig? Gibt es eine Veränderung im Job. Kommst du wieder nach Berlin? Das wäre schon wichtig für die Kinder."

„Und für dich?"

„Ja, na klar", entrüstete sich Olga. „Was denkst du denn. Ein Mann gehört zu seiner Frau und zu seiner Familie."

„Aha."

„Was heißt hier: aha?"

„Na ja, ich hatte da irgendwie einen anderen Eindruck." Alexander hielt inne. Er kam einfach nicht auf den Punkt. Aber er wollte auch nicht länger wie die Katze um den heißen Brei herumreden.

„Ich habe im vorigen Jahr einen Test machen lassen. Von Tina. Die Kleine ist nicht von mir." So, nun war es heraus.

Olga verschluckte sich am Rotwein und hustete heftig, bis die Tränen kamen.

„Soll ich dir auf den Rücken klopfen", fragte Alexander doch besorgt.

„Nein, lass mal, geht schon wieder", atmete die Frau schwer durch. „Wieso um alles in der Welt hast du denn einen Test machen lassen?"

Das war eigentlich nicht die Frage, die Alexander erwartet hatte.

„Vielleicht erinnerst du dich noch daran, dass ich dich mit Gregor im Bett erwischt habe. Mich hat das im Nachhinein einfach nicht losgelassen. Und da Tina nun nachweislich nicht von mir abstammt, habe ich eine ganz heftige Vermutung. Im Grunde kann man sogar schon eine gewisse Ähnlichkeit erkennen."

Olga hatte schweigend zugehört, um nun zu erwidern: „Solche Tests müssen gar nicht stimmen. Wie oft hört man, dass ein erster Krebsverdacht bei der zweiten Untersuchung nicht bestätigt wurde. Und dann ist dir doch Tina auch wie aus dem Gesicht geschnitten."

„Es geht hier aber nicht um eine Krankheit. Und außerdem habe ich noch einen zweiten Test machen lassen. Die Jüngste ist definitiv nicht von mir. Du wirst ja wohl wissen, mit wem du ansonsten noch geschlafen hast, wenn es vielleicht doch nicht Gregor war."

Alexander zitterten die Hände. In der Schläfe pochte der Schmerz von vorhin heftiger denn je.

„Denkst du denn, ich bin eine Nutte, die mit jedem rummacht?", fuhr ihn jetzt Olga beleidigt an.

„Das habe ich nicht gesagt. Es geht einfach nur um Tatsachen."

„Ja, wie immer, wie stets in deinem Beruf. Ewig anderen Leuten hinterherspionieren. Konntest du nicht einmal den Ermittler außen vor lassen? Musstest du auch unsere heile Familienwelt zerstören?"

„Ich glaube, ich habe die nicht zerstört. Das warst doch wohl eher du."

Olga hatte im Laufe der Auseinandersetzung doch noch die Flasche Pinot aus der Küche geholt und sich gleich eine Schachtel Zigaretten mitgebracht.

„Jetzt willst du auch noch rauchen? Hier in der Wohnung?", erstaunte sich Alexander.

„Meinst du, ich gehe jetzt mitten in der Nacht in die Kälte raus auf den Balkon", sog Olga nervös an ihrer Zigarette.

„Das ist aber nicht gut für die Kinder", lenkte Alexander ein.

„Muss dich ja nur zur Hälfte interessieren, wo du nicht der Vater von Tina bist."

„Jetzt reicht's aber", erhob sich Alexander wütend und verließ das Zimmer.

„Wenn du dich scheiden lassen willst. Kein Problem", rief ihm Olga hinterher. „Aber übers Wochenende wirst du dich schon noch zusammenreißen müssen, wenn meine Eltern kommen. Die freuen sich auf Berlin und die Enkel. Das können wir ihnen nicht verderben."

Alexander tat in dieser Nacht kein Auge zu.

Als die Schwiegereltern angereist waren, machte er gute Miene zum bösen Spiel und tat nur sehr angestrengt und abgearbeitet. Aber das war er schließlich auch.

Selbst Edwina schaute ihn sorgenvoll an: „Junge, du rackerst dich zu sehr ab. Denk auch einmal an dich und deine Familie. Du scheinst mir nur noch die Arbeit im Sinn zu haben."

Alexander ergriff die Gelegenheit. „Ja, wir haben da auch gerade einen ganz dringenden Fall, den wir unbedingt zu Ende bringen müssen. Ich habe mich nur kurz übers Wochenende freigeschaufelt und müsste mich dann auf den Weg machen."

Verständnisvoll nickte seine Schwiegermutter: „Dann fahr ruhig los, Alex. Wir bleiben noch ein paar Tage länger, dann können wir uns auch um die Mädchen kümmern. Mach dir keine Sorgen."

Mach dir keine Sorgen, klang es auf der Heimfahrt immer in seinem Kopf. Mach dir keine Sorgen.

Kater Albert hatte Alexander bei seiner Ankunft aus Berlin freudig angeschnurrt und war um seine Beine gestrichen, woraufhin wieder etliche der weißen Haare auffällig an den dunkelblauen Jeans klebten. Eine klare Aufforderung zum Füllen des Futternapfes. Was er auch zügig in der Küche erledigte.

„Na, mein Stromer, wie war's so allein ohne mich", fragte er den Vierbeiner, ging in die Hocke und strich ihm über das Fell. Der Kater spitzte die Ohren und schaute ihn fast besorgt an.

„Ach, wenn du mir nur helfen könntest!" Albert stellte sich aufrecht hin und hob den Schwanz in die Höhe.

„Das sieht ja aus wie Gewehr bei Fuß." Nun tätschelte Alex den Kater. „Wir Männer stehen das durch." Dann erhob er sich wieder, ging in sein Arbeitszimmer und setzte sich an den Computer.

Seine Gedanken verirrten sich zunächst wieder. Sie landeten beim jüngsten Tierarztbesuch Am Alten Markt. Es waren die üblichen Spritzen, die Albert einmal im Jahr bekam, gegen Tollwut, Katzenseuche, Katzenschnupfen, Katzenleukose und Feline Infektiöse Peritonitis. Was auch immer das letzte war. Er wollte schon immer mal im Internet geschaut haben, hatte aber bislang keine Zeit gefunden, den Eintrag im Impfpass von Albert zu überprüfen.

Erst beim dritten Anlauf gelang es ihm, den Vierbeiner in der möglichen Zeit einzufangen. Die ersten beiden Male tauchte er erst Punkt achtzehn Uhr auf dem Fensterbrett auf. Aber nur bis dahin dauerte die Sprechstunde beim Arzt.

„Na, Runkelrübe, hast du dir wieder deine Armbanduhr umgeschnallt und genau geschaut, wann du wieder risikolos ins Haus kannst?", hatte Alexander grinsend den Kater am zweiten Abend begrüßt und sich dann dazu entschieden, den Transportkorb wieder aus der Deele wegzustellen. Wahrscheinlich hatte der das Tier aufmerksam gemacht. Man wusste ja nie.

Schließlich klappte es. Während der gesamten, nur vielleicht zehn Minuten währenden Autofahrt zur Praxis wimmerte Albert wie ein Baby. Das erinnerte Alexander doch stark an die Mädchen, als sie noch klein waren und herzzereißend heulten, auch beim Autofahren, das ihnen anfangs nicht bekam.

„Sie können gleich durchgehen", begrüßte ihn die Sprechstundenhilfe. Das war der Oberhammer, dachte Alexander bei sich. In Berlin dauerte so ein Aufenthalt beim Arzt gern zwei Stunden, in denen man dicht an dicht mit Hamsterfreunden, Vogelbesitzern, Hundeliebhabern, Kaninchenfans saß. Alle vereint in ängstlicher Stille – die Tiere natürlich. Die jeweiligen Besitzer eher mal im lockeren Gespräch über die Lieblinge.

Auf dem Behandlungstisch war Albert mal wieder nicht aus dem Katzenkorb zu bekommen. Und dann hinterließen seine Pfoten angstschweißnasse Spuren auf dem schwarzen Gummiuntergrund. Dafür kletterte er nach der Spritze spornstreichs wieder in die Kiste hinein, ohne irgendeine Handreichung.

„Alles bestens", sagte die Ärztin. „Nur etwas Zahnstein hat er bei den hinteren Zähnen angesetzt. Da ist auch das Zahnfleisch entzündet. Sollte man gelegentlich entfernen, sonst verliert er vielleicht noch einen Zahn. Wir machen das mit Laser."

„Aha. Dann wäre das prima, wenn Sie es gleich erledigten."

„Im Prinzip gern, aber dazu muss er doch eine Narkose bekommen. Der Ton des Gerätes ist zu schmerzhaft für das Katzengehör. Wir müssten einen Termin vereinbaren. Aber erstmal warten wir noch so vierzehn Tage die Wirkung dieser Spritze ab."

„Gut. Ich melde mich dann", hatte Alexander noch gesagt.

Das fiel ihm jetzt gerade vor seinem Computerbildschirm ein und er blätterte neben der Tastatur in seinem Tischkalender, um den Tierarzt zu notieren, damit das nicht in Vergessenheit geriet.

In der Nacht hatten ihn neuerlich Albträume gequält. Schweißgebadet war er aus den kurzen Sequenzen immer wieder aufgewacht.

Diesmal befand er sich unter Wasser und konnte nicht an die Oberfläche gelangen. Er verspürte panische Angst und strampelte heftig mit den Beinen. Dabei verhedderte er sich im Bettbezug und riss zwei Knöpfe ab.

Am nächsten Morgen war Alexander wie gerädert im Dienst aufgetaucht. In der Besprechung zu Wochenbeginn hatten sie kurz die Lage erörtert. Dann war jeder wieder zu seinen Aufgaben zurückgekehrt. Als das Telefon klingelte und auf dem Display der Name von Janine erschien, dachte er sich nicht viel dabei. Sie hatten zwar eben zusammengesessen, aber vielleicht hatte sie eine ihrer intuitiven Eingebungen. Er nahm den Hörer ans Ohr.

„Ja, Janine, was gibt's?"

Am anderen Ende hörte er nur ein Schluchzen.

„Janine? Was ist denn los?"

Das Schluchzen verstärkte sich und schließlich kam doch eine Erklärung: „Alex, kannst du mal kommen. Es ist etwas ganz Schreckliches passiert."

„Aber ja. Bin gleich bei dir."

Er legte den Hörer auf die Station. Was mochte da Fürchterliches geschehen sein? Katastrophen waren sie schließlich in der Dienststelle gewöhnt. Wieso aber rührte so etwas seine Assistentin dermaßen an. Alexander kannte sie als sehr mitfühlend, aber doch auch bis zu einem gewissen Grad sachlich und mit nötigem Abstand zu den Dingen. Er lief mit weit ausholenden Schritten den Flur entlang.

Als er die Tür zum Zimmer von Janine Hacker öffnete, stand Kriminaloberrat Reinhold Riechmann schon im Raum.

„Da müssen Sie jetzt sehr gefasst sein", verabschiedete er sich von der Assistentin, drehte sich um und schaute Alexander in die Augen. Dabei zog er die Stirn hoch und zuckte etwas hilflos die Schultern.

„Sie machen das schon. Kümmern Sie sich mal um die Kleine", flüsterte Reinhold Riechmann.

Alexander stand nun mit Janine Hacker allein im Raum. Sie saß hinter ihrem Schreibtisch, mit verheultem Gesicht, die Augen rot und aufgequollen und gerade ließ sie ein Zellstofftaschentuch im Papierkorb verschwinden.

„Ach Alex, gut, dass du da bist", entrang es sich ihr.

Er trat zu ihr und legte ihr die Hand auf die Schulter.

„Jetzt erzähle mal der Reihe nach, was dich da so aus der Fassung gebracht hat."

„Meine Oma", das Schluchzen wurde wieder heftiger. Alexander zog einen Stuhl dicht heran und nahm eine Hand von Janine. Sie war eiskalt.

„Was ist denn mit deiner Oma?"

Janine rang mit sich und brachte es schließlich fertig, die ganze Geschichte zu erzählen.

„Sie hat sich heute früh richtig schick gemacht und dann ein Taxi bestellt. Damit ließ sie sich zu einer Kanalbrücke fahren. Dem Fahrer hat sie dann gesagt, er solle sie in anderthalb Stunden wieder abholen. Und in der Zwischenzeit ist sie mit ihrem Rollator die Böschung runter, hat ihn unten am Wasser geparkt, den Mantel ordentlich ausgezogen und ist in den Kanal gesprungen."

Jetzt kam doch wieder ein Tränenanfall, bis Janine fortfuhr.

„Der Taxifahrer war pünktlich vor Ort und fand dann nur die verwaiste Gehhilfe und ihre Sachen. Das hat ihn natürlich stutzig gemacht und er hat die Kollegen alarmiert. Sie haben sie schon ein paar Brücken weiter gefunden. Tot."

Alexander spürte jetzt selbst eine tiefe Beklemmung in sich. Er hatte zwar ständig mit dem Ableben von Menschen zu tun, aber es ließ ihn doch nie kalt. Und wenn es in so einem Fall auch noch eine nahestehende Kollegin war, dann ging ihm das umso mehr unter die Haut.

Janine wandte sich ihm jetzt direkt zu und lehnte ihren Kopf an seine Schulter. Alexander schloss die Arme um sie und ein wohliges Gefühl durchfuhr ihn, der Situation völlig unangemessen, wie er gleich darauf dachte, aber nichtsdestotrotz einfach schön. Er streichelte ihr sanft über den Rücken und sie beruhigte sich langsam.

„Warum hat sie das denn getan?"

„Sie hat einen Abschiedsbrief hinterlassen. Die Schmerzen, die sie zuletzt aushalten musste, waren einfach zu heftig. Die hat sie nicht mehr ertragen und mit den Tabletten dagegen wollte sie nicht leben. ‚Es ist an der Zeit, dass ich gehe', hat sie in ihren letzten Zeilen geschrieben. ‚Wenn Gott mich noch nicht holt, dann muss ich wohl von mir aus zu ihm. Er wird es schon akzeptieren.' Das waren ihre originalen Worte."

„Und wie alt war deine Großmutter?", erkundigte sich Alexander.

„Dreiundachtzig. Schon ein schönes Alter."

„Aber eben auch keines, in dem man mit Schmerzen leben will. Insofern kann ich deine Oma verstehen."

„Aber die Umstände sind so schrecklich. Sie hat das alles ganz für sich allein entschieden."

„Na, wen hätte sie denn da auch um Rat fragen sollen?", rutschte es Alexander heraus und er verfluchte sich im selben Augenblick für seine ungehobelten Worte. „Tut mir leid. Das war jetzt nicht so gemeint."

„Ach, du hast ja recht. Aber es ist alles so unendlich traurig."

„Wenn du reden willst? Ich bin immer für dich da", sagte Alexander.

„Ich weiß. Danke." Jetzt lächelte Janine zwischen den Tränen hindurch. Als Alexander sie vorhin gestreichelt hatte, da war für Augenblicke die Trauer um den tragischen Tod der Großmutter wie weggeblasen und ganz andere Emotionen schlugen hoch.

Alexander drängte Janine zu ein paar Tagen Urlaub, um die Angelegenheiten der Großmutter zu regeln.

„Vielleicht fährst du auch einfach mal weg, um auf andere Gedanken zu kommen. Berlin ist zum Beispiel eine Reise wert."

Janine stand verloren im Flur der Dienststelle, als ihr Alexander diesen Vorschlag machte.

„Warum eigentlich nicht. Ich wollte schon immer mal dorthin."

„Allein wäre aber auch keine so gute Idee", ergänzte Alexander und schaute besorgt auf seine Kollegin.

„Nein, da frage ich einfach mal meine Freundin Margot von der Stadtverwaltung. Wir wollten schon die ganze Zeit mal wieder was zusammen unternehmen."

Alexander atmete hörbar auf.

„Gut, dann mach mal deinen Urlaubsantrag fertig. Ich genehmige ihn sofort."

Kaum war Janine an ihrem Arbeitsplatz, rief sie die Freundin an:

„Margot, wie wäre es mit einem Mädelsausflug?"

„Super. Sofort. Ich lasse alles stehen und liegen und fahre mit dir, wohin du willst."

„Na ja, so hektisch nicht. Ich habe erst noch eine schwere Aufgabe", schluckte Janine.

„Was ist denn los mit dir? Du klingst so traurig", fragte Margot.

„Meine Oma hat sich das Leben genommen. Sie ist einfach in den Mittellandkanal gesprungen ..."

„Oh nein, das ist ja fürchterlich. Weißt du was, lass uns heute gleich nach der Arbeit treffen. Ich kann mich jetzt hier leider nicht so spontan freimachen. Dann erzählst du mir alles bei einem Kaffee."

Und die beiden Frauen verabredeten sich am Markt. Da konnten sie auch gleich beim Reisebüro vorbeischauen, was in der nächsten Zeit an Kurzreisen infrage kam.

Bis zum Feierabend erledigte Janine ihre Arbeiten mechanisch. Sie zwang sich zu der von ihr gewohnten Gründlichkeit, aber es ging ihr eigentlich nichts von der Hand. Immer wieder kreisten ihre Gedanken um die Großmutter. Sie hatte sich nicht einmal von ihr verabschieden können. Von jetzt auf gleich war sie nicht mehr, die Frau, die ihre Kindheit so liebevoll behütet hatte. Da war noch so vieles, was sie ihr gern gesagt hätte.

Margot winkte schon vor dem Bettengeschäft am Markt, als Janine auftauchte.

„Schön, dass du da bist, auch wenn der Anlass unserer Begegnung so ein trauriger ist. Mein herzliches Beileid."

Sie umarmten sich beide.

„Lass uns erst ein wenig durch die Gegend bummeln. Ich muss mir meine Tränen verkneifen. Vorher kann ich nicht in das Reisebüro. Da bekomme ich sonst keinen vernünftigen Ton heraus."

„Aber klar. Keine Frage. Dann warten wir noch einen Moment. Übrigens hatte ich gedacht, Berlin wäre doch prima. Da wollte ich schon immer mal wieder hin. Ist Ewigkeiten her, dass ich da Urlaub gemacht habe."

„Komisch", sagte Janine.

„Wieso komisch?"

„Na, mein Kollege Alex hat auch Berlin vorgeschlagen. Der kommt von da und schwärmt immer von seiner Heimatstadt."

„Und du jetzt von ihm? Ich höre da so einen unterschwelligen Ton heraus?"

„Ach vergiss es. Der ist verheiratet, hat zwei Kinder und neulich gab es erst eine Affäre in der Dienststelle."

„Keine gute Idee. Das sollte man tunlichst vermeiden. Da zerreißen sich die lieben Kollegen doch immer das Maul."

„Oh ja. Kannst du aber glauben. Doch er ist alt genug und muss wissen, was er tut."

„Glaubst du, die Männer wissen das immer?"

Jetzt musste Janine doch lachen und auch Margot strahlte, als sie sah, wie sie die Freundin wieder ein wenig auf andere Gedanken gebracht hatte.

„So, jetzt könnten wir eigentlich ins Reisebüro gehen", schlug Janine vor.

„Gut", hakte Margot sie unter und die beiden liefen die wenigen Schritte bis dorthin.

Bei der Mitarbeiterin im Reisebüro waren sie genau auf die richtige gestoßen. Erst unlängst war sie für vierzehn Tage in Berlin gewesen und brachte jede Menge ganz persönlicher Tipps mit. Auch einige Restaurants und Cafés gehörten da zu ihren Favoriten. Sie schwärmte von einem indischen Imbiss in Kreuzberg, in dem das gesamte Personal tatsächlich von dort kam. Die Speisen seien lecker, jede Menge köstlicher fleischloser Gerichte, und die Bedienung formvollendet, sogar mit Turban. Und dann wäre da noch so ein Schokoladencafé in der Bleibtreustraße, unweit vom Savignyplatz. Wenn sie sich beide mal entschleunigen und durchnaschen wollten, wären sie da am rechten Ort. Achtzehn verschiedene italienische Eissorten - und darunter so außergewöhnliche wie Schoko-Chili, Sesam-Krokant oder Joghurt-Feige.

„Sie haben da ja figürlich keinerlei Sorgen", schaute die etwas füllige Angestellte an sich herunter. „Aber ich kann mich bei solchen Angeboten immer nicht bremsen."

Jetzt lächelte Janine sie an. „Das klingt prima. In welchem Bezirk liegt denn das Café?"

„Charlottenburg. Da finden sie auch allerlei Sehenswürdigkeiten. Ich stelle Ihnen einfach mal eine Liste zusammen."

„Gut", Janine schaute zu Margot, die nickte. „Wir buchen dann das von Ihnen vorgeschlagene Special."

„Ich hab's", rief ein paar Tage später Heike durchs Telefon. „Alex, du musst unbedingt hierher kommen."

„Ja, wo bist du denn gerade?", erkundigte sich Alexander.

„Ich stehe hier mit den Bielefelder Kollegen im Stadtteil Leteln, unweit von den Baggerseen. Da ist eine Scheune halb abgefackelt und darin zwei Tote in einem Auto."

„Schön und gut", unterbrach Alexander, „aber wenn die Kollegen schon vor Ort sind, dann muss ich wohl nicht noch dazwischen stören. Das mögen die ja überhaupt nicht. Ich habe auch, ehrlich gesagt, genug auf dem Schreibtisch und weiß nicht, wo mir der Kopf steht."

„He, warum denn gleich so unfreundlich", monierte sich Heike und schwieg einen Moment.

„Hallo, Heike, bist du noch am Apparat?", fragte Alex. „Sorry, du hast bestimmt deine Gründe, wenn du mich extra deswegen anrufst. Nun rück schon raus mit der Neuigkeit."

Heike zierte sich nur kurz, zu wichtig war der Hinweis, auf den sie gestoßen war. „Die Kollegen hatten doch schon länger eine Autoschieberbande verfolgt. Einer von ihnen sogar undercover eingeschleust in die Truppe, weil das ja inzwischen schon enorme Dimensionen angenommen hatte. Na, jedenfalls spitzte sich die Situation gerade zu und da bekamen wir vorhin einen Anruf von unserem Mann. Wir sollten unbedingt nach Leteln fahren. Dort gäbe es eine Transaktion, die sich vielleicht für einen Zugriff eignen könnte."

„Ja, und", Alexander gähnte am anderen Ende.

„Also, wenn ich dich ermüde, dann musst du nicht weiter zuhören. Du bist ja so was von mies heute drauf …"

„Und du kommst nicht zum Kern der Sache. Ist doch sonst nicht deine Art."

„Eh, was soll der Schlagabtausch."

„Ach, Heike, entschuldige bitte. Ich habe ein paar private Probleme, die mir momentan über die Kräfte gehen."

Heike lenkte wieder nachsichtig ein: „Dann mach dich mal einfach auf den Weg und lass dich überraschen. Die Verhältnisse hier werden dir alles erklären."

Alexander schaute auf seine Armbanduhr. Verflixt, da wurde es also wieder nichts mit einem vernünftigen Feierabend. Ein Glück nur, dass die Geschäfte inzwischen alle so lange geöffnet hatten. Da mussten er und Kater Albert wenigstens nicht verhungern.

„Gut, bin schon auf dem Sprung. Sagst du mir noch die genaue Anschrift fürs Navi?"

„Dann notiere mal", und Heike gab den Straßennamen durch. „Uns kannst du ja gar nicht verfehlen, wir sind mal wieder nicht zu übersehen."

„Bis gleich."

„Tschüss."

Alexander stieg in seinen Peugeot, der diesmal erst beim dritten Versuch ansprang. So ein Mist aber auch, fluchte er innerlich, da muss ich wohl demnächst noch einen Termin in der Kfz-Werkstatt einplanen. Nicht weit von der Dienststelle, direkt an der Ringstraße, hatte er schon die eine oder andere Kleinigkeit erledigen lassen. Mal einen Ölwechsel, mal ein paar neue Kerzen. Nichts Bedeutendes. Sein alter Franzose war eben eine recht zuverlässige Kiste. Leider eigentlich, denn gar zu gern hätte er sich mal einen neuen Wagen zugelegt, wenn das das Budget der Familie zugelassen hätte. Ach ja, Wunschträume. Wobei er es auch seinem Vater nicht hätte antun können, sich von dem guten alten Stück zu trennen. Das Leben war voller komplizierter Entscheidungsfindungen.

Alexander gab Gas und war rasch an der angegebenen Adresse angelangt. Schon von Weitem sah er die rot-weißen Flatterbänder. Feuerwehr war vor Ort und die üblichen Kollegen. Dann entdeckte er auch Heikes Auto. Er stieg aus seinem Fahrzeug und lief zu den anderen. Er sprang sportlich über das Absperrband und sah schon Heike anerkennend nicken.

„Na, hergefunden?", begrüßte sie ihn.

„Ja, wie sollte ich auch nicht. Bin ja quasi schon ein echter Einheimischer nach so langer Zeit."

„Aber ohne Navi wird es wohl doch nicht gegangen sein."

„Nein, natürlich nicht", gab Alexander zu. „Und wo sind nun diese bedeutenden Hinweise, deretwegen du mich von meinem Schreibtisch losgerissen und von meinem halbwegs pünktlichen Feierabend zurückgehalten hast?"

„Dann komm mal einfach mit." Heike zog Alexander am Arm in die Scheune, fast schon ein kleines Fabrikgebäude, zum Teil gemauert und in mehrere Räume unterteilt. Es roch verbrannt.

„Nanu", sagte Alex, „haben die Kollegen löschen müssen, aber die hatten draußen gar keine Utensilien ausgepackt."

„Nein, das war nicht nötig", erklärte Heike. „Und nun schau einmal hier." Sie war vorausgegangen und Alexander immer ein Stück hinter ihr her.

In einem größeren Lagerbereich standen mehrere Fahrzeuge, zum Teil recht hochwertige, moderne Modelle. An einem machten sich Kommissar Berndt Ackmann aus Bielefeld und Gerichtsmediziner Eberhard Engelbrecht zu schaffen. Stimmt, fiel Alexander eben ein, vorhin hatte er das Münsteraner Kennzeichen gesehen. Die Männer begrüßten sich und nun entdeckte auch Alexander, was Heike gemeint hatte. In dem Wagen lagen zwei Tote, gefesselt mit einem Drahtgeflecht. Das sah verdammt nach der Kaninchendrahtfesselung im Fall von Sven Kruse aus. Eine sehr ähnliche Handschrift. Es wirkte wie eine Hinrichtung. Wahrscheinlich waren auch die beiden einem anderen in die Quere gekommen.

„Tja, jemand hat einen Brand gelegt, der alles vernichten sollte. Der hat allerdings die Toten nicht erfasst, denn durch die starke Hitze des Feuers ist das Wasserrohr da hinten geplatzt", Berndt Ackmann wies in die Ecke des Raumes und Alexander folgte mit den Blicken. Er zog die Stirn ein klein wenig kraus.

„Ja, ich weiß", entgegnete Berndt, „du siehst da gerade kein Wasser sprudeln. Aber die Kollegen von der Feuerwehr haben schon ihren Dienst getan und den Haupthahn abgedreht. Die beiden Herren im Auto stammen wahrscheinlich aus der Ukraine. Das haben wir von unserem Tippgeber."

„Siehst du, Alex", konnte nun Heike nicht mehr länger an sich halten, „das ist eine ähnliche Fesselung wie bei unserem Toten im Mittellandkanal, wie bei Sven Kruse. Problem ist natürlich, dass jetzt durch das anfängliche Feuer und dann das viele Wasser unsere Spurensuche ziemlich erschwert wird."

„Du machst das schon", klopfte Alexander Heike auf die Schulter, woraufhin sie ein Lächeln auflegte.

Bei der Berührung durchzuckte es sie warm, und der Gedanke an die eine Nacht mit ihm flammte wieder auf. Heike zwang sich zur Konzentration auf den Fall. Nein, die Sache mit Alex war ein einmaliger Ausrutscher seinerseits. Darüber musste sie sich im Klaren sein. Schade eigentlich.

Der neue Ansatzpunkt führte Kriminalhauptkommissar Alexander Rosenbaum und sein Team erneut in eine andere, erfolgversprechende Richtung. In den nächsten Tagen wirkte die Dienststelle mal wieder wie ein Ameisenhaufen. Aktenführer Eduard Schiller behielt akribisch die Übersicht über seine Unterlagen. Er saß meist still, in sich gekehrt, und sortierte alle Details passgenau ein. Die Kollegen telefonierten lange Listen ab und recherchierten am Computer. Die Suche nach dem Täter oder den Tätern erweiterte sich. Bielefeld war ein wichtiger Aufhänger.

„Hallo, Berndt", Alexander trommelte nervös auf der Schreibtischplatte.

„Ja, Kollege, womit kann ich helfen?"

„Seid ihr ein Stück vorangekommen? Mir sind hier in Minden die Hände gebunden. Ich kann nicht einfach mal eben so bei euch die Leute befragen."

Er sah förmlich das Grinsen am anderen Ende der Leitung. Wurde Zeit, dass man sich bei den Telefonaten im Dienst von Angesicht zu Angesicht gegenüber befand.

„Also, wir hätten da schon allerlei zu bieten. Kannst du aber auch in meinen Berichten nachlesen."

„Ja, natürlich kann ich lesen. Will ich aber nicht. Gib mir mal einfach die komprimierte Fassung deiner schriftlichen Ergüsse."

Verdammt, jetzt hatte er sich im Ton vergriffen. Und da zuckte ihm der Begriff „Berliner Kodderschnauze" durch den Sinn. Natürlich, da war sie wieder. Er konnte sie auch nicht wirklich verleugnen. Wobei er sich schon generell Mühe gab, nicht zu sehr im Nordrhein-Westfälischen aufzufallen und sich anzupassen. Aber manchmal gingen die Pferde mit ihm durch, wie eben. Das rutschte ihm einfach raus.

„War jetzt nicht böse gemeint, Berndt. Ich will nur endlich meinen Fall lösen."

„Aber darum geht es uns doch allen. Und ich verstehe dich schon mit deinem merkwürdigen Berliner Charme. Ihr seid eben nicht auf den Mund gefallen."

„So, nun weiter zum Fall. Erzähle."

„Wir haben die Identität der beiden Männer klären können. Eindeutig gehören die zu unserer Autoschieberbande, die wir schon seit geraumer Zeit im Visier haben. Die agieren nicht nur in Deutschland, sondern in ganz Europa. Stellt sich nur die Frage, wem sie auf die Füße getreten sind."

„Ich vermute mal, unser werter Herr Maximow hängt da irgendwie mit drin."

„Tatsächlich. Du hast recht. Ein paar der Leute kommen auch aus diesem Milieu. Und du wirst es nicht glauben, seine Holde, Anna Maximowa, hat sich erneut auf die Suche nach Kontakten im Amt von Sven Kruse begeben. Die Geschäfte laufen ja weiter. Selma Döring war uns gegenüber recht gesprächig."

„Selma Döring, Selma Döring …?"

„Eine von den Kolleginnen des Toten. Die hattet ihr vor einer Weile auch mit befragt."

„Ja, stimmt, jetzt fällt es mir natürlich ein. Sie arbeitet im Bereich Lastenausgleich, Vertriebene und Aussiedler. Außerdem passte sie vom Outfit her nicht im

Mindesten in die Sammlung von Sven Kruse. Sie war am Ende ziemlich hilfreich mit ihrer Aussage."

„Genau. Das war sie nun bei uns auch. Wir haben dann Anna Maximowa und ihren Gatten zu einem Termin in die Dienststelle geladen."

„Ich kann mir deren Gesichter richtig vorstellen. Und, wie war das."

„Sie haben sich gegenseitig für die infrage kommenden Zeiten Alibis gegeben. Die haben wir hinterher auch noch einmal geprüft. Aber bei den beiden ist ja klar, dass sich keiner von ihnen wirklich etwas zuschulden kommen lässt, was man gegebenenfalls nachweisen könnte. Immer die Contenance wahren. Nur nicht die Hände schmutzig machen. Dafür hat man andere Leute, die man beauftragt."

„Und wie sieht es mit dem unmittelbaren Umfeld aus. Es gibt doch immer Mitarbeiter, die sich irgendwie unterfordert oder gemobbt fühlen."

„Wir sind noch am Ball."

Nach ein wenig allgemeinem Geplänkel legte Alexander den Hörer auf. So richtig weiter hatte ihn das Gespräch nun auch nicht gebracht.

Abends saß Alexander in seinem Arbeitszimmer am Computer. Im Wohnzimmer lief im Hintergrund der Fernseher. Er hatte ihn nur angemacht, um kurz die Nachrichten zu schauen, und dann vergessen ihn auszustellen.

Eben hatte er den Mädchen die Gutenachtgeschichte erzählt. Diesmal von den Störchen, die er schon seit dem Besuch mit den Kindern zu Ostern im Repertoire hatte. Er wandelte sie gelegentlich ein wenig ab und erneuerte immer die Fakten, die er sich bei seinen Einkäufen oder in der Tageszeitung zusammentrug.

Schließlich liebte er auch selbst Geschichten mit einem ordentlichen authentischen Touch.

Erst bei den Besorgungen zum vorigen Wochenende hatte er wieder im Kassenbereich haltgemacht und auf den Bildschirm geschaut. Das Nest auf dem dreiundzwanzig Meter hohen Schornstein der Alten Kornbrennerei Meyer war wirklich bis in jedes Detail gut zu erkennen. Noch drei Jungstörche saßen im Nest und die Alten kümmerten sich rührend um sie. Das flauschige Grau der Kleinen war längst gewichen. Inzwischen sahen sie ihren Eltern schon sehr ähnlich in ihrem schönen schwarz-weißen Federkleid, das der Wind in der luftigen Höhe zerzauste.

Alexander hatte seinen Titelhelden der Gutenachtgeschichten Hillerich getauft. So, wie das Hiller Storchenmaskottchen. „Früher wurde unser Weißstorch Hillerich auch Hausstorch genannt, weil er häufig auf den Dächern der Häuser anzutreffen war und ja sowieso die Babys brachte", so hatte Alexander an diesem Abend die Geschichte eingeleitet vom Charaktervogel, der ein Stückchen Identität vom Kreis Minden-Lübbecke ausmachte, wie er inzwischen festgestellt hatte. Allein in Petershagen hatten in diesem Jahr sechzehn Paare gebrütet. Aber er wollte die Geschichte auch nicht mit Fakten überfrachten.

„Ach, Papa, du erzählst Märchen. Der Klapperstorch bringt doch keine Babys. Das ist Kinderkram", fiel ihm naseweis Lena am anderen Ende ins Wort.

Alexander unterdrückte ein Lachen.

„Woher weißt du das denn?"

„Aber Papa, das erfährt man doch in der Schule."

„Aha. Und wie funktioniert das dann?"

„Jetzt willst du mich auf den Arm nehmen, Papa. Die kleinen Kinder gibt es im Krankenhaus."

Nun fiel Alexander ein, wie er einst in dem Alter seiner Großen tatsächlich an den Klapperstorch geglaubt hatte. Damals wünschte er sich so sehr ein Geschwisterchen. Und eine alte Tante riet ihm, doch Zucker aufs Fensterbrett zu streuen. Das hatte er auch tagelang getan. Aber nichts geschah. Irgendwann ließ er von seinem Vorhaben ab. Als er dann eines Tages seine Tante befragte, warum alles keinen Erfolg gebracht hatte, erfuhr er, dass er keinen Streu-, sondern Würfelzucker hätte nehmen sollen. Aber da war ihm die Lust am Anlocken vom Klapperstorch schon vergangen.

„Schlaft schön, meine Lieblinge. Ich schiebe euch noch ganz viele Bussis durch die Leitung", verabschiedete sich der Vater von seinen Töchtern.

„Gute Nacht, Papa!", krähte Tina aus dem Hintergrund.

„Schlaf schön, mein lieber Papa", sagte Lena formvollendet.

Alexander rief gerade die Mails unter kommissar-rosenbaum@freenet.de ab und beantwortete ein paar Anfragen, als es an die Fensterscheibe wummerte. Er schrak zusammen. Es war noch nicht zwanzig Uhr, also noch sehr hell um diese Jahreszeit. Dann sah er einen Spatzen torkelnd-taumelnd wegfliegen. Er stand auf und blickte aus dem Fenster Richtung Wiehengebirge. In seinem Apfelbaum hatte sich die gesamte Familie Spatz versammelt. Soeben waren alle Jungen ausgeflogen und die Mutter steckte noch einem ihrer Lieblinge einen Bissen in den Schnabel. Alle zwitscherten heftig durcheinander, so wie sie es die ganze Zeit am mit Holz verkleideten Giebel des Hauses in ihrem Nest getan hatten. Nur wenige Augenblicke, dann war das ganze Spektakel vorüber, und es legte sich wieder eine Stille über das Land. Alexander rieb sich die Augen, fast glaubte er geträumt zu haben. Aber was für ein schöner Traum. Ganz still hingen jetzt die intensiv grünen Blätter des Obstbaumes, so als wären sie plötzlich erstarrt.

Alexander drehte sich vom Fenster weg, setzte sich wieder auf seinen Schreibtischstuhl, auf dem es sich inzwischen Albert bequem gemacht hatte und dieser nur ungern ein wenig weiter nach hinten an die Rückenlehne rückte.

Alexander ließ doch wieder seine Gedanken schweifen. Eben sah er sich bei der Verlegung von weiteren Stolpersteinen in der Mindener Altstadt. Er hatte sich kürzlich extra für den Termin die Zeit genommen und war gleich früh in die Pöttcherstraße gefahren. Dort stand schon eine größere Gruppe vornehmlich junger Leute. Eine Schulklasse, wie er dann herausfand, von der Freien Waldorfschule. Und der Künstler selbst verlegte Stein um Stein. Mit diesem Tag wurde es schon die sechste Verlegung in der Stadt und damit würde es dann mehr als achtzig solcher kleinen Mahnmale in Minden geben.

Rot-weiße Hütchen aus dem Straßenbau markierten die Stellen, die bereits vorab ausgehoben worden waren. Ganz behutsam machte sich der Künstler an seine Arbeit, tat Zement und Kies in die kleinen Gruben, bis so ein Stein ganz gerade lag. Dann fügte er noch etwas von dieser Mischung in die Seiten, klopfte zwischendurch mit einem Gummihammer darauf, fegte mit einem Handfeger alles glatt, goss mit einer Gießkanne ein wenig Wasser in die Ritzen und rieb zu guter Letzt mit einem Zellstofftaschentuch die Schriftzeichen sauber und blank.

Es schien Alexander, als betrachte er jeden kleinen gelegten Stolperstein mit ein wenig Genugtuung. Wobei Genugtuung wohl doch nicht das rechte Wort war. Vielleicht eine Spur Erleichterung, dass wieder ein Stein auf dem Weg der Erinnerung verlegt war?

Der Künstler hatte seinen roten Transporter immer ein Stückchen neben den jeweiligen Stellen geparkt und holte seine schwarzen Baueimer und das Handwerkszeug mit ausgewogenen Schritten herbei. Einer von den Zuschauern ging ihm gelegentlich zur Hand. Er verlor auch kein Wort dabei. Schweigsam tat er seine Arbeit, einen Hut auf den Kopf gesetzt und Knieschoner umgeschnallt, in der Hand immer wieder einen der grauen Steinquader mit der golden glänzenden Metallplatte obenauf. Dazwischen war Kinderlachen, Autolärm und Vogelgezwitscher zu hören, unterbrochen von jenem kurzen, prägnanten Hammergeklopfe. Eine rotgestromerte Katze strich über die Straße.

Die Schüler einer 9. Klasse verlasen bei jedem Stein eine kurze Biografie des Toten. Alexander hatte dabei der Atem gestockt. Jetzt, wo er dran dachte, wurde ihm wieder ganz mulmig zumute. Er war dann kurz mit dem Lehrer ins Gespräch gekommen, der ihm erklärt hatte, dass die gesamte Klasse gleich ganz angetan gewesen wäre von diesem Projekt. Und alle wären freiwillig dabei. Ein Junge trug beim ersten Stein die kurzen Eckdaten des Lebens eines 17-Jährigen vor. Es hätte ein Schulkamerad von ihm sein können.

Schließlich hatte sich Alexander noch beim Künstler in der Königstraße am Haus Nummer siebenunddreißig für diese beeindruckende Aktion bedankt, ohne mitzuteilen, dass auch er jüdischer Herkunft war. Er traute sich das einfach nicht, dabei wäre dieser

Mann wahrscheinlich der rechte Ansprechpartner gewesen. „Tja", sagte dieser zum Abschied, „wir sind eben nicht nur das Land der Dichter und Denker."

Abends erzählte Alexander seiner Mutter von der Aktion. Er musste es einfach loswerden.

„Stell dir vor, Mutti, da standen wir auch vor einem ehemaligen Judenhaus."

„Ja, Junge, ich weiß, dass es die gab. Wir alle verloren unsere bisherigen Wohnungen und mussten dann dort notgedrungen in größter Enge zusammenrücken. Was für ein Schlamassel aber auch! Und von dort ging es für die meisten nur noch in die Vernichtungslager." Dabei schluchzte die Mutter auf.

„Ich wollte dich jetzt nicht traurig stimmen", warf Alexander ein.

„Ach, Alex, das ist mir schon klar. Und man muss sich schließlich auch den Gespenstern seiner Vergangenheit stellen. Hast du denn etwas Konkretes zu unserer Familie finden können? Gibt es da vielleicht sogar schon einen Stein?"

„Nicht, dass ich wüsste. Und nein, so wirklich detailliert bin ich bisher nicht fündig geworden. Aber ich bleibe weiter am Ball. Das lasse ich mir nicht nehmen."

„Und wie geht es deiner Frau und den Kindern?", wechselte die Mutter das Thema. „Sie ruft ja nie bei uns an und die Kleinen kommen natürlich auch noch nicht auf so eine Idee. Das müsste dann schon Olga übernehmen. Aber als Großeltern haben wir einfach mal wieder Sehnsucht nach Tina und Lena. Das kannst du sicher verstehen."

Alexander überlegt einen Moment, ob er vom Thema Scheidung anfangen sollte. Aber dann schob er den Gedanken wieder beiseite. Nein, für heute hatte er die Mutter schon zu sehr belastet. Nicht noch eine nächste Katastrophe dazu.

„Vielleicht klappt es ja in den Sommerferien, wenn Lena nicht in die Schule muss. Dann könnten die beiden doch ein Weilchen zu euch kommen ..." Alexander kam nicht dazu, weiterzusprechen, denn schon fiel ihm Hella Lieselotte ins Wort.

„Das ist eine ganz wunderbare Idee. Dann backe ich wieder den Lieblingskuchen von den Kindern: ein gemischtes Blech mit Zucker- und Streuselkuchen. Und wir gehen zusammen an den Strand. Da nehmen wir uns dann einen Strandkorb, denn im Sand können dein alter Vater und ich nicht mehr wirklich sitzen. Wir kämen zwar runter, aber nicht mehr hoch", jetzt kicherte die Mutter.

Alexander freute sich über die nun etwas gelockertere Stimmung seiner Mutter. Dann konnte er auch langsam zum Ende kommen. Beim Blick auf die Armbanduhr sah er nämlich, dass schon wieder vierzig Minuten vergangen waren. Aber wenn er schon so selten auf die Insel Usedom kam, so wollte er wenigstens in Ruhe plaudern.

„Grüß mir Vati schön. Was macht er denn gerade?"

„Dein Vater! Sortiert justament die Sammlung seiner Eisenbahnbücher. Das kann Tage dauern."

„Ist doch aber ein schönes Hobby. Und er betreibt das schon so lange."

„Ja, ich bin ihm auch nicht böse. Aber er nimmt sich das einfach vor, ohne mich zu fragen, und ist dann tagelang nicht zu bremsen und nicht wirklich ansprechbar. Außerdem sieht es hier aus wie bei Hempels unterm Sofa."

„Was macht denn das Wetter bei euch?", lenkte Alexander zum Ende kommend ein.

„Strahlender Sonnenschein den ganzen Tag über, wie immer."

„Ihr könnt es gut haben."

„Ist ja auch eine Sonneninsel. Du hättest dich schließlich nur hierher versetzen lassen müssen."

„Aber Mutti!"

„Nein, das war nur ein Scherz. Aber schön wäre es schon, dich in unserer Nähe zu wissen. Dann mach's mal gut, Junge. Ich weiß, du hast bestimmt schon auf die Uhr geschaut."

„Sei umarmt und einen schönen Abend noch für euch zwei."

„Danke. Dir auch."

Alexander legte das Handy aus der Hand. Er hatte jetzt eine Idee für den nächsten Tag.

Gleich morgens rief er noch einmal bei Berndt Ackmann an, dem Bielfelder Kollegen.

„Na, schon wieder Sehnsucht nach mir?", fragte Berndt.

„Irgendwie tatsächlich. Ich hatte gestern Abend noch so eine Idee, was wir machen sollten."

„Dann rück mal raus mit deiner Eingebung."

„Wir sollten uns noch einmal im Etablissement von Familie Maximow umschauen."

„Ich wüsste jetzt nicht, was das bringen soll. Wir hatten ja gerade die bundesweite Großrazzia, wo wir Menschenhändlern auf die Spur kommen wollten. Da haben wir mehrere einschlägige Objekte untersucht. Aber wirkliche Anhaltspunkte für Menschenhandel oder Geldwäsche gab es nicht. Nur da und dort Lappalien, ganz kleine Verstöße, eher Ordnungswidrigkeiten. Außerdem ging es da eigentlich um so einen Voodoo-Zauber, mit dem junge Frauen aus Westafrika zur Prostitution in Deutschland gezwungen sein sollen. Wir ermitteln da noch weiter und vermuten ein bundesweites Netz von westafrikanischen Zuhältern, eingeschleusten Nutten, Passverleihern, Dokumentenfälschern, Geldwäschern und schließlich Schleusern. Europol ist schon eingeschaltet. Das Thema weitet sich ja aus. Die jungen Frauen beziehungsweise Mädchen sind auch total eingeschüchtert, da braucht es ewig, um sie erst mal zu identifizieren. Und erst wenn das geschehen ist, können wir überhaupt in die polizeilichen Ermittlungen einsteigen. Aber wem sage ich das?! Dein Herr Maximow ist da allerdings ein ganz anderes Kaliber. Bei ihm gehen eher die leichten Damen aus dem ehemaligen großen weiten Sowjetlande ein und aus."

„Deshalb ja meine Idee. Euch kennt er wahrscheinlich alle schon irgendwie; beziehungsweise, falls einer aus eurer Dienststelle auftaucht, läuten bereits rechtzeitig die Alarmglocken im ‚Tête-à-Tête'. Also werde ich da mal auftauchen. Mich kennt niemand in Bielefeld und ich nehme mir noch einen Kollegen mit."

„Wenn du meinst. Meinen Segen hast du. Aber viel verspreche ich mir nicht davon."

Am nächsten Morgen nahm sich Alexander seinen Kollegen Wolfhard in der Mittagspause vor. Er schlug im Gespräch erst einen größeren Bogen über die Gartenarbeit im Allgemeinen und Besonderen und kam dann auf den Kern der Sache.

„Also, Wolfhard, was ich dich fragen wollte. Ich will in Bielefeld ein paar Ermittlungen anstellen. Kann und will das aber nicht allein tun. Dafür brauche ich eine zuverlässige Begleitung. Ist aber eine delikate Angelegenheit."

„Delikat, klingt lecker. Da bin ich unbedingt dabei."

„Nein, nicht wie du denkst. Ewig nur gutes Essen im Kopf. Das ist deiner Leibesfülle auch nicht so sonderlich zuträglich. Solltest lieber mal bei den angesagten Sportveranstaltungen hier in der Dienststelle mitmachen."

„In meinem Alter, du scherzt, junger Kollege. Bei mir krachen ja schon die morschen Knochen."

„Na, egal. Worum ich dich bitten wollte, ist ein Besuch zusammen mit mir im Bordell."

„Ha, ha ...", Wolfhard bog sich vor Lachen und wurde puterrot. „Das ist ein echter Witz. Kannst du da nicht allein hingehen, wenn du bedürftig bist? Was ich ja durchaus verstehen kann, wo deine Frau in Berlin wohnt."

„Oh, Mann, du bist aber schwer von Kapee. Es geht um eine diskrete Befragung in dem Bordell von Herrn Maximow. Uns kennt da keiner in Bielefeld. Wir können ganz einfach mal so auftauchen und die Mädels aushorchen."

Wolfhard war jetzt still geworden.

„Und?", blickte ihn Alexander an.

„Also, wenn ich ehrlich bin, dann war ich noch nie in meinem Leben in einem Puff. Mir hat meine Rita immer ausgereicht. Das darf sie aber um Gottes willen nicht mitbekommen. Sonst hängt der Haussegen schief."

Jetzt war es an Alexander, in ein herzliches Lachen auszubrechen.

„In Ordnung. Absolutes Stillschweigen. Indianerehrenwort."

„Geht klar, Boss. Sag einfach, wann wir uns auf den Weg machen. Dafür sollte ich mich wohl ein bisschen aufstylen. Wobei das vielleicht auch wieder keine gute Idee ist. Sonst wird Rita nur misstrauisch."

„Zieh einfach deine üblichen Sachen an. Du sollst ja auch gar nicht aktiv werden."

„Nö? Ach, eigentlich ist das dann wieder jammerschade. Wenn ich schon einmal so eine super Gelegenheit bekomme. Man hört ja einiges, was die Mädels so draufhaben sollen."

Vor der dienstlichen Fahrt nach Bielefeld hatte sich Wolfhard bei Alex noch erkundigt, wie das denn mit den Getränken und den Kosten überhaupt sei. Man könne doch schließlich keine Bordellrechnung offiziell in der Buchhaltung abgeben. Oder etwa doch?

„Das lass mal meine Sorge sein. Ich habe schon mit dem Kommissariatsleiter gesprochen. Ist alles abgesegnet. Natürlich dürfen wir etwas trinken. Nur eben nicht über die Stränge hauen und die Staatskasse zu sehr plündern."

Der Besuch im „Tête-à-Tête" entpuppte sich ein paar Tage später als wenig erfolgreich. Immerhin hatten Alexander und Wolfhard die Gelegenheit, einiges über die Dame des Hauses in Erfahrung zu bringen.

Noch vor dem Betreten des Etablissements hatten sich die beiden geeinigt, als was sie auftreten wollten. Am besten ein Kongress für Mediziner in der Stadt, das klang immer gut. Schönheitschirurgie hätte den Mädchen vielleicht gefallen, aber das wollten die Männer nicht riskieren. Da hätte zu rasch ihre Deckung auffliegen können. Zu wenig kannten sie sich in diesem Metier aus.

„Pathologie", schlug Wolfhard vor.

„Mensch, das ist eine super Idee. Da fragen die Damen dann bestimmt auch nicht allzu viel weiter. Das jagt ihnen nur einen Gruselschauer über den Rücken. So machen wir das. Damit sind wir bestimmt auf der sicheren Seite. Und zur Not können wir auch mit etwas Fachkenntnis glänzen."

„Na, ich glaube ja nicht, dass das nötig ist", sagte Wolfhard.

An Alexanders Seite hing den ganzen Abend eine zartgliedrig gebaute Schöne namens Irina. Was ihn doch wieder fatal an Olga erinnerte. Aber nur vom Namen her. Figürlich und vom Typ her war diese Liebesdienerin doch gänzlich anders. Er stellte geschickt seine Fragen und konnte sein Puzzle wenigstens um einige kleine Stückchen ergänzen. Es vervollständigte das Bild von Anna Maximowa.

An Wolfhard hatte sich gleich beim Betreten des Ladens eine üppige Platinblonde angeschmiegt, mit einer atemberaubenden Oberweite. Damit konnte wohl seine Rita nicht dienen, fuhr es Alexander bei diesem Anblick durch den Kopf und er verkniff sich ein Grinsen.

Sanfte Musik schwebte durch die schummrig beleuchteten Räume. Es duftete sinnlich-betörend. Und irgendwann verlor Alexander seinen Kollegen aus den Augen. Hoffentlich behielt der die Übersicht, dachte Alex bei sich und machte sich schon Vorwürfe, dass er den um einiges Älteren hierher mitgeschleppt hatte. Vielleicht bekam der jetzt seine Midlife-Crisis und drehte durch.

Als er dann irgendwann das turtelnde Paar auf der Tanzfläche entdeckte und Wolfhard einen umwerfenden Tango aufs Parkett legte, da beruhigte sich Alexander wieder. Er erinnerte sich daran, dass sein Kollege vom Besuch der Tanzschule in der Nähe der Birne in Minden gesprochen hatte. Er und seine Rita waren eben auch leidenschaftliche Tänzer. Anerkennend nickte Alex, wie er so seinen doch ziemlich korpulenten Kollegen in formvollendeten Bewegungsabläufen sah. Dann widmete er sich wieder Irina, die schon wieder die Gläser vollgeschenkt hatte. „Lass mal gut sein. Ich muss heute noch fahren. Und dann ist es auch an der Zeit, wieder aufzubrechen. Wir haben morgen hier einen Mediziner-Kongress in Bielefeld. Da können wir abends ja noch einmal vorbeischauen."

„Aber ja, schöner Mann. Ich freue mich schon auf dich und halte mir den ganzen Abend für dich frei", gurrte Irina und strahlte Alexander offen an.

„Ich muss dann mal meinen Chefarzt von der Tanzfläche lotsen."

„Oh, das ist so schade, dass ihr schon gehen müsst. Der Abend hat doch gerade erst angefangen und wir sind nur beim Plaudern stehen geblieben."

„Tja, das bedauere ich sehr. Aber ich muss für morgen einen klaren Kopf bewahren. Bis dahin dann."

Die Frau fuhr ihm zärtlich über das Gesicht. Ob das alles nur aufgesetzt war, grübelte Alex bei sich. Oder ob die Frauen dabei doch etwas empfanden. Wie konnte man einen solchen Job ausüben? Oder war es eben doch nur ein ganz normales Dienstleistungsgewerbe? Ach ja, das älteste der Welt, fiel ihm gerade ein und er erhob sich.

Wolfhard hatte schon Blickkontakt aufgenommen und Alexander rief jetzt zu ihm herüber:

„Herr Professor, wir müssten dann. Sie haben morgen als Erstes einen wichtigen Vortrag zu halten."

Wolfhard stutzte kurz und nickte dann würdevoll. Er führte seine Tanzpartnerin galant zu der Sitzecke, in der sie vorher gesessen hatten.

„Es tut mir außerordentlich leid, meine Liebe. Sie haben mir einen bezaubernden Abend beschert. Aber jetzt müssen wir scheiden."

„Wir kommen ja morgen wieder", ergänzte Alexander, und in den Augenwinkeln von Wolfhard lag so ein besonderes Strahlen.

Als die beiden Männer im Auto saßen, holte Alexander seinen Kollegen wieder von seiner Wolke herunter.

„Hast du gehört, dass die Drogenberatungsstelle in Minden mit Kürzungen zu kämpfen hat. Jetzt wurde auch der Spritzenautomat an der Rückseite des Mindener Museums abgebaut."

„Was hast du gesagt?", wandte sich Wolfhard zerstreut an Alex.

„Ach, vergiss es. Es kommt nur mal wieder mehr Arbeit auf uns zu."

Der Wagen setzte sich in Bewegung. Noch ein Weilchen war die rot leuchtende Reklame des Bordells im Rückspiegel zu erkennen. Als sie verschwanden, setzte auch Wolfhard wieder ein normales Gesicht auf, was Alexander mit Beruhigung registrierte.

„Na, wieder auf der Erde angekommen?"

„Ich? Wieso?"

„Na, mein lieber Scholli! Ich glaube, du warst ziemlich intensiv bei der Sache."

„Nun mach aber mal halblang. Ich war die ganze Zeit die pure Objektivität. Außerdem habe ich von der Kleinen so einiges erfahren können. Aber lass uns darüber dann morgen noch in Ruhe reden. Ich glaube, jetzt sollten wir beide einfach mal in die Falle."

Die Uhr ging auf drei in der Früh. Auf der Autobahn von Bielefeld nach Minden waren fast nur Lkws unterwegs. Alexander streckte sich aus und ihm fielen tatsächlich für einen Moment die Augen zu.

Wolfhard stand vor dem Schreibtisch von Alexander. „Du, Alex, ich kann mir nicht helfen, aber irgendwie finde ich da Ungereimtheiten in den Aussagen von Irene Kruse. Ich habe mir nämlich die Protokolle noch einmal genauer angeschaut. Und dann habe ich auch immer diese perfekt durchgestylte Frau vor Augen. Da stimmt was nicht. Da brauche ich jetzt nicht einmal die Gefühle von Janine, um etwas zu bemerken. Schau mal hier“, und er hielt Alexander eine Seite vor die Augen, die er schon an einigen Stellen mit Textmarker gekennzeichnet hatte. Alexander vertiefte sich in die Aussagen.

„Hm, das ist wahr. Das ist mir noch gar nicht aufgefallen. Was meinst du, ob sie doch vielleicht ein Verhältnis hatte? Und ob das Urmotiv Eifersucht mal wieder mit im Schwange war?“

Wolfhard nickte nur kommentarlos und biss die Lippen zusammen.

Zum Feierabend hin fuhr Alexander bei der Drogeriekette vorbei. Die hatten auch gleich schräg gegenüber von seiner Lieblingstankstelle in Rothenuffeln eine Filiale. Junge, Junge, der Parkplatz war ja gerappelt voll? Da fiel ihm ein, dass die Medien schon die ganze Zeit von der kommenden Insolvenz berichtet hatten. Eines der zahlreichen wirtschaftlichen Dramen dieser Tage. So wirklich hingehört hatte er eigentlich auch nicht. Aber jetzt war ihm schon klar, warum dort so viel Betrieb war. Ansonsten konnte er immer fast allein durch den Laden schlendern und sich unter anderem mit dem Katzenfutter für Albert versorgen. Aber heute war das wohl etwas anders.

Er lief über den Parkplatz, und an einem der Autos sprach ihn eine Frau mittleren Alters an: „Na, junger Mann, wollen Sie gleich meinen Korb haben? Ich habe eben alles eingepackt. Herrscht ja heute Hochbetrieb hier."

„Gern", bedankte sich Alexander und grinste in sich hinein, weil ihm gerade die Doppeldeutigkeit in den Sinn kam, wenn man von jemandem einen Korb bekommt. Er griff entschlossen zu und ging in den Laden.

Stimmengewirr, gepaart mit Menschengedränge. Eigentlich hasste Alexander so volle Geschäfte. Das kannte er eher von früher aus Berlin und es hatte ihn stets genervt. Zielgerichtet lief er zum Regal mit den gesuchten Artikeln. Dreißig Prozent auf alles gab es heute. Das stand ganz groß im Schaufenster auf roten Plakaten. Nicht schlecht. Aber auf der anderen Seite auch irgendwie tragisch. Als er den Korb mit einer großen Vielfalt voll beladen hatte, reihte er sich in die Schlange an der Kasse ein.

„Das ist alles wie Leichenfledderei", wandte sich die vor ihm stehende Frau an ihn. Und Alexander nickte deutlich.

„Stellen Sie sich mal vor. Da haben die doch jetzt in den Nachrichten gebracht, die Verkäuferinnen sollten eben mal umschulen. Und als Vorschlag kam: in die Kinderbetreuung oder Altenpflege", sagte die Frau.

„Das kann ich gar nicht glauben", erwiderte Alexander. „Solche Berufe gehen doch nicht eben mal mit einer kleinen Umschulung?! Die sollte man schon richtig erlernen."

„Wahrscheinlich denken sich die Politiker, wo die hier Babyöl und Inkontinenzartikel verkaufen, ist es ganz einfach, sich in den neuen Job mit den ganz Kleinen oder den Senioren einzufinden."

Alexander lachte auf: „Tja, da ist wohl was Wahres dran. In diesem Lande wird ja der Bäcker zum Computerfachmann und der Koch zum Hausmeister umgeschult. Nur immer weiter die Arbeitslosenzahlen schönen ..."

„War nett, mit Ihnen zu plaudern. Das hat die Wartezeit verkürzt", erklärte die Frau.

„Ganz meinerseits", entgegnete Alexander. „Dann wünsche ich Ihnen noch einen schönen Tag."

„Ich Ihnen auch."

Die Frau wandte sich dem Bezahlvorgang an der Kasse zu und wünschte der Angestellten noch alles Gute für die Zukunft, was Alexander kurz darauf ebenfalls tat.

Am anderen Morgen lief Alexander zu Heike in die Spusi.

„Hallo, Heike, wie geht's, wie steht's, alles im grünen Bereich?", fragte Alexander im Eingang zu ihrem Büro. „Deine Grünpflanze sollte mal liebevolle Zuwendung erfahren. Dein Ficus macht ja eine dermaßen traurige Figur!"

„Mein was?"

„Deine Benjamin-Feige."

„Aha, kannst du gern übernehmen. Ich habe nämlich keine Zeit dafür."

„Wohl mal wieder mit dem linken Bein aufgestanden?"

Heike schaute von ihrem Schreibtischstuhl zu Alexander hoch. Es tat ihr jetzt leid. Irgendwie geriet sie mit ihm immer aneinander seit jener Nacht. Früher hatten sie nur freundlich miteinander gefrotzelt. Aber jetzt herrschte da unterschwellig so ein ganz anderer Ton. Es wurde Zeit, dass dieses Ereignis durch ein anderes überlappt wurde. Sie hatte da auch schon ganz konkret einen Herrn im Auge, mit dem sie seit geraumer Zeit im Internet chattete. Mal sehen, was das weiter brachte.

„Was verschlägt dich denn in meine heiligen Hallen?", sprach Heike jetzt versöhnlicher.

„Wir sind im Fall des Toten im Mittellandkanal mal wieder bei der Spur gelandet, die zu Irene Kruse führte, der Frau des Toten."

„Klar, ich weiß, von wem du redest."

„Ja, und da sind wir auf ein paar Ungereimtheiten gestoßen, die uns die Nachforschungen jetzt in dieser Richtung noch einmal intensivieren lassen."

„Gute Idee. Ich habe auch schon daran gedacht und mir alles noch einmal vorgenommen. Bei dem anderen Fall mit dem alten Herrn, der im Osterfeuer entsorgt wurde, konnte ich ja leider nichts finden. Das kleine Knöchelchen, das ich vor Ort entdeckt hatte, gehörte auch nicht ihm. Aber diesmal stehen die Chancen besser, obwohl der lange Aufenthalt des Toten in seinem Porsche unter Wasser doch einiges weggeschwemmt hat. Die Schlammablagerungen hatten natürlich auch vieles verwischt."

„Und was willst du mir damit sagen, liebe Heike?"

„Also, ich habe die Fingerabdruckteile, die ich schließlich finden konnte, noch an die Kollegen in der Zentrale weitergeleitet. Die haben alles durch ihren Computer gejagt. Aber erfasst war da niemand. Also keine Parallelen zur Autoschieberbande, wie wir zunächst vermuteten. Das wäre auch zu schön gewesen. Wo doch alles so ähnlich aussah. Fast wie ein wiederholtes Strickmuster. Na, egal. Hat nicht sollen sein."

„Nun spann mich doch nicht so auf die Folter", drängte Alexander.

„Also, Fingerabdrücke nach längerer Zeit unter Wasser können sein oder auch nicht."

„Das habe ich schon begriffen."

„Hast du zum Beispiel einen Täter, der sich vorher die Hände eingecremt hat oder von Natur aus mit fettiger Haut gesegnet ist, dann ist die Haltbarkeit deutlich länger. Wenn der nun beispielsweise den Rückspiegel begrapschte, dann besteht eben die Möglichkeit, auch nach vierzehn Tagen im Mittellandkanal noch etwas zu finden. Manchmal muss man eben auch Glück haben."

„Ja, genau. Und du bist schließlich auch fündig geworden."

Heike war nun in ihrem Element und hielt Alexander einen kleinen Fachvortrag. Er wollte sie nicht kränken und hörte geduldig zu.

„Fingerabdrücke werden ja zumeist durch Schweiß verursacht. Meist sieht man diese latenten Spuren nicht, es sei denn, du fasst mit deinen frisch eingecremten Händen den Rasierspiegel an, dann sind sie ganz eindeutig. Oder du bist dir zuvor durchs Haar beziehungsweise übers Gesicht gefahren und hast dadurch Fett an den Fingerspitzen getankt. Da kommen Hautfett, Aminosäuren, Harnstoff, Ammoniak und Talg ins Spiel. Der Großteil aber ist Wasser und das verdunstet eben je nach Umgebungstemperatur. Aber die anderen Bestandteile haften gern noch ein Weilchen am Spurenträger."

Innerlich fühlte Alexander Müdigkeit aufsteigen, aber er wollte nicht unhöflich sein.

„Wie geht's nun weiter im Vortrag?"

„Da wären zum einen die Eigenschaften des Spurenverursachers. Wobei es um die Beschaffenheit der

Papillarleisten geht, also der Riffelungen der Finger. Jeder Mensch hat eine andere Zusammensetzung und Menge bei seiner Schweißabsonderung, was außerdem noch situationsbedingt ist. Wer was mit schweißnassen Pfoten anpackt, hinterlässt deutlichere und länger nachweisbare Spuren."

„Kenne ich von meinem Kater Albert", warf Alexander ein. „Wenn der beim Tierarzt ist, dann hast du auch die angstschweißnassen Pfotenspuren auf dem Behandlungstisch."

„Na ja, etwas hinkend dein Vergleich, aber es stimmt schon. Jetzt hast du auch gleich den nächsten Punkt angeschnitten. Das sind die Eigenschaften des Spurenträgers, alles mit glatter, glänzender Oberflächenbeschaffenheit – also Glas, Metall, polierter Kunststoff – hält Spuren gut, weil es sie auch nicht aufsaugen kann. Gebrochene oder stark strukturierte Oberflächen kannst du im Grunde vergessen."

„Stimmt. Ihr braucht ja eigentlich bei ungehobeltem Holz oder strukturiertem Leder gar nicht erst zu suchen und Papier oder Stoff saugt auf, also hält sich da nichts lange …"

„Eben. Hinzu kommt das Klima. Hohe Luftfeuchtigkeit zerstört beispielsweise rasch eine vom Schweiß verursachte Fingerspur. Da verläuft alles. Stehende Gewässer kommen uns in der Spurensuche entgegen, fließende natürlich nicht. Manchmal ist das aber auch ein Zeitfaktor."

„Am besten ist natürlich, wenn jemand etwas richtig lange angefasst hat", ergänzte Alexander.

„Na, logisch. Und damit wäre ich auch schon am Ende meines Vortrags und komme zum Punkt. Wir haben eine Spur gefunden, die weder zu Irene noch zu Sven Kruse passt. Auch die Mitarbeiter aus der Fachwerkstatt konnten wir ausschließen. Ist schon alles überprüft."

„Ja, ich weiß. Das hatten wir alles checken lassen. Aber wie habt ihr das denn herausbekommen."

Nun lag ein Strahlen in Heikes Gesicht: „Eine Möglichkeit ist ja immer noch die Cyanacrylat-Bedampfung. Den infrage kommenden Gegenstand etwa dreißig Minuten mit Sekundenkleber bedampfen, dann zeigen sich eventuell vorhandene Fingerabdrücke als festes, weißes Muster. Die Technik nutzen wir immer, wenn die Bedingungen extrem ungünstig sind, zum Beispiel nach Bränden oder bei Gegenständen, die lange im Wasser lagen, wie in unserem Fall."

„Willst du nicht mal demnächst in der Ausbildung Vorträge halten, Heike? Das hast du perfekt erklärt."

„Danke, Alex. Mir macht aber meine Arbeit auch unheimlichen Spaß."

„Na, das merkt man."

Alexander hatte sich von Aktenführer Eduard Schiller die Unterlagen zu Irene Kruse geben lassen. Noch war die Mappe dürftig gefüllt. Darin befanden sich eigentlich nur die Protokolle zu den Befragungen. Jetzt las er jedes Blatt noch einmal, Zeile für Zeile. Da stand etwas von einem Nachbarn, der in jener Nacht, als der Mann im Mittellandkanal gelandet war, Autogeräusche gehört hatte. Dort sollte man noch einmal ansetzen. Es ging nichts über wachsame Nachbarn. Da hatte Alexander schon die verrücktesten Sachen im Laufe seiner Dienstzeit erlebt.

Am nächsten Morgen machte er sich mit Wolfhard auf den Weg.

„Ich halte mich dann mal ein wenig zurück", schlug Alex vor.

„Tja, wenn dir das gelingen sollte“, frotzelte Wolfhard. „Aber gern. Ich übernehme das Ruder.“

Kurze Zeit später hielten sie in der kleinen Straße, an der etliche, sehr hochwertige Anwesen lagen. Ein Haus schräg gegenüber von Familie Kruse fiel etwas aus der Reihe. Ziemlich grau in grau. Die Fassade schon verwittert, auf dem Dach noch eine alte Asbestvariante, die schon lange aus der Mode war. Die beiden Männer stiegen aus und gingen zur Haustür. Von der Straße trennte nur eine Hecke, ohne Tor oder Tür darin.

Sie hatten noch nicht geklingelt, da wurde ihnen schon geöffnet.

„Ich habe Sie erwartet“, sagte der alte Herr in einer dicken Strickweste. „Kommen Sie herein.“

Alexander und Wolfhard schauten sich verdutzt an.

„Sie haben lange gebraucht“, fuhr der Hausherr fort. „Ich gehe dann mal vor. Folgen Sie mir und schließen Sie bitte die Tür.“

„Jawoll“, entgegnete Wolfhard zackig und Alexander grinste etwas ungläubig.

Sie betraten ein großes Wohnzimmer, dessen Fenster genau auf die Straßenfront zuging. Es roch etwas modrig in den Räumen. Gelüftet wurde hier offensichtlich eher selten.

„Wir hatten uns ja angekündigt, Herr Nolte“, fing Wolfhard an.

„Ich weiß, ich weiß. Aber für meinen Geschmack viel zu spät“, entgegnete Balthasar Nolte.

„Und wieso zu spät?“, warf Alexander ein.

„Die Zeit läuft davon. Ich weiß, wovon ich rede. Ich war Uhrmachermeister.“

Wieder blickten sich Alexander und Wolfhard an. Wolfhard, der sich gerade nicht im Blickwinkel des alten Herrn befand, führte seinen Zeigefinger an die Schläfe und zeigte einen deutlichen Vogel an. Alexander nickte nur kaum merklich.

„Wissen Sie, meine Herren, seit ich mein Geschäft aufgeben musste, weil es sich finanziell nicht mehr getragen hat, kann ich mir den Tag nach Belieben einteilen. Und ich habe schon immer in meinem Leben alle Dinge um mich her beobachtet."

„Aha. Das ist gut", bemerkte Wolfhard und hoffte, sein Gegenüber damit auf den Punkt bringen zu können.

„Der langen Rede kurzer Sinn: Ich besitze ein außerordentlich gutes Fernglas, um meine Umgebung besser wahrzunehmen. Sie können sich nicht vorstellen, wie interessant es ist, die Singvögel in ihrer Brutzeit zu beobachten."

„Oh doch, das kann ich", erklärte Alexander voller Überzeugung. „Bei mir zu Hause habe ich unlängst erlebt, wie die kleinen Spatzen ausgeflogen sind und zunächst ganz unbeholfen durch die Gegend flatterten."

Damit schien das Eis gebrochen und ein Strahlen legte sich in das Gesicht von Balthasar Nolte.

„Das finde ich schön, junger Mann, dass Sie auch Interesse an der Natur zeigen."

„Aber ich glaube, deswegen sind wir nicht hier", fuhr Alexander fort.

„Nein, ich denke auch nicht. Es ist wohl eher meine Beobachtung, was das Haus der Kruses schräg gegenüber angeht. Sie hatten mich damals, als der nette Herr Kruse, der immer so höflich gegrüßt hat, verschwunden war, auch kurz befragt. Aber nur sehr kurz." Es lag ein ziemlicher Vorwurf in der Stimme.

„Das wollen wir dann mal heute nachholen", entschuldigte sich Alexander fast ein wenig.

„Sehen Sie, hier. Ich führe seit Jahr und Tag detaillierte Aufzeichnungen in meinem dicken Terminkalender. Da sind alle Ereignisse verzeichnet. Wann der Nestbau begann, von wann bis wann gebrütet wurde, wann die kleinen Vögelchen ausflogen. Und was wann in der Nachbarschaft geschah." Balthasar Nolte hatte von dem Stapel an Notizbüchern das oberste auf dem Wohnzimmertisch gegriffen und aufgeschlagen. Erst versuchte er es ohne Brille, dann setzte er sich diese doch auf die Nase.

„Sie verstehen, meine Herren, ohne Sehhilfe geht in meinem Alter gar nichts mehr."

„Ach, lassen Sie mal, das kann ich vollkommen verstehen", erklärte Wolfhard. „Ich bin ohne meine Brille auch vollkommen hilflos, was das Kleingedruckte angeht."

Jetzt lächelte Balthasar Nolte auch Wolfhard an. „Ich habe hier an jenem fraglichen Tag, an dem Herr Kruse verschwand, eine Notiz gemacht. Es war ziemlich laut in dieser Nacht. Zwar sehe ich ohne Verstärkung nicht sonderlich gut, aber dafür kann ich noch phänomenal hören. 18.38 Uhr kam Herr Kruse mit seinem Porsche angefahren. Der Sound von diesem Wagen ist ja unschlagbar. Den höre ich unter Hunderten von Autos heraus. Da könnte ich glatt bei ‚Wetten, dass …?' einsteigen, aber dafür bin ich wohl zu alt. Die Aufregung wäre nichts für mich."

„Und dann, was haben Sie dann notiert?", war Alexander jetzt neugierig geworden, und auch Wolfhard schaute sehr interessiert.

„Um 18.51 Uhr knallte es ganz heftig. So, als ob etwas zusammengestürzt war. Ich hatte ja das Fenster geöffnet, um nach meinem Kater Fridolin zu schauen. Der kommt um die Zeit immer und wir sehen uns dann gemeinsam die ‚heute'-Nachrichten an. Es passierte dann länger nichts. Jedenfalls nichts, was ich hier notiert habe."

„Das ist ja drollig. Ihr Kater schaut mit Ihnen fern. Ich habe auch einen, der heißt Albert. Aber der tritt nur mal auf die Fernbedienung und dann wechseln die Sender."

„Sehen Sie, junger Mann, das sollten Sie als Zeichen beachten. Dann will Ihr Kater etwas anderes sehen als Sie. Sehr schön, dass auch Sie so einen schnurrigen Vierbeiner an Ihrer Seite haben. Diese tierische Gesellschaft ist einfach unschlagbar."

„Das stimmt", bestätigte Alexander. „Aber wie gehen denn Ihre Aufzeichnungen nun weiter?"

„3.21 Uhr ging das Garagentor auf und der Porsche setzte sich in Bewegung. Dicht gefolgt von einem BMW-Cabrio. Wer den Porsche fuhr, das konnte ich leider nicht erkennen. Aber im Cabrio saß Irene Kruse. Hier habe ich noch die Nummer notiert." Und der alte Mann gab das Kennzeichen an, das sich Wolfhard aufschrieb.

„Danach habe ich Sven Kruse nicht mehr gesehen, was ich sehr bedaure. Ein ausgesprochen angenehmer Nachbar."

Alexander und Wolfhard verabschiedeten sich von Balthasar Nolte. „Sie haben uns sehr geholfen. Es ist nur außerordentlich bedauerlich, dass Sie erst jetzt mit Ihren Informationen kommen", betonte Wolfhard.

„Mich hat ja keiner wirklich gefragt", entgegnete der alte Mann. „Und ich wusste, dass meine Zeit kommen wird. Mordfälle werden doch fast immer gelöst, wie ich hörte."

„Das stimmt", antwortete Alexander. „Leben Sie wohl. Es kann sein, dass wir Sie noch einmal befragen. Dann vielleicht auf der Dienststelle."

„Das können Sie mir nicht zumuten, junger Mann. Sie sehen ja." Balthasar Nolte wies auf einen Rollator im Flur und er hatte sich auch nur mit einem Krückstock schwerfällig durch die Räume bewegt. „Da müssen Sie mich schon noch einmal besuchen."

Als Alexander und Wolfhard wieder im Dienstwagen saßen, schwiegen sie für einen Moment. Und dann hoben beide gleichzeitig an:

„Also, weißt du ..."

„Nein, du zuerst."

„Das hätte uns nicht passieren dürfen", sagte Alexander.

„Tja, tatsächlich. Das hätte es nicht", schloss sich Wolfhard an. Und beide fuhren wieder in die Marienstraße. Von unterwegs aus hatte Alexander dort schon angerufen und darum gebeten, dass man den Halter des BMW-Cabrio herausfand.

Als sie den Bereich der Kriminaldirektion betraten, kam schon Janine mit einem Zettel in der Hand auf beide zugelaufen:

„Hier, euer Wunsch war uns Befehl. Der Halter ist Thorsten Gregoleit, wohnhaft in Porta Westfalica, arbeitet im Fitnessstudio am Simeonsplatz als Trainer. Übrigens, ein Bild von einem Mann. Sieht aus wie Kevin Costner."

„Schwärmt da etwa jemand?", erkundigte sich Wolfhard.

„Nein, nicht, was du denkst. Aber schon ein absolut beeindruckender Typ. Hat man ja nicht allzu häufig", sagte Janine und blickte Alexander von oben bis unten an.

Ihre grünen Augen funkelten und sie zwirbelte an einer rotlockigen Haarsträhne. Alex spürte diese Musterung und fühlte eine Röte in sich aufsteigen. Das war jetzt aber mehr als peinlich.

„Wir sollten dringend den Herrn Gregoleit aufsuchen", führte Alexander das Gespräch wieder auf den Kern der Sache zurück. „Beziehungsweise uns zunächst diskret in seiner Umgebung umhorchen. Ich schicke dann mal Gernot Schindler dorthin. Bei den aktuellen Personalengpässen bleibt mir keine andere Wahl. Soll er sich als potenzieller Fitnesskandidat ausgeben und ein paar Erkundigungen einholen."

Als Alexander an seinem Schreibtisch saß, rief er Gernot an und erklärte ihm die Lage: „Da kannst du dich auch gleich mal in dem Fachgebiet ausprobieren, in das du wechseln willst. Ewig Straßenverkehr ist keine gute Idee. Das verstehe ich schon."

„Prima Vorschlag. Danke für dein Vertrauen. Außerdem wollte ich schon immer mal dahin. Die sollen ganz nette Geräte haben. Kann ich alles mal im Schnupperkurs austesten. Mache mich sofort auf den Weg."

„Darum wollte ich dich auch gebeten haben", betonte Alexander. „Mach das Ganze auf deine charmante Art und lass dir nicht anmerken, wo du arbeitest."

„Also, Alex, da musst du mir jetzt aber keine Vorträge halten. Ich weiß schon, wie ich mich benehmen muss. Geht alles klar. Und dort kennt mich auch niemand, nehme ich mal an. Aber selbst wenn, dann wäre das kein Problem. Schließlich geht ein Polizist mal ins Fitnessstudio. Was soll's!"

„Ich erwarte deinen Bericht umgehend. Die Zeit drängt. Wir hätten den Fall schon längst geklärt haben sollen. Aber es gab so viele verwirrende Details, die uns immer wieder auf andere Spuren gelockt haben."

„So ist das nun mal. Ich fahre dann, oder hast du noch was für mich?"

„Nein. Alles klar."

Alexander sah auf seine Armbanduhr. Es war inzwischen gleich Feierabend. Heute dürfte er wohl kaum noch mit einem Ergebnis der Nachforschungen von Gernot rechnen.

Am nächsten Morgen nahm er sich erneut die Akte zu Irene Kruse vor, die inzwischen doch schon erheblich dicker geworden war. Während er darin blätterte, klopfte es an die Tür.

„Herein, wenn's kein Schneider ist", rief Alexander.

Die Tür öffnete sich und im Blickfeld erschien Gernot Schindler:

„Du wirst es nicht glauben, Alex."

„Nun spann mich nicht auf die Folter. Warum hast du dich eigentlich gestern nicht mehr gemeldet?"

„Tut mir leid. Erst waren da die Anmeldeformalitäten. Dann musste ich mich ein wenig aufwärmen, ausgerechnet mit Thorsten Gregoleit. Recht netter Typ übrigens. Aber auch irgendwie kalt. Na ja, den sollte ich schließlich nicht aushorchen. Endlich kam ich dann nach mehreren Runden auf den unterschiedlichsten Geräten und einem Besuch in der Sauna dazu, ein paar der angestellten Damen aus der Reserve zu locken. Immerhin wollte ich nicht mit der Tür ins Haus fallen. Da muss man eben erst ein Weilchen drumherum reden. Ich bin erst spät in der Nacht nach Hause gekommen."

„Na prima. Jetzt geht es dir wohl um die Überstunden. Kein Problem. Schreib die auf. Aber was war denn nun zwischen den Damen, die du aus der Reserve gelockt hast und deiner Heimfahrt? Ich hoffe, du bist fündig geworden!"

„Die Geräte sind ja klasse dort", fuhr Gernot fort. „Ich glaube, ich werde doch mal ein Abo abschließen und regelmäßig hingehen."

„Darf ich dich daran erinnern, dass du mir von deinen Recherchen berichten wolltest. Wenn du von der Verkehrspolizei in die Kripo umsteigen willst, dann solltest du dich auch konzentrieren und schnell zur Sache kommen können", wurde Alexander jetzt ernster, als er eigentlich wollte.

„Entschuldigung. Aber das war ja nun auch der erste Auftrag in einem anderen Gebiet für mich."

„Schon gut. Und nun?"

„Also, mehrere Angestellte waren sich absolut einig, dass der Fitnesstrainer Thorsten Gregoleit durchaus die eine oder andere Gelegenheit wahrnimmt. Ich hatte den Eindruck, als ob einige Kolleginnen da selbst ganz gern mit von der Partie gewesen wären. Jedenfalls fiel mehrfach ganz konkret der Name Irene Kruse. Scheinbar mag man sie nicht so sehr im Studio. Sie soll wohl die Mitarbeiter auch ziemlich von oben herab behandelt haben."

„Das könnte gut sein und passt irgendwie zu ihrem Profil", ergänzte Alexander.

„Interessanterweise erfuhr ich, dass das offensichtliche Verhältnis zwischendurch etwas zurückhaltender geworden war. Und von der Zeit her fällt das genau in die Periode, nachdem Sven Kruse im Mittellandkanal gelandet war. Könnte sein, dass die beiden etwas Gras über die Sache wachsen lassen wollten. Das wäre gut vorstellbar."

„Gut kombiniert, lieber Kollege."

„Danke Alex. Hat mir auch Spaß gemacht. Ich habe das alles hier in meinem Bericht schon notiert. Inklusive Namen der Befragten, falls ihr noch einmal nachhaken wollt."

„Perfekt. Vielleicht kann ich dich ja dann doch in absehbarer Zeit mal in meinem Team begrüßen."

„Oh, das wäre wunderbar. Leg mal an entsprechender Stelle ein gutes Wort für mich ein."

„Wird gemacht. Und nun lass dich wieder rasch in deiner Abteilung sehen. Die werden dich ganz bestimmt schon vermissen."

Gernot Schindler erhob sich von dem Stuhl am Schreibtisch von Alexander und wollte den Raum verlassen. In der Tür drehte er sich noch einmal um: „Ach, das hätte ich jetzt fast vergessen. An der Bar, wo es die Energydrinks gibt, hatte sich Thorsten Gregoleit zwischendurch was einschenken lassen. Und in einem unbeobachteten Augenblick habe ich das Glas mit einem Stück Zellstoff gegriffen und verschwinden lassen. Hatte mir nämlich extra eine Plastiktüte eingesteckt für solche Notfälle. Das gute Stück ist schon in der Spusi. Heike wollte sich gleich darum kümmern."

Alexander hatte sich erhoben und strahlte über das ganze Gesicht. „Ich könnte dich umarmen. Super. Da hast du uns eine Menge Arbeit abgenommen."

Gernot grinste verlegen: „Man tut, was man kann." Dann schloss er die Tür hinter sich.

Auch die anderen Kollegen waren nicht untätig gewesen. Jeder hatte seinen konkreten Auftrag, um das Netz dichter zu spinnen. Nur mit Indizien allein konnte man keinen Blumentopf gewinnen. Ein Geständnis war schon immer das Optimale. Aber das bekam man in der Regel erst, wenn sich der Kreis schloss und alle Argumente hieb- und stichfest waren.

Alexander blätterte in der inzwischen außerordentlich dicken Akte zu Irene Kruse. Als das Telefon klingelte und er den Namen von Heike auf dem Display entdeckte, klopfte sein Herz stärker. Aber es war nicht diese private Erregung, sondern der Gedanke an den Fingerabdruck, den Gernot mit dem Glas aus dem Fitnessstudio angeschleppt hatte.

„Supi", sagte Heike. „Wir haben es!"

„Rück raus mit der Sprache. Passt der Abdruck?"

„Ja, klar. Absolut eindeutig. Da wird sich auch der Staatsanwalt freuen. Der Abdruck vom Fahrzeug und der vom Glas stammen von einer Person. Und die dürfte dann ja wohl dieser Thorsten Gregoleit sein. Du bekommst gleich die Unterlagen von mir."

„Ich könnte dich umarmen", sagte Alexander.

Heike schluckte am anderen Ende. Verdammt, das tat ziemlich weh, wenn er so etwas sagte. Zumal die aktuelle Beziehung mit der Neuanschaffung auch nicht so prickelnd war. Der klammerte einfach nur, fand Heike. Neulich waren sie über den Scharn spaziert und da hatte er sie so besitzergreifend in den Arm genommen. Da war sie einfach wieder zurückgezuckt. Nein, der war es wohl auch mal wieder nicht. Obwohl, im Bett hatte es schon prima geklappt. Schade eigentlich. Aber das war nun auch wieder nicht alles.

„Hallo, Heike, bist du noch am Apparat?"

„Ja, Alex. Ich musste nur gerade am Computer was prüfen", log Heike und wurde rot. Sie spürte die Hitze, die in ihr aufstieg. Ein Glück aber auch, dass Alexander sie am anderen Ende nicht sehen konnte.

„Gut, dann fügt sich das Puzzle doch ziemlich gut zusammen. Ich danke dir."

Alexander legte den Hörer auf die Station. Einer der Kollegen hatte auch das Verhalten von Irene Kruse überprüft. Friseur, Kosmetik, Nachbarn. Und die Liste der Telefonate war interessant. Immer wieder führte die Verbindung zu Thorsten Gregoleit. Ein Weilchen pausierte der Kontakt, dann wurde er offensichtlich wieder aufgenommen. Genau so, wie Gernot es als Information aus dem Fitnessstudio mitgebracht hatte.

„Wenn die beiden nicht ein Verhältnis miteinander hatten, dann fress ich einen Besen", murmelte Alexander vor sich hin, zog sich ein weiteres Blatt heran und griff mit der Rechten in die Schreibtischschublade nach den Bonbons. Er blickte auf das Papier und vertiefte sich in den Bericht von einer Befragung der Nachbarin. Es ging doch wirklich nichts über eine wachsame Nachbarschaft. Das erwies sich immer wieder. Vor allem hier auf dem Lande, grübelte Alexander. Eindeutig waren die Hinweise auf eine Liaison mit einem gut gebauten jungen Mann. Regelmäßig sei der aufgetaucht. Auch die Automarke stimmte. Und dann hielten die Eltern von Thorsten Gregoleit, bei denen er im Obergeschoss des großen Hauses wohnte, Kaninchen. Der Vater war auch ein respektables Mitglied im örtlichen Kaninchenzüchterverein.

Mittags saß Alexander mit Wolfhard mal wieder im nahe gelegenen Imbiss. Alex wählte die gesunde Variante, Wolfhard ein Steak mit Pommes.

„Wir haben jetzt alles beisammen, denke ich", erklärte Alexander und balancierte eine Gabelportion vom Salat in seinen Mund.

„Tja, den Eindruck habe ich auch. Wenn wir die beiden jetzt in die Mangel nehmen, dann muss das was werden."

„Entweder gesteht einer von beiden oder sie verwickeln sich in Widersprüche. Wir werden sehen, was es bringt. Ich habe den Termin mit beiden für morgen anberaumt."

„Es wird auch Zeit, dass wir diesen Fall abschließen", betonte Wolfhard.

„Wo du recht hast, hast du recht", grinste Alexander und nahm sich einen Schluck vom Mineralwasser, während Wolfhard eine Cola light trank.

„Weißt du eigentlich, dass diese ganzen Light-Produkte auch nur Schmu sind?", sagte Alexander.

„Also, wenn du auf die Inhaltsangaben der Hersteller schaust, dann sind da weniger Kalorien drin, Zucker ist meist durch Süßstoff ersetzt …"

„Ja, und der regt deinen Appetit noch mehr an."

„Was? Ach, deshalb!"

„Das ist sowieso alles nur eine ziemliche Verarsche. Nehmen wir mal meine Gummibärchen, die ich gelegentlich nasche. Da steht dann fettfrei drauf oder auch bei anderen Erzeugnissen. Also denkst du, du bist auf der sicheren Seite. Dafür haben sie megamäßig Zucker reingetan."

„Aber dein Mineralwasser wär nun auch wieder nicht mein Ding", mäkelte Wolfhard herum. „Das schmeckt doch wie eingeschlafene Füße!"

Alexander schaute auf seine Armbanduhr. „Die Pflicht ruft. Lass uns wieder in die Dienststelle laufen.“

Beide erhoben sich, stellten ihre Tabletts auf einen Abstellwagen und verließen den Imbiss.

Es wehte wieder diese starke Brise und war für einen Frühsommertag ziemlich frisch. Alexander fühlte sich manchmal an die See erinnert, so windig war es. Nur roch die Luft eben hier nicht salzig, wie er es von seinen Eltern auf Usedom kannte, sondern gelegentlich sehr intensiv nach Landwirtschaft. Das war dann doch wieder ein ganz anderes Kaliber.

Sobald die Sache hier abgeschlossen war, musste er sich intensiv um die Einschulung der Kleinen kümmern. Da sollte ja wieder die gesamte Familie zusammenkommen. Er würde abends mit Olga darüber reden.

Nachdem er die Gutenachtgeschichte zu Ende erzählt hatte, war Lena noch munter:

„Gute Nacht, Papa, das war wieder eine ganz tolle Geschichte. Davon werde ich jetzt träumen. Tina tut das schon.“

„Dann schlaf mal schön, mein Liebling, und gib mir die Mami noch einmal.“

„Aber klar doch, Papa. Maaaaaaamaaaaaaa …“ Der Ruf des Kindes schallte durch die Wohnung und schrillte auch Alexander im Ohr. Die Kleine hatte ein Organ, Junge, Junge. Das konnte noch spannend werden, wenn sie mal größer wurde.

„Der Papa will dich noch sprechen. Hier.“

„Ja, Alex, was ist noch. Ich habe alle Hände voll zu tun.“

„Kann ich mir vorstellen. Wir sollten mal so langsam über die Einschulung von Tina reden. Das ist ja nicht mehr lange hin. Und die Einladungen müssten raus."

„Denkt der feine Herr auch mal an solche Dinge. Na, wunderbar. Was meinst du, was ich hier die ganze Zeit ohne dich erledige? Natürlich habe ich mich schon um alles gekümmert."

„Also, meine Eltern haben noch nichts von einer Einladung erzählt", warf Alexander dazwischen.

„Nein, die habe ich auch noch nicht eingeladen."

„Wieso das denn nicht?"

Am anderen Ende herrschte kurzzeitig Schweigen.

„Warum beantwortest du mir jetzt nicht meine Frage?", setzte Alexander erneut an.

„Weil, weil ... ich werde die Einschulung ohne sie feiern. Auf meinem Schreibtisch liegen die Scheidungsunterlagen. Die gehen morgen an den Anwalt. Wir müssen dann nicht mehr auf heile Familie machen. Das sind wir sowieso nicht mehr. Du hast alles zerstört."

„Wie bitte? Das kannst du doch den Großeltern nicht antun. Das verstehen sie nie!" Alexander spürte einen heftigen Druck in seiner Brust und an der Schläfe setzte wieder dieses schmerzende Pochen ein. Er massierte mit Zeige- und Mittelfinger die Stelle in kreisenden Bewegungen.

„Gregor nimmt sich an dem Tag Zeit und ist mit dabei."

„Das ist jetzt aber nicht dein Ernst?"

„Oh doch, während du dir in Minden eine lustige Zeit machst, hat er mir hier des Öfteren sehr hilfreich zur Seite gestanden."

„Ha", Alexander musste auflachen, obwohl die Situation beileibe nicht zum Lachen war.

„Siehst du, das ist es, jetzt amüsierst du dich auch noch."

„Aber …"

„Kein Aber! Es steht für mich fest. Unsere Ehe ist zerrüttet. Da hilft nur ein harter Schnitt."

„Und was ist mit den Kindern?"

„Kinder gehören zu ihrer Mutter!"

„Und zu ihrem Vater. Bei Lena wäre das zumindest eindeutig."

„Der Kommentar musste ja kommen."

„Ich lasse nicht zu, dass meine Tochter mit Gregor aufwächst. Nie und nimmer. Dann beantrage ich das Sorgerecht für sie. Wird das Geschwisterpaar eben getrennt."

„Du bist herzlos."

„Na, du bist mir die Richtige, mir so etwas vorzuwerfen."

„Ach, lass es einfach. Du hörst von meinem Anwalt."

„Olga, Olga …" Alexander hielt das Telefon in der Hand. Seine Frau hatte das Gespräch schon beendet. Ihm standen Tränen in den Augen. Er blickte in die Dämmerung. Die Sonne stand tief am Horizont und tauchte den Abend in einen rötlichen Schein, der sich auf das reifende Getreide legte.

In dieser Nacht tat Alexander Rosenbaum kein Auge zu. Der Kater Albert hatte sich zu ihm gelegt, schmiegte sich an ihn und schnurrte zwischendurch.

Zu neun Uhr war die Befragung von Irene Kruse und Thorsten Gregoleit anberaumt. Alexander fühlte sich vollkommen zerschlagen. Dabei brauchte er jetzt alle Kräfte und völlige Konzentration, um diese allerletzte Hürde zu nehmen.

Im Flur kam ihm Janine entgegen.

„Na, Alex, schlecht geschlafen? Du siehst heute gar nicht gut aus."

„Ach, das scheint nur so. Wobei ... so wirklich gut bin ich nicht drauf. Dabei müsste ich es sein. Wir nehmen uns gleich Irene Kruse und Thorsten Gregoleit vor."

„Das packst du schon. Wir haben jetzt so viel Vorarbeit geleistet. Da wird es doch wohl mit dem Rest auch noch klappen."

„Danke, dass du an mich glaubst."

„Ja, wieso denn nicht. Du bist der geborene Ermittler. Du löst doch jeden Fall." Janine lächelte ein wenig verlegen und nahm dann ihren Mut zusammen. „Wollen wir nicht mal wieder einen Kaffee zusammen trinken gehen. Ist schon verdammt lange her. War, glaube ich, damals, als du Weihnachtsgeschenke für deine Familie brauchtest. Da haben wir im italienischen Café bei Hagemeyer gesessen. Das war richtig nett."

„Stimmt."

Alexander überlegte. Warum eigentlich nicht. Vielleicht kam er mit Janine einfach mal auf andere Gedanken.

„Gut. Wenn ich meine Aussagen beziehungsweise Geständnisse habe, dann treffen wir uns anschließend auf einen Kaffee. Du kannst den Ort bestimmen. So gut kenne ich mich nun auch wieder nicht in Minden aus."

Janine lächelte: „Prima. In der Bäckerstraße gibt es ein schönes Eiscafé. Da kannst du auch draußen sitzen, wenn es das Wetter hergibt."

„Gebongt. Und nun muss ich an die Arbeit. Ich melde mich dann bei dir."

Alexander lief jetzt irgendwie beschwingter den Flur entlang.

Elsa Kupfer saß schon im Vernehmungsraum und nickte Alexander zu, als er das Zimmer betrat.

„Hallo, Frau Kupfer, schön, dass wir wieder zusammenarbeiten", begrüßte Alexander sie, lief auf sie zu und schüttelte ihr die Hand.

„Ja, ich freue mich auch."

„Das wird heute ganz wichtig für uns. Ich glaube, es ist eine ganz entscheidende Stunde. Na ja, vielleicht auch mehr."

In dem Moment erschien auch schon Irene Kruse auf der Bildfläche, in Begleitung von Wolfhard.

„Sie wollten mich noch einmal sprechen?", fragte sie in den Raum und wedelte mit dem Schreiben der Dienststelle.

„Ja, bitte nehmen Sie doch Platz."

„Im Grunde könnte ich stehen bleiben. Das wird ja wohl nicht lange dauern."

Irene Kruse hatte ein dezentes Kostüm für den Auftritt bei der Polizei gewählt. Trotz der Jahreszeit trug sie eine Strumpfhose und elegante Pumps. Perfekt bis ins Detail, fuhr es Alexander durch den Kopf. Aber auch die Perfektesten übersehen gelegentlich solche Details.

„Ist Frau Kruse schon über ihre Rechte informiert?", erkundigte sich Alexander bei Wolfhard, der nickte. „Ja, alles erledigt. Sie möchte keinen Anwalt."

Alexander wandte sich der Frau zu. „Es geht noch einmal um den Tod Ihres Mannes. Wir sind in der Zwischenzeit bei unseren Ermittlungen zu neuen Erkenntnissen gekommen. Der oder die Täter kommen offensichtlich nicht aus dem Milieu, wie wir zunächst annahmen. Das hat jemand nur ganz geschickt inszeniert."

Alexander beobachtete die Frau genau, und auch Wolfhard, der sich auf einen Stuhl in der Ecke gesetzt hatte, verfolgte sie mit Blicken. Nichts schien sie anzurühren. Sie zuckte mit keiner Wimper.

„Ja, und? Das mag sein. Aber was wollen Sie dann von mir?"

In der Stimme von Irene Kruse lag ein leichter Unterton, der den Männern nicht entging.

„Sie haben ein Verhältnis mit Thorsten Gregoleit", setzte Alexander fort.

„Nein."

„Das brauchen Sie nicht zu leugnen. Wir haben Beweise und reichlich Zeugenaussagen."

„Nun gut. Aber was hat das eine mit dem anderen zu tun? Es soll ja gelegentlich vorkommen, dass Männer und Frauen einander betrügen. Und trotzdem leben sie in Harmonie miteinander."

„Ihr Mann war auch kein Kind von Traurigkeit", fuhr Alexander fort.

„Eben. Insofern hatten wir uns da nichts gegenseitig vorzuwerfen."

„Darum geht es hier auch gar nicht. Es geht um ein Tötungsdelikt. Und das müssen wir aufklären."

„Ja, aber doch nicht mit mir." Irene Kruse nestelte am Revers ihrer Kostümjacke, überlegte kurz und zog sie dann aus. Sie hängte die Jacke hinter sich über die Stuhllehne.

„Wir gehen davon aus, dass Sie, gemeinsam mit Ihrem Geliebten Thorsten Gregoleit, Ihren Mann verschwinden lassen wollten und dazu diesen außergewöhnlichen Weg gewählt haben. Es sollte danach aussehen, als ob jemand aus seinem Umfeld zugeschlagen hätte. Eine clevere Idee, das muss ich zugeben." Alexander stoppte in seinem Redefluss. Aber auch Irene Kruse schwieg jetzt.

„Was meinen Sie zu diesen Anschuldigungen?", fuhr jetzt Wolfhard Schmidt fort.

„Das ist völlig daneben."

„Sie haben zunächst versucht, ihn zu erschlagen. Vielleicht waren das ja nicht Sie, sondern Ihr Geliebter. Und dann war Ihnen die bewusstlose Person im Wege. Irgendwie musste sie aus dem Haus geschafft werden. Wer ist denn auf die Idee mit dem Kaninchendraht gekommen?"

Irene Kruse rutschte inzwischen nervös auf dem Stuhl hin und her. „Bewusstlose Person? War er denn nicht tot?"

„Nein, Ihr Mann lebte noch, als Sie ihn mit dem Draht fesselten und auf der Rückbank seines Autos platzierten."

„Ich habe ihn nicht gefesselt und nicht auf irgendwelchen Rückbänken platziert. Ich bin jetzt nur total verwirrt, dass mein lieber Mann noch am Leben war, als ihn diese Ganoven in den Mittellandkanal beförderten."

Irene Kruse schluchzte auf. Alexander, Wolfhard und Elsa tauschten Blicke aus. Die Protokollantin zuckte mit den Schultern. Alexander zog die Stirn kraus und Wolfhard kniff den Mund zusammen.

War das jetzt ein echter Gefühlsausbruch dieser Frau?, grübelte Alexander. Sollte das die Trauer um den Mann sein und um die elende Qual in den letzten Augenblicken seines Lebens?

„Ich kann nicht mehr. Das geht mir jetzt alles zu nahe. Ich möchte wieder nach Hause", bat Irene Kruse.

„Gut", sagte Alexander. „Dann war es das für heute."

Wolfhard schüttelte den Kopf im Hintergrund.

Als Irene Kruse das Zimmer verlassen hatte, wandte er sich an Alexander: „Jetzt verstehe ich dich aber nicht. Wir hatten die Frau doch um Haaresbreite an einem Geständnis dran."

„Das lass mal meine Sorge sein", entgegnete Alexander, um sich gleich zu entschuldigen. „Tut mir leid, Wolfhard, ist nicht so gemeint. Aber das ist heute nicht wirklich mein Tag."

„Na ja, geht jedem mal so", brummelte Wolfhard vor sich hin.

„Nebenan sitzt Thorsten Gregoleit. Den nehmen wir uns jetzt vor."

„Ach so. Jetzt verstehe ich dich. Du versprichst dir von ihm das volle Geständnis. Wieder die übliche Masche, dass sie schon gestanden hat?"

„Das bewährte Strickmuster können wir gern mal wieder ausprobieren. Schauen wir, ob es funktioniert."

Alexander und Wolfhard hatten sich erhoben und liefen ins Nachbarzimmer. Elsa Kupfer folgte ihnen.

Nebenan saß ein Polizist mit Thorsten Gregoleit. Als die drei den Raum betraten, erhob er sich und ging hinaus.

„Gestatten, Alexander Rosenbaum, Kollege Wolfhard Schmidt und Frau Kupfer, die alles protokollieren wird, was hier gesprochen wird", fing Alexander an. „Möchten Sie einen Anwalt hinzuziehen?"

„Wieso das denn?", fragte Thorsten und zuckte zusammen. Er saß in verkrampfter Haltung auf der vorderen Stuhlhälfte.

„Könnte sein, dass Sie einen benötigen", ließ Wolfhard fallen. Thorsten Gregoleit schüttelte nur den Kopf.

„Also, Ihr Vater züchtet Kaninchen?"

„Ja. Was soll die Frage?"

„Schönes Hobby."

„Das finde ich auch."

„Und Sie arbeiten als Fitnesstrainer am Simeonsplatz. Da liegen Ihnen doch bestimmt die sportbegeisterten Damen sämtlichst zu Füßen", sagte Wolfhard.

„Wie man's nimmt. Die eine oder andere schon. Aber das gehört zum Geschäft. Da muss man auch gelegentlich etwas netter sein."

„Wie nett denn?", setzte Alexander an.

„Tja, das kommt ganz darauf an. Bei der einen mehr, bei der anderen weniger. Ist eine Frage des Fingerspitzengefühls."

„Und das haben Sie?

„Ich glaube schon. Aber was sollen denn diese Fragen?"

„Irene Kruse gehört zu Ihren Kundinnen im Center?"

„Ja."

„Wie nahe stehen Sie sich?"

„Wir haben ein freundschaftliches Verhältnis."

„Wir glauben allerdings, dass es mehr ist. Das heißt, wir wissen es im Grunde. Es gibt mehrere Zeugen, die das bestätigen."

„Ach ja, wieder mal die übliche üble Nachrede der netten Nachbarschaft. Das kenne ich. Damit muss man wohl leben, wenn man gut aussieht."

Alexander biss sich auf die Lippen. Auf den Mund gefallen war dieser Mann nicht. Aber sie würden ihn schon bekommen. Das war klar.

„Sie haben eine Liaison mit Irene Kruse", sagte Wolfhard.

„Also gut. Ja."

„Sehen Sie, es geht doch", nickte Wolfhard freundlich.

„Das ist doch nun aber kein Problem."

„Aber es kann sich zu einem solchen ausweiten, wenn eventuelle Partner so etwas mitbekommen und das vielleicht gar nicht mögen."

„Irenes Mann war sehr tolerant und lebte auch sein eigenes Leben in diesen Dingen. Da war überhaupt keine Eifersucht zu erwarten."

„Warum haben Sie sich denn für eine gewisse Zeit rar gemacht? Wollten Sie Gras über die Sache wachsen lassen? Irene Kruse hat übrigens schon gestanden!“ Alexander versuchte, etwas Tempo in die Befragung zu bringen.

„Was bitte soll denn Irene gestanden haben? Sie machen sich ja lächerlich. Nichts ist geschehen, überhaupt nichts! Wir hatten nur unsere Beziehung zeitweise ein wenig zurückgefahren, aus Pietät. Was sollten denn die Leute denken, wenn wir so kurz danach zusammen gesehen worden wären.“

„Aha, die Leute also“, Alexander lehnte sich zurück. Er hatte ja noch seine Trumpfkarte im Ärmel. „Können Sie mir verraten, wie Ihre Fingerabdrücke auf das Fahrzeug des Toten gekommen sind?“

„Ja, vielleicht habe ich den Wagen mal angefasst, als er in der Garage stand. War ja auch ein äußerst schickes Modell. Wenn es mein Budget hergeben würde, würde ich mir ebenfalls einen Porsche leisten. Aber dafür reicht es leider nicht.“

„Und wieso war der Tote mit Kaninchendraht gefesselt, der sich exakt so auch bei Ihrem Vater im Stall finden lässt.“

„Ach was. Kaninchendraht gibt es überall. In jedem Raiffeisenmarkt oder Baumarkt.“

Alexander merkte, dass er sich vergaloppiert hatte. Sicherlich war das eine Beziehungstat gewesen. Aber so leicht ließen sich die beiden nicht überführen. Dabei sprach so vieles gegen sie. Sie hatten ein Verhältnis miteinander. Es gab Fingerabdrücke von Thorsten Gregoleit. Dann der Kaninchendraht. Eigentlich passte alles und dann passte es doch wieder nicht.

„Wir behalten Sie heute hier“, schloss Alexander. Er wollte vermeiden, dass sich das Paar noch einmal austauschen konnte. Gleich morgen früh wollte er noch einmal zu Irene Kruse, um sie zu vernehmen. Diesmal mit einem Durchsuchungsbeschluss. Den hatte er beim Staatsanwalt schon geordert. Wenn sie ihren Geliebten über Nacht bei der Polizei wusste, dann würde sie mehr als nervös werden. Möglicherweise war sie dann am anderen Morgen weich geworden.

„Das können Sie doch gar nicht", empörte sich Thorsten. „Das ist Freiheitsberaubung."

„Oh doch, das können wir."

„Dann will ich aber unbedingt einen Anwalt sprechen."

Alexander schaute auf die Uhr. Es war spät geworden. „Den organisieren wir Ihnen für morgen."

Thorsten antwortete nicht mehr, sondern ließ sich von einem Polizisten aus dem Raum begleiten.

„Wenn das man gut geht", zweifelte Wolfhard.

„Das geht gut. Verlass dich auf mich", beruhigte Alexander.

„Sie können dann jetzt auch Feierabend machen", wandte sich Alex an Elsa Kupfer, die sorgsam ihre Sachen zusammenpackte.

„Dann bis morgen früh. Ich bin auch gleich wieder zum Dienst eingeteilt."

„Sehr schön", sagte Alexander. „Sie kennen sich mit dem Fall ja auch schon bestens aus. Tschüss dann."

„Auf Wiedersehen." Elsa schien die formvollendete Form eher zu mögen.

Alexander und Wolfhard saßen noch ein Weilchen zusammen und tauschten sich über die beiden Vernehmungen aus.

„Das Motiv ist bestimmt irgendwie Eifersucht. Aber wie? Ich zermartere mir schon die ganze Zeit den Kopf", sagte Wolfhard.

„Und wenn der Gatte einfach nach Hause gekommen ist und die beiden in flagranti erwischt hat?" Alexander schüttelte sich innerlich bei dem Satz, weil ihm sofort die Begegnung mit Olga und Gregor in seinem Schlafzimmer einfiel. Er sah detailliert die beiden ineinander verschlungenen Körper vor sich. Damals hatte er auch Mordgelüste verspürt.

„Spinnen wir das mal weiter", meinte Wolfhard. „Der Gatte taucht also unvermutet auf. Er stellt das Pärchen zur Rede. Es kommt zu einer verbalen Auseinandersetzung. Und dann zu einem Schlagabtausch. Wenn einer im Fitnessstudio arbeitet und so eine gestählte Figur wie unser Herr Gregoleit hat, dann ist er bestimmt der Überlegene. Also bringt er Sven Kruse zu Boden. Irgendwie stürzt der in dem Gerangel. Einen Schlag auf den Kopf kann ich mir eher nicht vorstellen. Das wäre sportlich nicht unbedingt fair."

Jetzt grinste Alexander. „Sportliche Fairness bei Mord. Super, deine Gedankengänge. Aber weiter im Text, lieber Kollege."

„Also, Mord würde ich auch nicht direkt sagen. Vielleicht eher Körperverletzung mit Todesfolge. Vielleicht haben die beiden gedacht, der Mann wäre tot, und dann waren sie in Panik, wollten ihn entsorgen und ..."

„Genau! Und dann haben sie ihn nach alter Ganovenmanier zurechtgemacht. Sollte mal einer von uns dahinterkommen, dass das nun gar nicht deren Handschrift war. Es sah ja auch schließlich wirklich perfekt aus. Wenn ich dann noch daran denke, dass wir ein Weilchen später ähnlich gefesselte Tote hatten, dann war das natürlich kein Wunder, dass unsere Ermittlungen in die falsche Richtung gingen beziehungsweise versandeten."

„Wir waren mal eben auf dem Holzweg. Aber nun liegen wir richtig", verkündete Wolfhard. „Bin gespannt, was morgen Irene Kruse zu allem sagt. Aber jetzt muss ich mal heim. Bin auch schon hundemüde."

„Wem sagst du das. Ich habe vorige Nacht irgendwie nicht wirklich geschlafen."

„Da war Vollmond. Ganz klarer Fall!"

„Ach", seufzte Alexander.

„Ich glaube, am Mond hat das nun überhaupt nicht gelegen."

Wolfhard schaute seinen Vorgesetzten mit gerunzelten Brauen an. „Wenn du dich mal aussprechen willst, dann lass hören. Ich habe in meinem Leben schon so ziemlich alles durch. Kannst einem alten Mann vertrauen. Ich plaudere auch nicht. Da musst du dir keine Gedanken machen, dass was an die große Glocke gehängt wird."

„Das weiß ich, Wolfhard. Danke. Vielleicht komme ich mal auf dein Angebot zurück. Aber heute nicht mehr. Ich glaube, ich kann auch keinen einzigen klaren Gedanken mehr fassen."

Irene inspizierte in jener Nacht daheim noch einmal alles ganz genau, Zimmer für Zimmer, den Wohnbereich besonders intensiv. Nein, da konnte nichts auffallen. Überhaupt nicht. Sie hatte ganze Arbeit geleistet. Keine Spur war mehr zu entdecken. Als sie durch das großzügige Wohnzimmer lief, fiel ihr Blick auf den Glastisch. Darauf befand sich eine üppige weiß blühende Orchideenrispe in einem edlen Gefäß, farblich und vom Design her passend zur Einrichtung. Die hatte ihr Thorsten vor Kurzem mitgebracht. Zwischendurch griff sie zu ihrem Handy und wollte ihn anrufen oder ihm wenigstens eine

SMS senden. Aber dann dachte sie, dass das jetzt wohl wenig Sinn machte, wo er sich in Polizeigewahrsam aufhielt.

Sie ließ sich ein Bad ein und wählte zwischen den Zusätzen. Erst hielt sie „Kaminfeuer" in der Hand. Sinnliche Wärme spüren, den Moment genießen, in samtigem Rot schwelgen. Aber das war wohl eher für eine Zweisamkeit gedacht. Dann doch lieber das „Blaue Wunder" und mit diesem dem Alltag entfliehen, die Sinne entspannen, in tiefes Blau eintauchen. Sie saß auf dem Rand der Badewanne und ließ das Pulver in den warmen Strahl fallen. Mit einer Hand verrührte sie die duftende Mischung.

Thorsten Gregoleit lief währenddessen in der kargen Zelle des Polizeigewahrsams auf und ab. Wie ein Tiger im Käfig. Nein, jetzt nur nicht durchdrehen, zwang er sich zur Ruhe. Er machte ein paar sportliche Übungen, um auf andere Gedanken zu kommen. Nach dem fünfzigsten Liegestütz fühlte er sich etwas wohler. Die harte Liegestatt machte ihm nichts aus. Er zog sich die Decke bis zum Hals und blickte zu dem vergitterten Fensterstück, das keine wirkliche Aussicht nach draußen zuließ.

In Gedanken ließ er noch einmal jedes Detail der Befragung an sich vorüberziehen. Nein, da konnte niemand Verdacht geschöpft haben. Es war zwar eine merkwürdige Situation, aber das ganze Leben bestand aus solchen. Sie hatten alles wohlbedacht und genau kalkuliert. Und Irene hatte gründlichst gesäubert. Was sollte da nach Monaten noch passieren? Irgendwann fiel Thorsten in einen unruhigen Schlaf und wälzte sich von einer Seite auf die andere.

Alexander versorgte zu Hause zunächst Kater Albert, der wie immer angeschnurrt kam, kaum dass er den Peugeot auf dem Parkplatz abstellte.

„Na, mein Dickerchen, alles paletti?", strich er dem Tier über den Rücken und lief zum Eingang. Der Kater war schon mehrere Schritte voraus und drängte sich an ihm vorbei durch die Tür in die Deele.

„Ja, ich weiß, du bist mal wieder völlig ausgehungert. Keiner gibt dir was zu fressen. Ach, du Armer. Du bist ja so was von bemitleidenswert. Übrigens, danke für die zwei Mäuse unter der Bank am Eingang. Die habe ich natürlich sofort entdeckt. Da willst du jetzt bestimmt eine Belohnung."

Albert blickte nach oben und es sah sehr bestätigend-fordernd aus. Hätte nur noch ein Nicken gefehlt. Alexander musste lachen und öffnete die Kühlschranktür. Schon beim Schütteln der Sahnedose sprang der Kater an ihm hoch, um schneller an die Leckerei zu kommen.

Ein Weilchen später saß Alexander an seinem Schreibtisch und schaute kurz aus dem Fenster, als er ein Krächzen vernahm. Da war es wieder, sein Fasanenpärchen, das in der Wiese pickte. Die müsste auch mal wieder gemäht werden, fuhr es Alexander durch den Kopf. Aber wann? Er blätterte in seinem Terminkalender. Am Wochenende stand auch noch die „Blaulicht life"-Aktion in Porta-Barkhausen an. Da waren fast alle Kollegen gefordert. Öffentlichkeitsarbeit hautnah für die Bevölkerung. Der Pressechef war extra in allen Abteilungen gewesen. Heike Langenkämpfer nahm den Kindern beispielsweise Fingerabdrücke ab. Immer spannend für die Knirpse, was die Polizei so alles tat. Und im Anschluss wollte jeder Zweite so einen Beruf ergreifen. Aber wieder ein ganzer Sonntag gefüllt. Von elf bis achtzehn Uhr sollte es dauern. Dabei müsste er dringend nach Berlin, um mit Olga ein klärendes Gespräch zu führen. So kommentarlos wollte er das alles nicht im Raum stehen lassen und außerdem konnte man bestimmte Dinge auch wirklich nicht am Telefon klären. Er wollte nicht so einfach abwarten, bis ihm ein Schreiben vom Anwalt seiner Frau ins Haus flatterte. Kurz telefonierte er mit den Mädchen und beschränkte sich auf eine Variation der Geschichte vom süßen Brei. Olga war nicht ansprechbar, wie seine Große gesagt hatte, und das war ihm heute auch lieber.

Am nächsten Morgen lag der Durchsuchungsbeschluss schon in der Post von Alexander. Er griff zum Telefon und rief Wolfhard zu sich.

„Wir können uns gleich auf den Weg machen. Heike sollte dabei sein und noch etwas weitere Verstärkung von der Spurensicherung. Ein größeres Aufgebot macht sicher entsprechenden Eindruck."

„Da hast du wohl recht, Alex. Ich verständige die anderen und wir treffen uns dann gleich am Auto. Willst du eigentlich Irene Kruse noch vorher anrufen?"

„Nein, das hatte ich nicht vor. Da baue ich lieber auf den Überraschungseffekt. Sie denkt ja bestimmt, wir reden hier in der Marienstraße noch einmal mit ihr. Also bis dann. Ich stimme mich nur mal kurz mit Heike ab."

Alexander betätigte die eingespeicherte Nummer.

„Bin schon mitten in der Arbeit, wo brennt's denn, Kollege?", fragte Heike.

„Wir fahren jetzt gleich zu Irene Kruse, mit einem größeren Aufgebot. Nimm all deine Utensilien mit. Und wenn ich dich etwas fragen sollte, dann nickst du einfach ganz wichtig und bedeutungsvoll."

„Geht klar. Wobei, zu allem kann ich natürlich auch wieder nicht nicken."

„Na ja, es geht um Spuren, die ich vor Ort noch vermute."

„Wenn es den Fall lösen hilft, gern!"

Kurze Zeit später hielten vier Fahrzeuge direkt vor dem Haus von Irene Kruse. An einigen Fenstern in der Nachbarschaft bewegten sich Gardinen, kaum wahrnehmbar nur. Alexander blickte in die Runde und nickte allen Kollegen zu. Dann ging er voran und klingelte. Auf das erste Klingeln hin kam keine Reaktion. Er drückte erneut und diesmal länger, bis sich die Tür öffnete.

Irene stand in einer Jeans und einer Bluse mit erstauntem Gesicht vor ihm. „Was wollen Sie denn um diese Zeit bei mir, Herr Kommissar?" Sie musterte die Kollegen im Hintergrund und fuhr fort: „Und dann gleich mit so viel Verstärkung? Was habe ich denn verbrochen? Können Sie eine trauernde Witwe nicht einfach in Ruhe lassen?"

Ihre Entrüstung wirkte echt. Für einen Augenblick bedauerte Alexander seine Entscheidung, jetzt an diesem Ort zu stehen. Aber diese Frau konnte ihm nichts mehr vorspielen. Er war sich absolut sicher.

„Wir haben einen Durchsuchungsbeschluss. Hier." Und er hielt Irene Kruse das Schreiben hin.

„Wenn die Polizei nichts Besseres zu tun hat, als unschuldige Bürger zu behelligen, na dann …" Und sie gab mit einer Handbewegung den Weg ins Haus frei. Die Kollegen verteilten sich wie abgesprochen in den Räumen. Heike machte sich im Wohnzimmer zu schaffen, in dem nun auch Irene stand. Alexander holte sich Wolfhard an seine Seite und schaute die Frau aufmerksam an. So langsam schien die Fassade zu bröckeln. Sie wirkte außerordentlich nervös. Wobei bei solch einem Polizeiaufgebot wahrscheinlich auch ein Unbescholtener aus der Ruhe kam, zweifelte Alexander schon wieder ein klein wenig.

„Herr Gregoleit hat bei uns schon alles zugegeben", setzte Wolfhard an und Alexander schaute strafend zu ihm. Er wollte sich jetzt nicht die Gesprächsführung aus der Hand nehmen lassen.

Irene Kruse verschränkte die Arme. „So. Was bitte will er denn zugegeben haben? Dass wir ein Verhältnis haben? Das ist doch wohl nicht polizeilich verboten! Dazu stehe ich auch. Da habe ich nichts zu verbergen."

„Nein, darum geht es nicht. Sondern um den Tod Ihres Mannes", entgegnete Alexander, während Heike mit ihren Gerätschaften am Glastisch und auf dem Teppichboden geschäftig herumhantierte.

„Die Blutspuren im Teppich lassen sich doch noch gut erkennen, Kollegin Langenkämpfer?"

Heike kniete auf dem Fußboden, erkannte sofort, dass das die angekündigte Frage war, und nickte Alexander bedeutungsvoll zu. Er hatte völlig recht. Sie musste sich gar keine große Mühe geben. Hier gab es Spuren, wenngleich mit Reinigungsmitteln offensichtlich intensiv verwischt. Aber wenn auch nur noch ein klitzekleiner Blutstropfen in den Fasern des Materials hing, dann würde sie den finden. Sie arbeitete akribisch weiter.

Irene Kruse war erbleicht und verlor sichtlich die Fassung. Sie griff zur Lehne eines Sessels, doch dann schien es, als würden ihr die Knie weich, denn sie setzte sich unvermittelt hin und blickte zu Boden. Wieder und wieder strich sie mit den Handflächen über ihre Oberschenkel, scheinbar völlig in Gedanken.

„Nein", hauchte sie. „Es war nicht so, wie Sie denken."

„Und wie war es dann?", setzte Alexander behutsam an. Den Ansatz durfte er jetzt nicht zerstören.

„Thorsten war bei mir zu Hause. Denn Sven wollte an dem Abend erst relativ spät heimkommen. Eigentlich war darauf Verlass. Er tauchte nie sonderlich früh auf. Immer hatte er irgendwelche Verpflichtungen, die sich auch in die Abendstunden hinzogen, mal einen Empfang, mal eine Ausstellungseröffnung, mal ein Geschäftsessen. Und dann war auch noch der Heimweg von Bielefeld nach Minden. Nicht selten war die Autobahn voll ... Wir hatten ihn nicht gehört, zu sehr waren wir wohl miteinander beschäftigt. Er stand plötzlich vor uns, hier im Wohnzimmer. Und dann hat er ein riesiges Fass aufgemacht. Von wegen, wir seien schamlose Betrüger, die ihn hintergangen hätten. Er regte sich höllisch auf, brüllte lautstark und irgendwann stieß er Thorsten vor die Brust. Ich wollte dazwischengehen. Aber die beiden Männer fingen einen Schlagabtausch an. Wobei Sven den Kürzeren zog. Thorsten hat schließlich sein tägliches Training ..."

„Die beiden prügelten sich also", konstatierte Alexander.

„So kann man das auch nennen. Und es war eine ganz unangenehme Situation. Thorsten völlig unbekleidet und Sven im Anzug und mit Krawatte."

„Sie sagten, Ihr Mann zog den Kürzeren. Wie darf ich das verstehen?", fragte Alexander.

„In dem Gerangel strauchelte er irgendwann und fiel nach hinten. Genau hier auf die Kante vom Glastisch." Irene Kruse fuhr mit den Fingern ihrer Rechten sanft über die Ecke. „Dem Tisch ist nichts geschehen. Aber Sven blieb am Boden und blutete ganz schrecklich aus einer Wunde am Kopf. Thorsten hat dann an der Halsschlagader getestet, ob er noch am Leben war. Aber er war tot. Eindeutig!" Jetzt liefen Irene Kruse die Tränen über die Wangen. Sie suchte in ihren Hosentaschen und fand offensichtlich nichts.

Wolfhard zückte eine Packung Zellstofftaschentücher und reichte sie ihr. Mit einem dankenden Nicken griff sie zu und zog sich eines heraus, um sich die Nase zu schnauben.

„Ihr Mann war nicht tot. Das sagte ich gestern schon. Er ist erst im Mittellandkanal ertrunken. Die Obduktion hat eindeutig ergeben, dass die Wunde am Kopf nicht ausschlaggebend war."

„Oh, mein Gott, das ist ja furchtbar. Dann muss er sehr gelitten haben." Irene zog sich ein neues Taschentuch aus der Packung und wischte sich die Tränen von den Augen.

„Sie hätten einen Notarzt alarmieren müssen. Dann hätte ihm sicherlich geholfen werden können."

„Aber wir dachten doch, er wäre nicht mehr am Leben, und uns hätte doch kein Mensch geglaubt, wie alles passiert war. So haben wir beide beratschlagt, was am besten zu tun sei. Ich wusste ja um die Beziehungen meines Mannes zu einigen Unterweltkreisen. Das war immer alles dienstlich, hat er stets gesagt, und dann schöne Geschenke mitgebracht. Ich habe da einfach nicht weiter nachgefragt. Jedenfalls kamen wir dann auf die Idee ..."

„Wer kam auf die Idee?", unterbrach Wolfhard.

„Das war wohl mein Einfall. Ich hatte da so einen Krimi im Fernsehen gesehen, wie die Mafia sich eines unbeliebten Zeitgenossen entledigte. Im Grunde war das so ähnlich. Thorsten ist auch gleich zu sich nach Hause gefahren, hat etwas Kaninchendraht geholt und wir haben Sven damit eingewickelt und auf den Rücksitz seines Wagens gelegt. Er hat sich auch die ganze Zeit nicht gerührt. Er muss doch tot gewesen sein …“ Irene schniefte und schluckte.

„Definitiv nicht. Wir gehen davon aus, dass er im Wasser noch einmal zu sich gekommen ist. Die Untersuchungen sprechen dafür“, sagte Alexander ernst. „Wie ging es dann weiter?“

„Es war schon mitten in der Nacht. Da konnte uns eigentlich auch niemand beobachten, so nahmen wir jedenfalls an. Wir haben Sven gemeinsam ins Auto getragen. Thorsten hat das allein auch nicht geschafft. Ihn hat das ebenfalls sehr mitgenommen. Thorsten ist mit dem Porsche gefahren und ich habe seinen Wagen genommen. Wir sind dann direkt zum Mittellandkanal, wo mir eine Stelle eingefallen war, die gut passte.“

Wolfhard und Alexander hörten einfach nur zu.

„Dort hat Thorsten den Wagen langsam laufen lassen, ist dann rausgesprungen und hat die Tür noch zugeknallt. Ich höre immer noch diesen Ton, wie sie zuschlug. Das war so endgültig. Damals dachte ich noch, das müsste doch jemand gehört haben. Aber niemand befand sich in der Gegend. Da ist ja auch eher Industrie angesiedelt.“

„Anschließend sind Sie wieder nach Hause gefahren?“, setzte Alexander weiter an.

„Ja, Thorsten hat mich gebracht. Wir haben noch ein Weilchen gesessen und uns angeschwiegen. Keiner konnte da reden. Wir waren einfach nur fertig, fix und fertig. Schließlich hatten wir vereinbart, dass wir uns ein Weilchen nicht sehen wollten, damit keine Parallelen gezogen werden konnten. Das hielten wir beide für besser. Aber das hat ja nun auch nichts geholfen.“

„Wir müssen Sie jetzt mitnehmen", sagte Alexander. „In der Dienststelle wird noch einmal ein Protokoll aufgenommen."

„Aber ich habe doch jetzt schon alles erzählt."

„Nein, das reicht so nicht aus. Ich würde Ihnen jetzt unbedingt empfehlen, einen Anwalt anzurufen. Kennen Sie einen?" Alexander hatte sich erhoben.

Irene blickte zu ihm auf. Sie sah jetzt nicht mehr so formvollendet schön und gestylt aus. Die Tränen hatten ihr Make-up ruiniert. Und während ihrer Aussage war sie sich mehrfach nervös durch die Haare gefahren, die jetzt etwas unordentlich abstanden. „Ich habe einen guten Freund in der Familie. Den werde ich benachrichtigen. Kann ich das gleich tun?"

„Aber natürlich", kam ihr Wolfhard entgegen. „Warum um alles in der Welt haben Sie damals, als das passiert war, nicht einen Notarzt geholt? Dann hätten wir uns das heute hier alles ersparen können." Er schüttelte den Kopf und erhob sich ebenfalls.

Die Kollegen, die anfangs das Haus durchsucht hatten, waren während der Aussage von Irene Kruse auf einen Wink von Alexander hin verschwunden. Heike hatte sich noch ein Weilchen am Fußboden zu schaffen gemacht, folgte dann aber auch. Jetzt befanden sich nur noch Alexander, Wolfhard und Irene Kruse im Wohnzimmer. Die Frau schaute zu Alexander. „Darf ich Sie noch etwas fragen?"

„Aber selbstverständlich!"

„Das war doch ein Unfall. Da kann uns doch jetzt eigentlich gar nichts passieren."

„Tja, wäre es bei dem Unfall geblieben, als Ihr Mann auf den Couchtisch gestürzt war und sich verletzt hatte, dann keine Frage. Aber so liegen die Dinge doch ganz anders. Sie haben ihn vorsätzlich und heimtückisch ermordet. Dass Sie das nicht wollten, ist ein anderes Thema. Es ist die Frage, wie der Richter das später sieht. Ich bin schließlich keiner."

Als Alexander mit Wolfhard und Irene Kruse das Haus verließ, schien die Sommersonne mild über das Land. Ein leichter Wind zauste die Wipfel der Bäume. Im Vorgarten blühten die Rosen in voller Pracht. Es würde ein schöner Tag werden. Einer von der lieblichen Sorte, jedenfalls, was das Wetter anging. Die drei wechselten auf der Fahrt zur Dienststelle kein Wort miteinander. Jeder hing seinen Gedanken nach, was die Zukunft wohl bringen mochte.

Danksagung

Ein erster Roman ist eine große Herausforderung für einen Autor. Folgt einem Debüt-Band ein zweiter, wird alles um ein Vielfaches spannender, aufregender und schwieriger. Denn all die ausgelegten Fäden wollen weitergesponnen, die Charaktere weiterentwickelt sein.

Regionalkrimis leben von der Authentizität. Bestimmte markante Ecken und Eigenheiten sollen durchaus wiedererkannt werden.

Insofern ist auch die Recherche im Vorfeld eines solchen Romans ganz wichtig. Da hilft nicht einfach mal eben so das Internet!

Fachliche Unterstützung gab es erneut von der Kreispolizeibehörde Minden-Lübbecke in der Mindener Marienstraße, darunter von einer besonders netten Kollegin der Spurensicherung. Mitarbeiter vom Mindener Kommunalarchiv und der Stadtverwaltung sowie des Johannes-Wesling-Klinikums, hier speziell von der Pathologie, boten eine Fülle an Informationen. Mein Cousin Jürgen bildet nicht nur Polizisten aus, sondern beantwortete etliche meiner Fachfragen.

Schließlich ist es das hilfreiche soziale Netzwerk, das Mut macht und Kraft gibt: Meine Eltern, die gesamte Familie, Freunde, gute Bekannte und meine sympathische Fangemeinde standen mir die ganze Zeit zur Seite und begleiten meinen literarischen Weg. Engagierte Verleger, motivierte Buchhändler und freundliche Redaktionskollegen gehören unbedingt dazu. Ohne Peter an meiner Seite, der mir in allen Dingen ein Partner ist, geduldig zuhört und fachmännisch rät, wäre ich indessen nie so weit gekommen.

DANKESCHÖN!

Andrea Gerecke
Hille, im Sommer 2012